HENRI GERMAIN

RIVALITÉ D'AMOUR

LES MAITRES du ROMAN POPULAIRE

ARTHÈME FAYARD et Cⁱᵉ
Éditeurs
18-20, Rue du Saint-Gothard, PARIS

RIVALITÉ D'AMOUR

I

AMOUR ET MALHEUR !

— Ben quoi, mon vieux Tendron, est-ce que tu [...] ?

— Non, non... j'avais cru seulement voir passer ma fille... Alors, je regardais, tu comprends ?

— Tu l'aimes, hein, cette gamine-là ?

— Eh ! gamine, pas tant que ça, mon garçon... v'là qu'elle marche sur ses dix-sept ans !

— Le fait est que ça représente un beau brin de [...] Si j'étais pas si vieux, et déjà marié, j'en serais tombé amoureux !

— Farceur !... Encore si elle n'avait que sa beauté, tu sais, ça ne serait pas si emballant. Ces choses-là, ça passe vite.

— Mais elle est si intelligente, si douce, si aimable !

— Ah ! mon garçon, c'est vrai que je l'adore, ma Geneviève, comme si elle était ma véritable fille, mon enfant quoi !

— Le jour où je l'ai trouvée, c'est le bonheur que j'ai rencontré. J'étais si seul avant !...

— Ça, c'est exact, mon vieux. Un homme ne peut pas rester solitaire dans la vie. Il lui faut quelqu'un à protéger.

— T'as fait une bonne action, et t'es bien payé ; c'est juste.

— Pour sûr, je n'ai pas à m'en repentir.

Sur cette conclusion, les deux ouvriers maçons reprirent avec ardeur à leur dur travail.

Juchés sur un échafaudage volant, à plus de vingt mètres du sol, ils réparaient en ce moment la corniche d'un luxueux immeuble du boulevard Beaumarchais.

L'un d'eux, le père Tendron, était un homme de soixante ans, encore robuste et, surtout, vigoureux.

Sa bonne face, éclairée par deux yeux bleus très doux, s'encadrait de cheveux tout blancs, coupés court et drus.

Une épaisse moustache grisonnante ombrageait sa bouche aux lèvres un peu épaisses — signe de bonté — et toute sa physionomie exprimait la droiture simple, la loyauté naturelle.

Son compagnon, plus jeune que lui d'une quinzaine d'années, semblait doué, lui aussi, d'une nature généreuse, d'un bon caractère. Un peu frondeur pourtant, et d'esprit plus subtil, plus rusé peut-être que le père Tendron. Il se nommait Lagille.

— Bons camarades tous deux, ils travaillaient ensemble depuis cinq ou six ans déjà, et s'entendaient assez bien. Leur honnêteté foncière liait leurs affinités.

— Alors, comme ça, fit Lagille, tout en travaillant ardemment de la truelle, il y a longtemps que tu l'as recueillie, ta fille ?

— Dix ans, bientôt.

— Ça compte. Et c'est à Paris que tu l'as trouvée ?

— Pas tout à fait, mais à peu près, sur la route de Vincennes, pas loin de la barrière, près sur les fortifs.

— Vraiment ? Conte-moi donc c'l'histoire.

— Oh ! si tu veux. Ça me fait toujours plaisir de parler de la petite.

« La première fois que je l'aperçus, c'était un de novembre, vers neuf heures. Un soir où il faisait un froid... Il ventait de nord soufflait, cinglant comme une mèche de fouet.

« [...] me dirigeant vers Saint-Mandé, où j'habitais. En ce temps-là une sorte de taudis. Le ménage y est rarement fait, parce qu'on n'a pas le temps.

« Tu comprends ça, mon vieux. Quand on est garçon, on ne fréquente pas souvent le balai.

« Bref, j'allais la pipe aux dents, les mains dans les poches, quand, tout à coup, je vois, arrêtée un banc, une gosse de six à sept ans, qui grelottait, le nez en l'air.

« Le cours était désert, pas très bien éclairé et, comme tu le sais, pas très sûr. Je fus ému de voir cette gamine toute seule, en cet endroit.

« — Qu'est-ce que tu fiches là-dessus, à cette heure-ci ? que je lui dis en m'approchant, un peu sérieux.

« — Rien, monsieur.

« — Et qu'est-ce que tu regardes en l'air ? C'est pas des choses, je suppose, tu m'entends ?

« — Oh ! non, monsieur, qu'elle me répond gentiment. Les oiseaux y sont couchés, je les vois bien. Je regarde les étoiles.

« — Tiens, c'l'idée. Est-ce que tu les comptes ?

« — Oh ! non. Seulement, c'est joli les étoiles, c'est plus joli que le gaz. Et pis, c'est le bon Dieu qui les allume, et y en a tellement, tellement que je voudrais les voir toutes à la fois.

« Tout ça m'amusait, tu comprends, mon vieux...

... était plutôt jolie, mais si maigre, si pâle, si ... semblait la misère noire, l'aban...

J'appris qu'elle attendait sur ce banc la ... jeune qui l'élevait. Pas sa mère ... espèce de vieille mendigote qui ... travailler, quand elle était toute petite ... Elles deux habitaient une ancienne rou... roulotte démolie, installée dans un ... sur la zone des fortifs.

... Il paraît que la vieille, une nommée ... se soûlait comme un portrait. A ce point ... les gens du quartier l'avaient surnommée Du ...

— ... tout ça plutôt rigolo ! ponctua Lagille.

... ce qui ne l'était pas, c'est quand ... rappliquait ivre à son logis. Alors, elle ... sur la gosse comme sur du plâtre, en lui ... pour toute nourriture, des vieilles croûtes, ... détritus ramassés n'importe où.

— Pauvre petite, elle était malheureuse, hein ! ...

— Pas que les pierres, mon garçon ! une vraie ...

... pas su tout ça du premier jour, ... tu penses. La petite n'aurait pas osé parler ... franchement, par peur de la vieille soûlarde qu'elle ... d'une minute à l'autre.

Plus tard seulement, quand je l'ai eue chez moi, ... m'a tout raconté, avec des détails pitoyables ... en sanglotant ... quand j'étais devenu le grand ami, ... chaud, le visage ruisselant de larmes, les ... secouées de sanglots convulsifs.

Elle me raconte que la mère Du Goulot l'a bat... avec un acharnement féroce ; puis elle l'a ... mise à la porte, sans lui donner aucune nour...

Désespérée, mourant de faim, de froid, elle dé... qu'elle ne veut plus rentrer chez la vieille ... elle veut aller se jeter à l'eau, pour ... avec sa misérable existence.

Bouleversé, je me mets à pleurer, moi aussi, ... comme une vieille bête. Et je m'assois près d'elle, ... la réchauffer, j'essaie de la consoler. Et tout à ... parce que je l'aimais déjà, une idée me ... je lui demande si elle veut venir avec moi, ... ma petite fille, manger tous les jours, aller ... l'école, etc.

... gosse me prend par le cou, m'embrasse ; je ... et me v'là parti, avec mon enfant trouvé !

— ... C'est très bien, mon vieux Tendron, dit ... Lagille, devenu grave et attendri ...

... reprend le vieux maçon, me v'là devenu ... dès le lendemain.

... un vieux garçon endurci, égoïste, détestant ... les gosses par tradition, sans savoir.

... C'était pas vrai, mon garçon, j'étais bâti ... un père, comme tout le monde. Je ... m'en suis vite aperçu. Et puis, au fond, c'est rude... ... bon d'aimer les enfants !

Pour sûr, je peux parler de ça puisque j'en ... quatre. Ah ! je les connais, va. Ils ont beau être ... vifs, gourmands, un peu rosses même, on les ... aime tout de même, c'est si petit, si innocent !

— Bien parlé, Lagille.

... je garde la gosse, je la nourris, je l'habille ... je la mets à l'école, toujours ... que le petit Du Goulot revienne la cherche... Ça m'aurait fait un vrai chagrin. Mais la soûlarde n'y pensait même pas : le départ de la petite l'avait sans doute débarrassée.

« Et v'là dix ans que ça dure, Geneviève est deve- nue une grande jeune fille. Elle est instruite, bonne ménagère, profondément honnête. Quand elle eut douze ans, nous avons déménagé, parce qu'elle m'avait habitué à aimer le confortable, à faire des économies... pour elle, d'ailleurs.

« Maintenant, j'habite un petit logement coquet, rue Saint-Antoine : deux pièces, une cuisine ... c'est meublé, entretenu, je ne te dis que ça !

« Faut dire que j'ai une bonne voisine qui m'a bien aidé dans ma tâche paternelle.

« La veuve d'un ancien fonctionnaire, demeurée très pauvre, avec un fils. Le garçon est revenu du service militaire depuis trois ans ; il est employé de commerce.

« Un type remarquable, un sujet enfin qui fait son chemin. D'ailleurs, la veuve Garnier et moi, nous avons déjà fait des projets au sujet des deux enfants, tu comprends ?

— Parbleu, des fiancés, hein ?

— Pas encore, mais presque. On sort souvent le dimanche ensemble ; on dîne l'un chez l'autre, on fait sa partie. C'est la famille, quoi. Et ça vaut mieux que le marchand de vin. On s'instruit et on ne s'empoisonne pas.

— Pour sûr ?

« Alors tu m'inviteras à la noce prochaine ?

— Je n'y manquerai pas, mon garçon. Tu feras danser ma Geneviève !

Le père Tendron s'interrompit tout à coup, en jetant un coup d'œil dans la rue.

— Tiens, tiens, reprit-il vivement, en touchant le bras de son compagnon, regarde en bas cette brune-là qui passe, avec une robe mauve, ben on dirait ma Geneviève, en toilette !

Tout en parlant, le vieux maçon se penchait, s'appuyait de tout son poids sur la fragile balus- trade de l'échafaudage.

Soudain, un craquement sec retentit, deux piè- ces de bois détachées brusquement, laissèrent en- tre elles une ouverture béante.

Et le père Tendron, manquant tout à coup de point d'appui, se trouva précipité dans le vide.

Lagille jeta un cri d'effroi terrible, appela d'une voix désespérée. Et, les yeux agrandis par l'hor- reur, il vit choir le corps du vieux maçon sur le trottoir du boulevard, au grand émoi des passants qui se précipitaient vers le malheureux ouvrier.

Hâtivement, on releva la victime dont les mem- bres inertes pendaient lamentablement, comme des loques.

Son visage était livide, ses paupières closes ; un filet de sang coulait entre ses lèvres crispées de souffrance.

Lagille, passant par la fenêtre ouverte de l'ap- partement devant lequel il travaillait, descendit l'escalier, affolé, tremblant d'une cruelle émotion.

Il parut auprès de son infortuné camarade au moment où les passants, guidés par un gardien de la paix, transportaient le blessé chez un pharma- cien proche.

Il prit la tête du triste cortège, expliquant briève- ment comment l'accident s'était produit.

Un médecin voisin, mandé en toute hâte, vint examiner la victime, palpa son corps meurtri.

particulier. Il gravement... ...sur la colonne vertébrale brisée en... ...écharde.

Sa mort n'est plus qu'une question d'heures.

A ces mots terribles, Lagille essuya furtivement une larme.

— Quelqu'un connaît-il le domicile de ce malheureux ? demanda le praticien.

— Oui, monsieur, moi, fit le maçon.

— Eh bien, vous agiriez sagement, dans ce cas, en allant prévenir la famille. Avec ménagements, bien entendu.

« Car il est tout à fait inutile de transporter ce pauvre homme à l'hôpital ; il vaut mieux qu'il soit entouré des siens à sa dernière heure, toute proche, hélas !

— La pauvre fille ! murmura Lagille, profondément troublé.

« Enfin, je vais l'informer, ajouta-t-il. C'est rue Saint-Antoine, 32.

Et le maçon sortit de la pharmacie, les jambes flageolantes, les traits contractés par l'émotion.

La perte de son vieux camarade lui causait un chagrin réel.

— Mon vieux Tendron..., mon vieux copain ! monologuait-il machinalement, tout en s'essuyant les yeux du revers de sa main calleuse.

Finir si bêtement, si vite, quand il était si heureux !.. A quoi bon faire des projets ? La fatalité nous atteint comme la foudre !

Enfin il arriva tremblant, bouleversé, au logis du vieux maçon. Et plus intimidé encore, en présence de la belle et douce Geneviève, il bégaya les choses horribles qu'elle devina, plutôt qu'elle ne les entendit.

Le cœur atrocement déchiré, la jeune fille s'en fut aussitôt chercher sa bonne voisine, la veuve Garnier. Elle l'instruisit de son malheur presque certain, en peu de mots, mais si cruellement émus.

Lagille avait, en effet, laissé entendre la douloureuse, l'inéluctable vérité.

Lorsque Geneviève vit enfin apparaître le corps inanimé de son père adoptif, elle eut une épouvantable crise de larmes...

Le vieux garçon, maintenant couché sur son lit, demeurait dans le coma. Et la pauvre jeune fille ne conservait plus qu'un seul espoir : c'était qu'il pût la voir une dernière fois, la reconnaître avant de mourir, lui donner le baiser suprême.

Elle s'installa près du lit, en compagnie de Mme Garnier, puis de Jacques Garnier, qui revint de son bureau, vers sept heures du soir.

Et le regard rivé sur le visage livide du mourant, en proie à des angoisses de plus en plus cuisantes, elle épia le moindre signe d'existence, le réveil de la vie, si court dût-il être.

Une des mains glacées du père Tendron s'allongeait sur les draps, inerte.

Geneviève la prit doucement, la garda dans les siennes, comme si elle voulait communiquer au mourant un peu de sa chaleur, de sa jeunesse, de sa vie. Mais le malheureux demeurait immobile, laissant seulement passer entre ses dents serrées un souffle court, à peine perceptible.

Enfin, vers dix heures Geneviève crut sentir tout à coup les gros doigts du pauvre homme tressaillir faiblement entre les siens.

Elle appela doucement, d'une voix brisée de sanglots :

— ...neviève !

Ce nom, répété parmi... ...

Ses paupières se soulevèrent faiblement... ...uelles, presque vitreuses, se fixèrent ... sur celles de la jeune fille.

Une lueur de désespoir, de regrets infinis... dresse, y passa, fugace, désolante.

Et d'une voix faible comme celle d'un enfant, balbutia, en mots entrecoupés :

— Geneviève !.. Ma... fille... bien aimée... ad...

Au moment précis où elle effleurait de ses lèvres son front glacé, il eut un léger spasme. Un nom s'exhala de sa gorge étranglée, son regard se ... pour toujours dans l'éternité.

— Mon père, mon père !.. s'écria Geneviève dans une soudaine explosion d'égarement et de ... leur indicibles.

Puis, se dressant, livide, elle s'écria, ... effrayante :

— Mort !.. il est mort !..

Et, saisie d'un vertige subit, elle chancela... ... tomba ... que ... elle demeura sans mouvement.

II

L'AVEU.

De tristes jours suivirent l'enterrement du père Tendron. Geneviève parut un moment si profondément découragée que Mme Garnier et son fils craignirent pour sa raison. Cependant, la jeune fille, d'âme vaillante et résolue, recouvra peu à peu le vouloir et la force de songer à sa situation difficile.

Tout naturellement, ce fut à ses deux amis que elle confia le soin de lui procurer un travail quelconque.

Jacques Garnier s'y employa fort activement, et bientôt, ses démarches et ses efforts furent couronnés de succès.

Grâce à la chaude recommandation de son patron — M. Dutertre — il put placer Geneviève chez une vieille et riche demoiselle de cinquante ans, malheureusement atteinte de cécité.

Cousine de M. Dutertre, Mlle de Laiton possédait, en effet, une réelle fortune, fort sagement administrée, d'ailleurs. Elle dépensait une partie de ses revenus en œuvres charitables, mais entretenait en sa maison un véritable confort.

Elle prit Geneviève en qualité de femme de chambre et de lectrice, tout à la fois, et l'installa chez elle, sans délai.

— Ma chère petite, lui dit-elle, si vous êtes sérieuse, honnête et soigneuse comme mon cousin Dutertre me l'affirme, nous nous entendrons certainement.

— Je l'espère, mademoiselle ; je ferai pour ce tout mon possible. Cependant je sollicite toute votre indulgence pour mes débuts, n'étant pas habituée au service.

— Cette indulgence vous est acquise, mon enfant. D'ailleurs, je puis bien vous dire, sans fausse...

ment tourmentée.

... caractère dépourvu de jalousie, me [donne] une humeur assez égale, exempte de toute [...]. Je ne suis pas encore affligée de ces ma[nies] insupportables dont les célibataires de mon [espèce] ont le monopole.

Je dois dire que je suis instruite, par suite [sans] préjugés étroits, et plutôt tolérante pour toutes les idées ou les opinions, pourvu, toutefois, qu'elles soient honnêtes et morales.

Je suis suffisamment riche et assez désin[téressée] pour que ma maison soit largement con[fortable] et le service agréable.

Ce que je désire de vous, avant tout, c'est de [trouver] un peu de dévouement, aussi [...] une certaine affection, et vous vous plairez chez moi.

Je vous suis profondément reconnaissante de me parler avec tant de franchise et de bienveil-lance, mademoiselle, repartit Geneviève, touchée [...] de sa maîtresse.

En effet, la déclaration de principes de Mlle de [Laf]font devait mettre la jeune fille, encore bien ti[mide], beaucoup plus à l'aise que toute énuméra-[tion] froide et sèche des obligations de sa nouvelle [positi]on.

[Elle] s'habitua vite à cette nouvelle existence, s'at[tacha] réellement à la maison. Elle demanda seule-ment à Mlle de Laffont l'autorisation d'aller passer un après-midi, tous les quinze jours, avec ses amis [Garnier].

Ce désir de la pauvre fille fut exaucé sans dif[ficulté], car l'excellente aveugle, si bien[veillante] [...] précautionner pour n'être point seule lorsque se [pro]duiraient les absences de sa caméliste.

Elle avait d'ailleurs entendu dire le plus grand [bien des] Garnier par son cousin Dutertre. Et, [connaissant la] scrupuleuse moralité de ces braves [gens], elle se réjouissait de savoir que Geneviève [co]ntinuerait à les voir.

L'influence quasi maternelle de Mme Garnier [sur] l'esprit de la jeune fille ne pouvait qu'être fé[con]de en excellents résultats.

[...] jour de [...] de Geneviève [...] arrivé, laissa [...] celle-ci partir [...] terminé.

C'était un dimanche de mai, tiède et lumineux. Lorsque la jeune fille arriva rue Saint-Antoine, elle ressentit pourtant un serrement de cœur dou-loureux.

C'était là, dans cette maison, sur le palier même [occu]pé par les Garnier, que s'était écoulée la plus [...] partie de son enfance, si heureusement ar-[rachée à la] misère par le père Tendron.

[C'était] là qu'elle avait connu l'affection, le bonheur, la tranquillité ; là, que misérable, igno-rante, dénuée de tous principes, de toute moralité, elle s'était si étonnamment transformée. Là, enfin, qu'elle avait connu ceux qu'elle venait voir au-[jourd']hui. La mère, si douce, si généreuse, si pré-[voyante], et le fils, si dévoué, si courageux, si cer-[tain], dont le caractère délicat s'ingéniait, en-vers elle en des attentions charmantes, toutes fra-ternelles.

Mais là aussi, Geneviève avait connu la douleur [les] catastrophes, les regrets indicibles, le déchire-ment des inéluctables séparations.

[Derrière] ces cloisons légères considérées si tris-[tement], s'était éteint le protecteur, le père ; le sim-

Que lui [reprocher] à ces réflexions [au] moment de pénétrer chez les Garnier.

— Comment, vous allez sortir ? reprit-elle étonnée, en voyant la mère et le fils habillés, prêts à un départ.

— Certainement, repartit Mme Garnier, en ri-ant avec une douce malice. Nous tenons à [pro]-fiter des premiers beaux jours du printemps.

— Je vous avais pourtant écrit que je viendrai.

— Et nous avons bien reçu la lettre, fit Jacques souriant, lui aussi, d'un air entendu.

— Alors, je ne comprends pas ?

— Eh bien, c'est très simple, ma chère Gene-viève, nous sortons et nous l'emmenons.

— Où ça ?

— Où tu voudras ; à la campagne de préférence, reprit Mme Garnier.

— Décide toi-même, mon enfant.

— Mais avant tout, embrasse-moi, ma belle mi-gnonne, car tu l'as oublié.

— Ah ! c'est vrai, pardon, pardon ! Mon étonne-ment me faisait négliger ce devoir, pourtant si doux.

— Et moi ? réclama gentiment Jacques, tandis que la jeune fille, redevenue plus gaie, étreignait doucement l'excellente veuve.

— Toi ?.. Je ne sais si... Enfin tiens, voilà mon front, grand malicieux !

Et tout en offrant son front pur au baiser [quasi] fraternel du jeune homme, la jeune fille éclaira[it son] joli sourire de son rire adorable de jeunesse.

Ils partirent enfin tous trois vers le bois de Vin-cennes.

Durant le trajet en tramway qui les obligeait [à] une discrète réserve, Geneviève eut le loisir de [ré]fléchir, et de comprendre à quel sentiment délicat avaient obéi les Garnier, en l'éloignant, pour cette première sortie, de la maison où elle avait si récem-ment souffert.

Arrivés dans le bois, ils s'engagèrent tous trois dans une longue allée peu fréquentée.

— Mes enfants, déclara bientôt Mme Garnier, en s'arrêtant près d'un banc rustique, je vais m'as-seoir un instant, je suis fatiguée.

— Déjà ! fit Jacques, d'un ton de regret sincère.

— Mon enfant, je ne suis plus jeune et j'ai perdu l'habitude de la marche. Mais si cette halte vous contrarie, je vous autorise à continuer votre pro-menade dans l'allée. Vous me reprendrez dans [une] heure.

— Très bien, chère mère, nous allons profiter de la permission, il fait si bon dans les bois.

— Veux-tu mon bras, Geneviève ?

Sans [reticence] coquette, la jeune fille s'appuya gentiment sur le bras offert.

Et doucement, à pas lents, ils s'éloignèrent silen-cieux d'abord, baignés de la claire lumière du so-leil printanier qui jouait à travers les jeunes [feu]illes.

— Où est le temps où je venais jouer ici, anneau, [...] soupira Geneviève, hantée de souvenirs.

— Le regrettes-tu ? fit Jacques.

— Oui et non ; c'est très difficile à expliquer. Je suis fière de n'être plus une enfant et pourtant, je voudrais encore vivre cette époque d'insouciance.

— C'est bien cela : enfant à tes heures, [jeune] fille à d'autres, suivant les caprices du moment, les impulsions de ta nature sensitive.

... tu deviens un peu ... au berceau. Tu es une femme, à présent.

— Une jeune fille, rectifia Geneviève.

— Oui, si tu veux. Mais une jeune fille charmante, qui fait songer à la femme ravissante que tu seras bientôt.

— Comme tu me dis cela !

— Parce que je pense à tant de choses nouvelles.

— Vraiment ?... Tu prends un air solennel pour mettre ces réflexions.

— Solennel est exagéré. Grave serait plus juste. Ceci d'ailleurs est presque indépendant de ma volonté. Ce sont les événements, l'heure, la saison nouvelle, aussi de te sentir là, si près de moi et si ...ée.

— Oui, toutes ces circonstances réunies m'inspirent des réflexions très suggestives.

— Bon, de la psychologie maintenant.

— Ecoute, Geneviève, et ne raille point. J'ai besoin de t'ouvrir mon esprit et mon cœur ; une force invincible m'y pousse.

« Nous nous connaissons depuis dix ans bientôt. Tu étais toute gamine, lorsque j'étais déjà un jeune adolescent.

— Je sais cela.

— Tout de suite, dès nos relations de voisinage commencées, j'ai ressenti pour toi une vive affection, presque fraternelle. Ton caractère tendre, enjoué, docile, dépourvu de toute hypocrisie, m'avait séduit du premier coup.

Geneviève sourit, regarda franchement son ami Jacques.

— Moi aussi, dit-elle gentiment, j'ai tout de suite éprouvé pour toi une grande sympathie.

— Je m'en suis aperçu.

— Tu sais, Geneviève, les enfants n'ont pas besoin de réfléchir longuement, comme des psychologues, pour donner leur affection.

— L'instinct guide sûrement leurs sentiments, sans qu'ils aient besoin d'analyses très subtiles.

— Oui, ce sont les impulsions du cœur.

— Les meilleures, et les plus vraies.

— D'ailleurs, un grand philosophe l'a dit : Le cœur a des raisons que la raison ignore.

— Bon, des citations, fit Geneviève, riant de toutes ses dents. Alors ça devient grave ?

— Peut-être.

Sur cette laconique réponse, réticente et si pleine de sous-entendus, Jacques s'arrêta soudain, dégagea lentement le bras sur lequel s'appuyait doucement Geneviève.

Un peu étonnée, la jeune fille ne résista cependant point, attendant ce qu'allait dire son ami.

Il demeura muet un instant, immobile, gêné, comme hésitant à continuer l'entretien.

Tourné maintenant vers elle, il la regardait dans les yeux et ses prunelles avaient une telle acuité d'expression profonde qu'elle tressaillit imperceptiblement.

Cependant le silence devenait embarrassant.

— Eh bien, fit-elle, malicieuse, en se ressaisissant vite, à quoi rêves-tu ?

— A toi, Geneviève.

— Comment ?

— C'est très difficile à préciser.

— Alors, à mon tour de te faire une citation.

— J'écoute ?

— Ce que l'on conçoit bien s'énonce clairement.

— Pas toujours. Il y a des restrictions nécessai-

leurs ...icies.

— Et tu deviens si timide ?

— Oui, je le deviens maintenant en ta présence.

— Pourquoi ?... Ne suis-je pas toujours ... avec toi ?

— Certes. Et c'est justement ce qui me gêne le plus.

— Oh ! fit Geneviève, surprise, où veux-tu en venir ?

— Je voudrais te confier un secret, et je n'ose... Je voudrais, en un mot, t'ouvrir mon cœur, et j'ai peur que tu me railles.

— Amour-propre d'homme !

— Ou amour, tout simplement.

— Tu aimes quelqu'un ?

En posant cette question, si simple en apparence, et cependant si grosse d'imprévu troublant, Geneviève détourna son regard, comme désireuse de dissimuler l'expression soudaine d'anxiété...

— Tiens, marchons, reprit brusquement Jacques. Et, d'un geste nerveux, il passa de nouveau son bras à celui de la jeune fille, l'entraînant doucement dans l'allée ...

Ils firent quelques pas en silence, s'ingéniant à ne point se regarder. Ils considéraient avec une affectation distraite les jeunes feuillages frémissants à la brise printanière, où les flèches d'or du soleil semblaient se livrer aux jeux légers et ... ces des lumières et des ombres.

A leur gauche s'étendait un large tapis de gazon au vert tendre, dont les brindilles fines et tremblantes se mouraient dans les eaux claires du lac Daumesnil.

Toute cette nature, rajeunie par l'éternel printemps, s'irradiait, chantait la joie de vivre, la gloire de la renaissante jeunesse.

Et tous deux, ils sentaient confusément se ... leurs âmes juvéniles, s'exalter leurs impressions et en même temps la robustesse de leur être ... que la richesse de leur sang généreux. Les sèves montantes les troublaient par action réflexe.

— C'est très beau, par ici, n'est-ce pas ? fit Jacques d'un ton ... empreint d'enthousiasme un peu exagéré.

— Oui, très joli, rectifia Geneviève. Je voudrais être poète pour célébrer, comme il convient, la grâce du site, la douceur et le charme qui s'en dégagent.

« Mais, acheva-t-elle avec un soupir de curiosité féminine non satisfaite, nous voici loin du chapitre de tes confidences ?

— C'est vrai. Tu voudrais que je reprenne ?

— Je n'y vois personnellement aucun inconvénient.

« Cela m'amuserait peut-être.

— Oh ! ce mot, Geneviève !

— Eh bien ?

— Il ne s'agit pas de plaisanteries.

— Alors, riposta la charmante fille, devenant soudain plus grave, c'est donc sérieux ?

— Très.

— Tu parais en être affecté ?

— Pas encore, mais j'ai peur.

— Eh bien, mon bon Jacques, n'as-tu plus confiance en moi ; ne suis-je plus ton amie sincère, presque ta sœur, comme tu me l'as dit si souvent ?

— Mon amie, oui, certainement, ma meilleure amie. Ma sœur non. A moins que je ne sois trompé ? 2

... dément, je ne comprends [...], fit [...] Geneviève sans dissimuler son étonnement.

[...] eleva brusquement la tête, et un mouvement [...] comme s'il prenait vraiment [...] une [...] héroïque.

— Écoute-moi bien, dit-il d'un accent dont la fer[...] [...] sourit sa compagne.

— Tout à l'heure, nous parlions de notre enfance, [...] les souvenirs de gamins. Mais tout [...] les années vont vite et, en nous trans[...] elles modifient nos conceptions de la vie [...] sentiments.

— J'espère, fit Geneviève un peu interloquée, que les liens ne se sont pas modifiés à mon égard ?

Cette jolie naïveté fit sourire Jacques Garnier malgré lui, et parut l'encourager à parler de façon plus précise.

— Si quelqu'un [...], mes sentiments pour toi se sont [...]. L'affection fraternelle dont tu me rap[...] la douceur et la solidité tout à la fois n'existe [...] en mon cœur.

« Elle a revêtu, sans que j'y puisse garde, une forme nouvelle. Oh ! c'est vrai tout naturellement [...] que, sans doute, ce devait être.

— Es-tu fataliste ?

— Peut-être ? Je suis de ceux qui croient que nous subissons les événements.

« Et je comprends mieux à cette heure, après ces quinze premiers jours de séparation, pourquoi, [...] habits spéciaux, loin de ta présence pourtant, [...] pensé si souvent à toi.

— Crois-tu que je t'aie oublié un seul instant ?

— Le sais-je ?

— Méchant !

— Non, je dis hardiment et sincèrement tout ce que je pense. Je ne saurais rien te dissimuler en ce moment, puisque je t'ai promis de te confier mon secret.

« Oui, j'ai beaucoup pensé à toi, je t'ai revue chaque jour avec les yeux de mon esprit. J'ai pensé à l'avenir qui pourrait nous séparer un jour.

« [...] les hasards de la vie, les événements [...] nous devons subir.

— Hasards douloureux parfois. Car, en songeant justement à ces possibilités, peut-être inévitables, j'ai senti que, jamais, je ne pourrais l'oublier, ma chère Geneviève.

— On se souvient toujours de son enfance et de ses premières affections, affirma la jeune fille d'un [...] pénétré.

— Surtout lorsque l'affection dont tu parles est [...] seulement plus puissant, plus ardent, [...] dominateur devant lequel s'effacent toutes les autres impressions.

« Tu me comprends n'est-ce pas ?

— Je le crois, fit-elle, soudainement grave et un peu confuse.

— Alors tu as deviné mon secret ?

— Tout au moins, je le pressens.

— Tu vois qu'il ne s'agit plus aujourd'hui d'affection [...], mais de quelque chose de plus fort, plus profond et de plus tendre tout à la fois.

« Je t'aime, Geneviève, mais non plus comme un [...] en homme, j'aime en toi la femme [...] exquise que tu es devenue.

Jacques, s'écria seulement Geneviève trou[...] jusqu'au fond de l'âme.

— Oui, je sais, je suis trop hardi. Je te dis bru-

[...] ant des choses que [...]

« Mais j'obéis à une sorte d'impulsion ir[...] plus puissante que ma volonté, que mon[...] ne point te froisser.

« Et j'ose t'avouer mon amour, Geneviève, parce que je considère cet aveu comme un devoir.

« Aussi parce qu'il est nécessaire, indispensable même, pour mon repos, de savoir si ce sentiment nouveau t'offense ?

— Certainement non.

— Reçoit-il au contraire ton approbation ?

— Tu me prends au dépourvu, fit elle, s'efforçant de dominer son émotion et de rester maîtresse d'elle-même.

« Restons-en là, veux-tu ? ajouta-t-elle avec une sorte de supplication dans ses prunelles brunes.

Puis instinctivement elle abaissa ses longues paupières, comme pour voiler l'éclat de ses yeux. Son visage rosé pâlit un peu, une sorte de tremblement nerveux agita ses lèvres serrées.

Jacques la considérait, silencieux à présent, [...] sur elle un regard à la fois ardent et inquiet.

Il vit sa jeune poitrine se soulever en [...] ments rapides et comprit aussitôt l'intensité de son émoi.

— Pardon, dit-il d'un accent pénétré, pardon, Geneviève, de ma brutalité.

« Mais promets-moi de penser aux choses graves que je viens de te révéler.

« Tu t'interrogeras dans le calme de la soli[...] et plus tard, quand nous nous reverrons, tu me diras sincèrement ce que tu penses.

— Je te le promets, Jacques.

— Bien, je te connais, tu ne mentiras point.

« Restons-en là puisque tu le veux. Allons retrouver ma mère.

— Lui as-tu parlé de tout ceci ? interrogea-t-elle avec une nuance d'inquiétude.

— Non, pas encore. Et je ne crois pas utile de lui en parler avant de connaître ton sentiment.

— Tu as raison, Jacques. Il vaut mieux attendre.

Sur cette conclusion, Geneviève, comme pressée d'échapper à ce tête-à-tête si troublant, revint en hâte sur ses pas.

Une émotion intérieure, indicible, l'empêchait maintenant de parler, l'absorbait toute.

Elle n'avait pas repris le bras de son ami, comme si, tout à coup, des pudeurs nouvelles et délicates s'étaient éveillées en elle, l'incitant à fuir un contact peut-être dangereux pour son repos.

Lui, plus maître de soi, maintenant que l'aveu redoutable était sorti de ses lèvres, s'ingéniait à faire des remarques banales sur le paysage, afin de rompre l'espèce de paralysie morale dont il semblait atteint.

Par instants, elle levait sur lui un regard [...] un peu égaré, qui décelait, mieux que toute parole, l'état désordonné de son cerveau et de son cœur.

Enfin ils rejoignirent Mme Garnier.

Et la vue, la présence de l'excellente femme produisirent presque instantanément, sur l'esprit fiévré de Geneviève, la détente nécessaire et salutaire.

Ils reprirent tous trois ensemble le chemin de la Porte-Dorée, causant maintenant sans aucun [...] apparent des extériorités.

Lorsqu'ils se séparèrent, un quart d'heure plus tard, pour retourner vers leurs logis respectifs...

...ment plus longtemps que...
...un de Geneviève.

Et pour ne point la troubler davantage, il se...
...ces qu'elle fut montée dans le tramway qui...
...ait la ramener dans Paris.

Elle devait se rendre à Passy, rue de la Pompe,
où Mlle de Laffont occupait un appartement dans
un luxueux immeuble de construction moderne.

En descendant de voiture dans la grande rue de
Passy, après une heure de trajet, elle était encore,
malgré ce long temps écoulé, sous l'influence de
son émouvante conversation avec Jacques Garnier.

Elle marchait vite, étrangère aux choses qui l'en-
vironnaient, au spectacle animé de la rue, absorbée
...de troublantes pensées.

Elle venait de s'engager sur la chaussée, sillon-
née de véhicules de toutes sortes, lorsque des sons
de trompe répétés attirèrent tout à coup son attention.

Elle détourna vivement la tête, un tramway arrivait sur elle, distant de deux ou trois pas au plus.

Pour l'éviter, elle recula d'un bond vers le trottoir qu'elle venait de quitter.

Elle n'eut pas le temps de l'atteindre. Une voiture
automobile venant en sens inverse la frôla de très
près, malgré les efforts du chauffeur.

Happée au passage par le garde-boue, elle tomba
en arrière, en jetant un cri éperdu de terreur.

Le dangereux véhicule s'arrêta presque tout de
suite, le chauffeur et le voyageur qui se trouvait à
l'intérieur se précipitèrent ensemble vers elle.

Les passants épouvantés se groupaient, nombreux déjà, sur le lieu de l'accident, le commentant
différemment, sans que la plupart, cependant, eussent vu bien exactement comment il s'était produit.

La jeune fille inanimée fut aussitôt relevée par
le chauffeur et son voyageur, avec les plus grandes
précautions. Puis elle fut transportée dans une
pharmacie toute proche.

On l'étendit sur des chaises vite préparées à cet
effet, où le praticien l'examina minutieusement.

Elle ne portait aucune blessure apparente, aucun
indice de graves contusions.

Cependant elle demeurait inerte, privée de sentiment, pâle comme une morte.

Un réactif puissant la ranima.

Elle se dressa lentement, regarda autour d'elle
d'un air profondément surpris d'abord, puis recouvra peu à peu la lucidité de son esprit et la mémoire de l'accident.

Le pharmacien, attentif à cette renaissance, l'interrogea doucement, pitoyable :

— Eh bien, mademoiselle, vous sentez-vous atteinte quelque part ?... Souffrez-vous ?

— Non, monsieur, je ne ressens rien jusqu'à présent, dit-elle, d'une voix blanche.

« Mais je voudrais être assise, et non pas couchée
sur ces chaises.

— Très facile, et fort légitime.

En même temps, le praticien retira les sièges devenus inutiles.

Geneviève, tout en se remettant par degrés, examinait d'un regard scrutateur ceux qui l'entouraient.

Elle remarqua de suite celui des assistants placé
le plus près d'elle.

Assez grand, jeune encore, de physique relativement agréable, de mise très soignée et même élégante, il semblait être un homme du monde.

pressait qu'il rentrât au...
Et cette attention provoqua de... cette...
ration.

— Mademoiselle, vous me voyez absolument confus.

« Je suis l'occupant de la voiture qui...
malencontreusement renversée. Je serais...
qu'il en résultât quelque chose de fâcheux pour
vous.

— Fort heureusement, monsieur, je ne le...
pas, répartit Geneviève, dont les joues se...
un peu.

« D'ailleurs, je me sens assez forte maintenant
pour me relever, et si je puis faire quelques pas...
vais me rendre un compte immédiat de mon...

En achevant, la belle jeune fille fit un effort...
sitôt secondée avec le plus vif empressement...
son interlocuteur, elle put se mettre debout.

Le pharmacien, pendant ce temps, faisait évac...
son magasin par les curieux badauds qui l'encom-
braient, tout en leur affirmant que l'accident n'a...
fait aucune suite grave.

Il... vers elle... l'examina avec...
une attention soutenue, tandis qu'elle s'essayait...
marcher lentement.

— Sentez-vous une gêne dans les articulations ?
demanda-t-il. Ou bien une douleur en un point quelconque ?

— Non, rien, fit Geneviève. Simplement un...
tremblement dans les jambes, comme une réaction.

— Très compréhensible, c'est le résultat nerveux
du choc et de l'émotion.

« Allons, vous vous en serez tirée à bon compte,
fort heureusement, mon enfant.

— Oui, appuya l'interlocuteur élégant, c'est une
sorte de miracle dont on ne saurait trop se réjouir.

« Il eût été véritablement désolant qu'une aussi
charmante personne fût blessée.

« Habitez-vous le quartier, mademoiselle ?

— Oui, monsieur, tout près d'ici, rue de la
Pompe.

« En ce cas, vous voudrez bien me permettre
de vous reconduire jusqu'à votre porte, dans le véhicule même qui faillit vous être si funeste ?

— C'eût été ma faute, avoua Geneviève, avec
toute la sincérité de son caractère.

— Un peu, car mon chauffeur tenait sa droite et
n'allait pas trop vite.

« N'importe, un accident grave eût été, je le répète, infiniment regrettable. Personnellement j'en
aurais été très vivement affecté.

Tout en parlant, le personnage élégant et quelque peu prétentieux en ses gestes étudiés, tirait de
sa poche un porte-cartes en maroquin, orné d'ini-
tiales en or, placées en coin.

Il en sortit un bristol armorié, le tendit galamment à la jeune fille, en la regardant hardiment.

Celle-ci prit machinalement la carte, la considéra
distraitement d'un coup d'œil et lut :

COMTE GASTON DE MONTCLAIR

Puis d'un geste naturel, vraiment simple, elle la
rendit à son interlocuteur, un peu surpris.

— Ne voulez-vous pas conserver mon nom ? demanda-t-il avec un sourire insinuant.

— A quoi bon, monsieur ?

« Je vous remercie sincèrement, mais il est bien

enfin que... douloureuse, que l'occasion de nous...

— Ce serait dommage, je le regretterais, monsieur. J'aurais sollicité très instamment l'honneur d'aller prendre de vos nouvelles.

— Encore merci, monsieur. Et soyez rassuré de
ce que je n'éprouve rien de fâcheux, ni de douloureux.

— J'en serai quitte pour la peur, voilà tout.

— Cependant, souffrez que je vous offre ma voiture pour vous ramener chez vous.

Cette insistance et les regards trop audacieux
dont l'enveloppait son interlocuteur, déplurent
instinctivement à Geneviève.

Elle répliqua d'un ton sec, destiné à réprimer
toute manifestation nouvelle :

— C'est inutile, monsieur, merci !

Un peu interloqué, M. de Monclair salua, puis
sortit rapidement de la pharmacie, non sans laisser échapper un geste de dépit.

Geneviève, comme si elle eût redouté quelque
tentative galante, se tourna vers le pharmacien
dont le regard fin trahissait une arrière-pensée.

— Me permettez-vous, monsieur, d'attendre un
instant ici, encore ?

— Très volontiers, mademoiselle.

« J'ose ajouter que je vous approuve pleinement.

« Ce monsieur paraît trop facilement inflamma-
ble, fit-il avec un sourire entendu.

« Asseyez-vous donc et demeurez le temps qu'il
vous plaira.

— Merci, monsieur. Vous dois-je quelque chose
pour vos soins ?

— Oh ! rien du tout. Trop heureux d'avoir pu
vous secourir, ou plutôt vous ranimer, car mon
rôle s'est borné à cela.

Et achevant, le praticien passa derrière son
comptoir et sans parler davantage reprit le cours
de ses occupations.

Geneviève, assise, réfléchissait activement, se
demandant si elle allait informer Mlle de Laffont
de l'accident ridicule dont elle avait failli devenir
la victime.

Elle opta bientôt pour une sage négative.

Dix minutes plus tard, elle quittait la pharmacie
pour se diriger vers la rue de la Pompe, marchant cette fois avec des précautions attentives.

Elle reprit aussitôt son service auprès de la bienveillante aveugle, et répondit au interrogations
discrètes de celle-ci, en se déclarant enchantée de
sa promenade.

Elle n'éprouvait aucune gêne physique, aucune
douleur et se félicitait intérieurement de la chance
extraordinaire qui l'avait préservée.

Mais, en soi, elle se promettait bien de refréner
désormais les écarts de son cerveau et les obses-
sions troublantes.

Elle comptait ingénument sans la puissance de
l'amour dominateur, de l'amour maître des esprits et des cœurs, de l'amour maître du monde !

Cependant elle ne put se lever le lendemain matin. Une courbature générale, très pénible, la retint
au lit durant trois jours, sans qu'elle pût justifier
de ce singulier malaise à l'égard de Mlle de Laffont.

Enfin, complètement rétablie, elle reprit son service, attendant maintenant avec une impatience
irréfléchie, et pour ainsi dire irréductible, le jour
de sa prochaine sortie.

D'ailleurs, une courte lettre de Jacques Garnier

qu'il devait envoyer la semaine suivante, coupa court
naturellement à l'entretien de cette inspection.

Le jeune homme écrivait ceci :

Ma chère Geneviève,

*Puisque tu dois être libre, de nouveau, le troi-
sième dimanche du mois et que, naturellement
nous consacreras la journée, nous comptons
profiter pour t'offrir une nouvelle promenade
agréable.*

*Dans le but de t'éviter un long trajet, nous irons
ma chère mère et moi, t'attendre à la porte de la
Muette, vers deux heures. Les bois sont encore
plus jolis que la semaine dernière, nous les verrons
ensemble, et nous causerons.*

*Tu me diras ce que tu as pensé de notre der-
nier entretien.*

Ton Jacques.

III

DON JUAN BAFOUÉ

Il était environ huit heures du soir.

Dans la rue de la Pompe, peu passante, à ce
moment où la plupart des habitants de ce quartier très bourgeois sont à table, un homme de mise
élégante se promenait de long en large sur le trottoir opposé à l'immeuble occupé par Mlle de Laffont.

De temps à autre, il s'arrêtait, levait les yeux
vers les fenêtres éclairées, esquissait un mouvement d'impatience, puis reprenait son étrange faction.

Attendait-il un habitant de l'immeuble ou, au
contraire, une personne qui, peut-être, y était entrée depuis peu et devait en ressortir ?

C'était là son secret.

Il portait de la main droite un gros bouquet de
violettes de Parme, et de temps à autre l'élevait à
la hauteur de son visage pour en respirer le parfum délicat.

Déjà quelques boutiquiers du voisinage l'avaient
remarqué et l'observaient curieusement, derrière
les vitrines de leurs étalages.

Il s'en aperçut sans doute, car il prit bientôt le
parti de s'arrêter sous un porche, où il demeura
enfin masqué par l'ombre protectrice.

Cependant, les instants s'écoulaient, et le personnage semblait devenir plus impatient à mesure.

Soudain, il tressaillit, redressa le torse d'un mouvement orgueilleux, se détacha lentement de l'ombre et se mit en marche, traversant la chaussée
en biais.

De l'autre côté de la rue, une silhouette féminine
venait de sortir de l'immeuble surveillé.

Silhouette gracieuse, à la démarche souple, aux
mouvements harmonieux.

Silhouette de soubrette accorte et jolie, la tête
nue, casquée d'une opulente chevelure brune, correctement vêtue de noir et portant l'insigne de sa
profession : un tablier blanc, à bretelles très co-
quettement festonnées.

Elle allait devant elle, sans détourner la tête,
préoccupée, sans nul doute, de ses affaires personnelles, indifférente aux rares passants comme aux
devantures des magasins.

ayant atteint et dépassé [illegible], qu'il emboîta le pas et marchait [illegible] hauteur.

— Mademoiselle ? appela-t-il, d'une voix douce [illegible] dessein, et l'accent engageant.

Elle ne tourna point la tête, comme si elle n'eût [illegible] entendu.

Le personnage répéta son appel, insistant.

— Mademoiselle, un mot, je vous en prie ?

Et comme elle marchait toujours, impassible, il [illegible] la :

— Voyons, mademoiselle, je suis le comte de [illegible]clair !

— Que me voulez-vous, monsieur ? demanda [illegible]ment la camériste, en se tournant un peu [illegible] l'obstiné suiveur.

Ce mouvement plaça le [illegible] visage de Geneviève [illegible] lumière.

[illegible] premier coup d'œil elle reconnut, en effet, [illegible] dont l'automobile l'avait renversée, dix jours [illegible]fait, au retour de son émouvante promenade [illegible] Jacques Garnier.

Gaston de Montclair, profitant de sa réponse [illegible], et sans paraître trop s'étonner du ton gla[illegible] dont elle était prononcée, s'était approché.

Il marchait maintenant au côté de Geneviève [illegible] en rivant sur elle le regard trop hardi de [illegible] yeux bleus, il parlait.

— Je suis heureux que vous m'ayez enfin re[illegible]nnu.

— Je tenais beaucoup à vous revoir. J'attendais [illegible] sortie, dans la rue, depuis une heure au [illegible]oins.

— Avouez que c'est de la constance ; bien digne [illegible] moment d'attention et d'entretien.

— Constance inutile, monsieur, croyez-moi.

— Non pas, j'étais très désireux d'avoir de vos [illegible]velles, après le fâcheux accident dont vous faill[illegible] être la victime, et dont ma voiture fut la [illegible] involontaire.

— Je n'y pense plus.

— Mais moi, je pensais à vous.

— Vous avez eu tort, monsieur. Vous voyez bien [illegible] je ne suis pas de votre monde, répartit Geneviève.

Dans son honnêteté absolue, et par suite, tout [illegible] ingénue, la jeune fille ne se doutait pas que, [illegible] une femme, répondre à un homme qui vous [illegible] c'est l'autoriser tacitement à vous parler.

Et quel que soit le ton des réponses faites, si [illegible]rageantes semblent-elles, c'est pourtant pro[illegible]er l'homme qui a la manie de courir les rues [illegible] quête d'aventures galantes.

M. de Montclair était trop habitué aux con[illegible]tes faciles de la rue pour ne point tirer avan[illegible]age de cette imprudence ; aveuglé, comme tous [illegible] pareils, par sa fatuité masculine.

— Eh ! qu'importe votre profession, mademoi[illegible]elle, fit-il avec une sorte de véhémence contenue. [illegible] êtes femme de chambre probablement. Ceci [illegible]ève-t-il quelque chose à votre grâce, à la beauté [illegible] votre visage que plus d'une mondaine envie[illegible]ait ?

— Monsieur, laissez-moi ! s'écria Geneviève [illegible]harrée.

— Je fais une course pressée pour ma maîtresse, [illegible] je n'ai pas le temps de vous entendre davantage.

— Pourquoi ? Si vous me permettez de vous accompagner, nous pouvons causer, sans vous retar[illegible]er le moins du monde.

[illegible]moi, vous offrir quelques fleurs [illegible] intention.

En achevant, il plaça devant le visage sévère de Geneviève le bouquet de violettes [illegible] sa main gauche s'embarrassait.

Elle ne sut pas retenir un geste [illegible] énervée. De sa main leste elle repoussa le [illegible]quet.

— Oh ! vous n'êtes pas gentille, s'exclama-t-il à mi-voix.

« Je suis pourtant, croyez-le, ma belle enfant, [illegible]mé des plus aimables sentiments à votre égard.

« Je n'ai pas été surpris par la révélation de votre condition, je la connaissais.

« Depuis dix jours, je me suis renseigné, je savais parfaitement à qui j'ai affaire. Je n'ignore pas que vous êtes une jeune fille rangée, sérieuse. Et ces détails importants n'ont fait qu'accroître mon désir de vous revoir et de vous connaître mieux.

Malgré ce flot de paroles flatteuses qui auraient pu intéresser une jeune fille moins foncièrement honnête, Geneviève ne répondait plus.

Elle hâtait le pas maintenant vers la rue où elle allait porter un pli à une amie de Mme de Lanoui.

Mais Gaston de Montclair, en son orgueil de faux don Juan, semblant prendre ce silence pour un encouragement tacite, il continuait :

— A mon humble avis, la profession que vous exercez n'est pas à la hauteur de votre charmante personne.

« Vous n'êtes pas faite pour servir, mais bien plutôt pour être servie.

« Si vous vouliez m'entendre, je pourrais vous faire en ce sens des propositions intéressantes.

« Sans posséder une grande fortune, je puis cependant mettre à votre disposition d'agréables moyens d'existence.

— Monsieur ! s'écria Geneviève révoltée par cette impudence, vous m'insultez !

— Mais non, ma toute belle. Je vous prouve au contraire mon admiration, mon ardent désir de vous plaire et de faire un peu votre bonheur.

Sans répondre, Geneviève accéléra davantage son allure et tourna bientôt le coin de la rue.

L'aspect de cette voie plus déserte que la rue de la Pompe, aussi moins bien éclairée, la troubla d'une peur instinctive.

Cependant, comme elle approchait du but de sa course, elle se rassura d'un effort de volonté.

A ce même instant, Gaston de Montclair, un peu dépité par son attitude résistante, et décidé à busquer les choses, se pencha vers elle.

Et d'un accent empreint d'une sorte d'autorité galante, il lui glissa dans l'oreille :

— Allons, ma belle petite sauvage, pas tant de façons, écoutez-moi, laissez-moi vous convaincre. Je vous aime déjà.

En même temps, il passa rapidement son bras autour de la taille de la jeune fille et se pencha sur sa nuque, prêt à prendre un baiser.

Il n'en eut pas le temps.

Indignée, en proie à une révolte violente de tout son être, Geneviève lui meurtrit la joue d'un soufflet retentissant.

Interloqué, honteux, il demeura une minute immobile, comme désemparé.

Elle profita de ce court répit.

D'un bond, elle s'élança en avant, parcourut en courant une dizaine de mètres, puis s'engouffra

[...] un corps [...] donnant accès à une [...] porte [...]

Dix minutes plus tard, elle sonnait à la porte de la baronne Jacquemin, vieille amie très intime de Mlle de Laffont.

Pendant ce temps, le comte de Montclair, furieux et penaud tout à la fois, ramassait le bouquet de violettes qu'il avait laissé choir, en un mouvement de recul instinctif.

Puis son regard se releva.

Il vit de loin Geneviève pénétrer dans un luxueux immeuble et, décidé à prendre une revanche de l'affront qu'il venait de subir, il traversa la chaussée en maugréant :

— Toi, ma petite, tu me paieras cette gifle-là.

Et de nouveau résolu d'attendre la jolie camériste, il s'embusqua face à la maison d'où il s'attendait à la voir ressortir bientôt.

Ceci n'impliquait pas que Gaston de Montclair fût un homme de volonté ou de persévérance.

Il était simplement orgueilleux à l'excès, comme bon nombre d'hommes de sa condition, entichés de préjugés et de prérogatives dues, croient-ils, à la prétendue supériorité de leur naissance ou de leur fortune.

Descendant authentique d'une ancienne race, mais un descendant diminué, rapetissé, appauvri moralement et physiquement, il ne possédait, d'ailleurs, qu'une aisance relative.

Six mille francs de revenus difficilement conservés après les extravagances, les folies dispendieuses d'une jeunesse inutile et des plus frivoles.

Ces faibles moyens ne lui permettant plus l'entretien coûteux de certaines femmes aux mœurs faciles, mais ruineuses, il se rabattait sur des conquêtes moins luxueuses.

A l'instar du légendaire Triplot, il se contentait des amours cachées de soubrettes, sottement fières d'être distinguées par « un homme du monde ».

C'était un désœuvré peu sympathique, comme tous ceux de son espèce, et même un peu trop dépourvu de scrupules.

Dans le but de parfaire à l'insuffisance de ses revenus, il lui arrivait parfois d'avoir recours à certains expédients dont, peut-être, ses nobles aïeux eussent rougi. En tout cas, ces expédients auraient été sévèrement qualifiés par ceux dont la simple honnêteté ne va pas sans une certaine intransigeance de principes.

Mais Gaston de Montclair se souciait peu de ses aïeux et du noble passé de la lignée à laquelle il devait son titre de comte, et le patrimoine dont il avait laissé la majeure partie dans des tripots ou des boudoirs.

Il voulait jouir de la vie, sans fatigue, sans efforts, attendant l'occasion toujours espérée de contracter au moment propice un mariage riche, avec une fille bourgeoise entichée de noblesse.

Il était certain de trouver un jour un acquéreur sérieux, pour son titre de comte authentique.

En attendant, il s'efforçait de charmer ses loisirs par des liaisons faciles et peu onéreuses.

Le jour où le fiacre automobile qui le transportait avait renversé Geneviève, sans la blesser, fort heureusement, ce désœuvré coureur d'aventures s'était intérieurement réjoui de l'accident.

La beauté de la jeune fille l'avait profondément impressionné. Il s'était promis de la revoir, en se [promettant] de la conquérir facilement, comme tant d'autres.

Et la résistance de la camériste [...] de ses libertins, il avait dépassé la [...] quelle de ses promesses en sa faveur.

— Vraiment, elle était cent fois mieux que celles à qui, jusqu'ici, il avait pu faire agréer ses nobles hommages.

Aussi son dépit et son vouloir exacerbé de réussir, auprès d'elle, le poussaient-ils à des moyens d'insistance inaccoutumés.

Il attendait donc sa sortie, protégé par une ombre propice, décidé, malgré la gifle reçue, à nouer un entretien.

De son côté, Geneviève, avec l'intuition innée de son sexe, prévoyait sans doute cette insistance possible, car l'idée lui vint de la déjouer.

Confiante en la bienveillance de la baronne Jacquemin, elle ne craignit pas de lui adresser une requête un peu osée.

Après l'avoir mise succinctement au courant de la poursuite audacieuse dont elle était l'objet, elle obtint, de la bonne vieille dame, l'autorisation de se faire reconduire, chez Mlle de Laffont, par le valet de chambre de la maison.

Celui-ci, elle le savait, était un homme sérieux, marié, ayant dépassé la quarantaine, et père de deux enfants.

Appelé de suite par la baronne, l'excellent serviteur se mit à la disposition de Geneviève.

Trois minutes plus tard, la jeune fille sortait de l'immeuble habité par la baronne, escortée par le brave garde du corps.

Ils n'aperçurent même pas Gaston de Montclair.

Celui-ci, en constatant la présence d'un homme au côté de la belle camériste, comprit l'inutilité de son attente.

Il quitta le porche sous lequel il s'était embusqué et prit une direction opposée à celle de la rue de la Pompe, remâchant son dépit et sa mauvaise humeur.

Lorsque Geneviève eut atteint son domicile, elle remercia gentiment le brave homme dont la protection lui avait évité de nouveaux désagréments et rentra, tout à fait rassurée.

Elle espérait bien que le comte de Montclair, persuadé cette fois de l'inanité de ses tentatives, ne les renouvellerait plus.

Aussi attendit-elle, sans nouvelles craintes, le jour de sa sortie, heureuse à l'avance de revoir la bonne Mme Garnier et son cher ami Jacques.

Enfin, ce dimanche arrivé, elle se prépara, obéissant, sans en avoir conscience, à une impulsion d'instinctive coquetterie, elle soigna davantage sa coiffure, sa mise.

Elle voulait que Jacques la trouvât jolie, plus que de coutume, sans pourtant raisonner à fond ce vouloir féminin si naturel.

Elle partit légère, gracieuse en sa démarche souple et harmonieuse, indifférente aux regards admiratifs des passants, ou aux coups d'œil envieux des femmes.

Le cœur lui battait vite dans la poitrine, lorsqu'elle atteignit la porte de la Muette.

Cependant elle se roidit à l'avance pour paraître calme en présence de Jacques, et surtout de sa mère, dont elle connaissait l'esprit clairvoyant.

Ses grands yeux bruns eurent vite fait d'explorer les alentours.

Elle découvrit facilement Jacques Garnier qui, une cigarette aux lèvres, faisait les cent pas dans une allée proche.

un étonnement désorienta pour un instant ses
idées.

Il ne voyait pas Mme Garnier.

Lui arrivé quelque chose de fâcheux, un accident, une maladie ?

Son affection pour l'excellente veuve s'alarma.

Il rejoignit avec empressement son ami Jacques, et, avant toute chose, lui demanda, l'accent
ému :

— Je ne vois pas ta mère, Jacques, pourquoi ?

— Rassure-toi, Geneviève, repartit le jeune
homme en souriant, maman n'a rien.

Il disait toujours « maman » comme lorsqu'il
était petit, car il professait pour cette mère incomparable un véritable culte filial.

— Oui, sois tranquille, reprit-il, elle va venir.
Elle s'est trouvée retenue, au dernier moment, par
une voisine qui est venue lui demander un petit service urgent.

— Qu'elle n'a pas su refuser ? ajouta Geneviève.

— Sans doute. Tu la connais bien. Elle est si ser-
viable, si bonne !

— Elle doit donc nous rejoindre ici même, dans
une heure environ.

— Allons, maintenant que te voilà rassurée, dis-
moi bonjour... négligente !

— Oh ! peux-tu m'accuser, Jacques ?

En même temps, la belle jeune fille approcha son
gracieux visage.

Et Jacques, se découvrant, mit à ses joues roses
deux baisers sonores, deux bons baisers quasi fra-
ternels.

Il reprit aussitôt :

— A te parler franchement, je me suis presque
félicité de cet incident.

— Pourquoi donc, méchant ?

— Parce qu'il va nous permettre de causer en
pleine liberté, durant une heure.

— Viens, nous allons prendre deux chaises et aller
nous asseoir dans un endroit tranquille, où personne ne nous entendra.

En achevant il prit effectivement deux chaises
légères et les traîna jusqu'à une pelouse à peu près
déserte.

Il adossa les sièges à un petit bouquet d'arbres
offrant une ombre suffisante à les abriter.

Lorsqu'elle se fut assise, docile, et d'ailleurs préparée à l'entretien qu'ils allaient avoir, il commença :

— As-tu réfléchi, Geneviève, à notre conversation
il y a quinze jours, au bois de Vincennes.

— Sans doute.

— Et alors, qu'as-tu décidé ?

— Mais rien, fit-elle un peu malicieuse.

— Il me faut donc t'en répéter les termes.

— Si tu veux.

— Eh bien, je l'ai dit, tu t'en souviens, que mon
affection fraternelle s'était transformée, à mon in-
su en un sentiment tout autre, et beaucoup plus
tendre.

— Je ne l'ai pas oublié.

— Je t'ai déclaré que je t'aimais très ardemment,
comme un homme aime une femme.

— Oui, Geneviève, je t'aime de toutes les forces
de mon être. Mon cœur est à présent tout plein de
toi, tu occupes toutes mes pensées, présentes et
aussi d'avenir.

— Oh ! l'avenir ? fit Geneviève avec une sorte
d'amertume attristée.

— Le redoutes-tu ? Ne voudrais-tu pas unir ton
existence à la mienne, afin que nous cheminions
tous les deux dans la vie, si pleine de promesses, de
bonheur et d'espoirs, malgré les difficultés de notre époque ?

— Il y a des difficultés insurmontables, Jacques.

— Non, ma chérie. Avec de la volonté, de la persévérance et du courage, on peut vaincre tous les
obstacles.

« Mais ne faisons point d'inutile philosophie. Si
ton âme palpite à l'unisson de la mienne, si tu veux
faire ma joie, rien ne pourrait nous séparer.

« Tiens, je me résume en deux mots : je t'adore !

Cet aveu passionné troubla profondément Geneviève. Elle demeura un instant interdite, palpitante.

Le visage carminé par une confusion charmante,
elle abaissa ses grands yeux bruns vers le sol,
n'osant plus affronter le regard brûlant de son ami.

Elle sentait d'instinct ce regard l'envelopper tout
entière d'effluves ardents.

— Tu ne réponds pas ?... fit Jacques surpris et
vaguement inquiet de cette attitude. Pourtant, j'ai
besoin de savoir.

— Que pourrais-je te dire ? balbutia la jeune fille,
plus troublée encore par cette sorte de mise en demeure.

— Mais tout ce que tu penses, sans détours, sans
restrictions.

— C'est difficile. Je ne saurais trouver les mots
nécessaires à exprimer clairement et complètement
ma pensée.

— Pourquoi cela ?

— Parce que tout mon être tressaille et frémit
d'une émotion intense, de joie peut-être, et de
crainte aussi tout à la fois.

— Tu m'aimes donc, Geneviève ?

— T'ai-je dit le contraire ?

— Ah ! chère mignonne, voilà donc la réponse
que j'attendais !

« Elle me ravit, elle m'enchante, me grise !

« Je suis si heureux que mon cœur se gonfle
dans ma poitrine, comme s'il allait éclater.

« Geneviève, ma Geneviève adorée, tu seras
donc ma femme !

— Qui sait ? soupira gravement la jeune fille se
ressaisissant un peu.

— Comment en peux-tu douter ?

— C'est comme un secret pressentiment.

— Voilà donc pourquoi tout à l'heure tu parlais
de craintes ?

— Hélas ! chaque fois qu'un bonheur nous apparaît, un danger nous menace. La vie est faite de
contrastes ; quelques joies peut-être, beaucoup de
douleurs !

— Je ne comprends pas bien ces appréhensions.

— Songe à ma situation, repartit simplement Geneviève, dont la gravité triste s'accentuait encore.

— Je la connais, parbleu.

— Eh bien, qui suis-je ?

« Une orpheline, une enfant perdue, sans famille.

« Mon état civil me donne le nom d'un père que
je n'ai jamais connu ; je suis Geneviève Guillot,
mais comment ?

— Légalement.

— Sans doute, mais j'ignore et j'ignorerai toujours qui m'a donné ce nom. Quant à celle qui m'a
mise au monde, à cette mère, vers qui sont allées
tant de mes aspirations d'enfant, elle est qualifiée
d'inconnue, sur mon acte de naissance.

— C'est exact, murmura Jacques devenu pensif.

... était-il ? Où vivait-il ?

« Si je dois en croire les assertions de la misérable comme dont les mauvais soins et la méchanceté firent de mon enfance une existence de martyre, cet homme était une sorte de traîneur de routes. Est-ce possible ? »

— Oui, c'était un chemineau, un vagabond, parait-il.

« Il disparut un jour, m'abandonnant sans pitié, sans aucun souci de mon extrême jeunesse pour aller, m'a-t-on dit, se fixer au Japon. Si loin !

« D'ailleurs, la mégère qui m'éleva m'affirma par la suite, qu'il y était mort, misérablement.

« Tu vois, de ce côté, nul espoir ne m'est permis.

— Certes, je comprends ton chagrin et jusqu'à un certain point l'espèce d'humiliation morale que tu t'infliges à toi-même.

« Cependant, si cette histoire est vraie, et ce n'est pas prouvé — tu ne peux être responsable de cette naissance obscure, ni de cet abandon regrettable.

— Je le sais avec toi. Pourtant quelle est ma situation présente ?

« Je suis une domestique ! »

— Il n'y a pas de sot métier.

— On le dit, mais certains préjugés n'en existent pas moins, et ces préjugés, d'ailleurs, comportent ou créent des nécessités morales, des exigences sociales, légitimes en somme.

Geneviève, dont le cœur troublé s'apaisait en ce moment, sous l'influence prépondérante de la froide raison, si décevante parfois, n'était plus émue.

Elle parlait avec calme et conviction, toute aux considérations matérielles du surnodsaie quotidien.

Elle continua, devenant plus triste à mesure :

— Ta mère, si fière de toi, si prévoyante, et désireuse par-dessus tout de te préparer un bel avenir, consentira-t-elle jamais, malgré toute sa bonté, à te laisser pour une pauvre fille, dénuée de tout, avoir, une malheureuse dont la famille n'existe pour ainsi dire pas ?

— Ma mère voudra mon bonheur, avant tout, affirma nettement Jacques.

« Elle m'aime trop pour s'arrêter aux considérations vulgaires et un peu cruelles que tu énumères, comme pour me décourager à plaisir.

— Oh ! Jacques, peux-tu croire cela ?

« Moi, te décourager, quand je serais si heureuse, et justement fière...

Cette réponse dictée par un élan du cœur rendit plus d'espoir au jeune homme.

— Ma mère t'aime beaucoup aussi, reprit-il. Elle apprécie pleinement les qualités indiscutables et rares, les mérites personnels certains, ton courage et la parfaite honnêteté.

« Quant à moi, tu connais depuis longtemps ma façon de penser, mon absence de préjugés égoïstes, ridicules et faux.

« Je ne suis pas un chercheur d'argent tout bonnement, un coureur de dot !

« Pour moi l'amour et la fortune sont deux éléments de bonheur très distincts.

« Je te demande de me donner le premier, le meilleur de ces éléments. J'espère bien acquérir le second par mon travail personnel.

— Tu en es très capable.

— J'ose le croire. Et je n'exigerai rien de celle que je choisirai pour être la compagne de ma vie.

... si je l'aime, je te prouve, puisque je te [?] déjà, en toute connaissance de cause.

« Donne-moi ton cœur tout entier, accorde-moi ton être charmant, fais-moi don de la beauté de ta radieuse jeunesse, tu combleras ainsi mes chers désirs.

« Me comprends-tu bien, ma chère Geneviève ?

— Oui, Jacques. Et ta noblesse de caractère, ta générosité d'âme m'émeuvent au delà de toute expression. Je sens toute la force de ton amour, mes craintes en sont d'autant plus vives et douloureuses.

— Efforce-toi de les calmer.

« Tu connais mes projets, mes espérances. Je suis ambitieux, je l'avoue, mais sans bassesse. L'ambition noble est un levier puissant.

« Je n'ai pas seulement le désir, mais aussi volonté ferme de parvenir. Et cela pour différentes raisons que ton esprit, très clair et très sage, appréciera comme il convient, j'en suis sûr.

« Tout d'abord, je veux assurer à mon excellente et vaillante mère, une vieillesse très heureuse, exempte de tous soucis matériels.

« Je lui dois cela pour les sacrifices considérables qu'elle s'imposa pour m'élever et me faire instruire, aussi parce que j'ai pour elle, tu le sais, la plus profonde, la plus sainte affection.

« Ensuite, je veux pouvoir offrir à celle dont l'existence voudra bien s'unir à la mienne, à celle qui deviendra la reine de mon foyer, la mère de mes enfants espérés, une situation enviable.

« Ceci la dédommagera plus tard, des difficultés inévitables du début. Si elle doit être à la peine, il sera juste qu'elle partage le bonheur ... conquis par mon travail.

— Oui, tout ceci est juste, approuva Geneviève d'un ton empreint d'une mélancolie douloureuse.

Jacques comme entraîné par ses propres paroles, continuait :

— Je dois penser aussi, et sans fausse hypocrisie à moi-même. C'est humain et non répréhensible. Il faut avoir le courage de son opinion et de son caractère.

« Je suis amoureux des belles choses, du confortable, du luxe même. Je rêve d'un intérieur orné de bibelots artistiques, de tapis, de tentures, de pièces vastes.

— C'est beaucoup, remarqua Geneviève, avec une simplicité raisonnable.

— Ce n'est pas trop. Oui, j'ose l'avouer, je suis avide de me procurer, par mon travail, la plus large aisance.

« Mais ces aspirations, même entachées d'un sentiment peut-être exagéré de ma personnalité, ne sont-elles pas cependant des plus légitimes ?

— Oh ! si, si, Jacques. Et je ne voudrais ni les combattre, ni même essayer de t'en détourner.

— A la bonne heure, Geneviève, tu me comprends et ton approbation m'est précieuse entre toutes.

« Laisse-moi donc poursuivre ma route et la réalisation de mes projets très chers, sans redouter d'infranchissables obstacles.

« La volonté soutenue, le travail sont des forces puissantes. Et l'amour vrai, profond, unique, donne du courage ! »

Tout en parlant, Jacques Garnier s'exaltait. Il continua, la voix vibrante de passion :

— Or, je te le répète, ma Geneviève chérie, je t'aime de toute mon âme, je ne veux, je ne dé...

(ins)pire de toutes mes forces au jour béni (où tu se)ras mienne !

— Promets-moi, dès maintenant, que tu consentiras à devenir ma femme, quoi qu'il advienne ?

— Je te le promets, Jacques, fit la jeune fille d'un air presque solennel, et toute frémissante d'une immense joie.

— Ah ! enfin ! s'écria-t-il, je suis donc sûr de toi, puisque tu seras le but adoré de tous mes efforts !

— Donne-moi ton front, mignonne, viens recevoir le baiser de fiançailles de ton Jacques qui t'appartient pour toujours !

Et palpitant, le regard embrasé d'amour, le jeune homme passa vivement son bras à la taille de Geneviève et l'attira vers lui.

Ses lèvres ardentes se posèrent longuement sur le front pur qui s'offrait. Il le baisa dévotieusement, avec une ferveur indicible. Et comme sans l'avoir voulu, sa bouche s'égara sur les longues paupières qui se voilaient les grands yeux admirables de l'aimée.

Elle tressaillit longuement sous cette caresse subtilement amoureuse, demeura un instant pantelante, penchée sur lui.

Son âme exquisement sensible vibrait d'une ineffable joie.

Un nouveau baiser mit le comble à son émotion, elle soupira comme en un rêve :

— Oh ! mon Jacques, comme je t'aime !

Et doucement, avec des lenteurs de regrets, comme s'ils eussent voulu que cette griserie de tendresse durât toujours, ils se dégagèrent.

Dans leurs prunelles alanguies se lisaient toutes les douceurs, toutes les voluptés pressenties et désirées.

Pourtant Geneviève, désireuse de réagir contre l'invasive mais redoutable confusion de son être, se leva la première.

— Marchons un peu, dit-elle, d'une voix tremblante.

Il acquiesça, pénétré, lui aussi, de la nécessité d'une diversion salutaire.

Gentiment, il passa son bras sous celui de l'aimée et l'entraîna plus loin.

Ils marchaient silencieux, à pas lents, foulant les gazons verts, sans savoir où ils allaient tant ils étaient absorbés en eux-mêmes.

Leurs yeux erraient machinalement sur la splendide éclosion printanière de la nature, leurs cœurs juvéniles se dilataient, laissaient chanter en leurs cerveaux surexcités jusqu'au paroxysme, la ravissante, éternelle chanson d'amour.

Un promeneur les frôla, s'arrêta pour consulter sa montre.

Ce simple fait rappela brusquement Jacques au sentiment de la réalité.

— Et maman ? fit-il.

— Oh ! c'est vrai, nous l'avons oubliée, appuya Geneviève.

— Pourvu que nous ne soyons pas trop en retard.

— Viens vite, conclut Jacques.

Et faisant aussitôt demi-tour, il entraîna la jeune fille vers la Porte de la Muette.

Et en marchant, il reprit :

— Es-tu d'avis, Geneviève, de parler à ma mère de notre entretien ?

— Comme tu voudras, Jacques.

— Eh bien, attendons encore, si tu n'y vois pas d'inconvénient.

— Aucun.

— Bien. Je choisirai donc moi-même l'heure à laquelle il conviendra de l'informer de nos promesses réciproques.

« J'ai ton assentiment, ceci me suffit.

« Tiens, j'aperçois maman. Pressons-nous.

En quelques minutes, ils rejoignirent Mme Garnier, l'embrassèrent, chacun à leur tour, avec une effusion enthousiaste dont l'excellente femme s'étonna, sans le laisser voir pourtant.

Son expérience de la vie, sa finesse féminine lui laissaient pressentir une partie de la vérité.

Cependant, par une discrétion délicate, elle s'abstint de toute remarque.

Les deux jeunes gens, sans pouvoir se douter de cette sorte de prescience, se montraient plus expansifs, plus gais que de coutume.

On eût dit des enfants en récréation.

Tous trois se dirigèrent vers les lacs, heureux de respirer l'air pur tout parfumé d'émanations sylvestres.

La conversation, d'abord frivole, devint peu à peu à peu plus sérieuse.

Geneviève, hantée du souvenir désagréable des tentatives galantes du comte de Montelais, en informa ses amis, laissant percer la crainte qu'elles se renouvelassent.

A mesure qu'elle parlait, les traits de Jacques se contractaient, ses sourcils se fronçaient.

Une sourde colère l'envahissait contre le débauché qui avait osé insulter sa Geneviève.

— C'est bien, dit-il, je viendrai de temps en temps me promener rue de la Pompe, le soir.

« Et si je pince ce vilain personnage, je lui dirai son fait pour lui enlever l'idée de recommencer.

« Quant à toi, Geneviève, avertis ta maîtresse, efforce-toi d'éviter les courses, le soir. Ce sera plus prudent.

— Mes enfants, intervint doucement Mme Garnier, ne nous appesantissons pas trop sur cette aventure, banale en somme.

« Cela arrive tous les jours à Paris. Toutes les jeunes femmes et toutes les jeunes filles sont malheureusement exposées à ces insultes.

« Mais il ne faut pas trop s'en alarmer ni les prendre au tragique, elles n'ont généralement aucune suite dangereuse.

« Il convient simplement de les traiter par le mépris.

« Songeons maintenant au retour de Geneviève, l'heure s'avance.

— Hélas ! le temps va trop vite, soupira Jacques en lançant à la jeune fille un regard expressif.

Elle y répondit seulement par un sourire délicieux, lui prouvant qu'elle partageait entièrement cette opinion.

Et tous trois s'acheminèrent sans hâte vers la rue de la Pompe.

Arrivés devant l'immeuble habité par Mlle de Laffont, ils se séparèrent.

— A bientôt, fit Jacques.

— Oui, dans quinze jours, repartit Geneviève, mais où ?

— A la maison, conclut Mme Garnier, en déposant sur le front de la jeune fille un baiser maternel.

Geneviève demeura un instant encore sous le porche, regardant s'éloigner ses deux amis si chers, puis elle remonta chez l'aveugle.

débarrassée de sa toilette de deuil, elle reprendre son service dans l'appartement.

Elle aperçut alors dans le salon trois personnes dont les noms retinrent son attention.

De la salle à manger, dont les portes à deux battants ouvertes sur la pièce de réception permettent de voir et d'entendre, elle put suivre une conversation fort intéressante pour elle.

— Oui, ma cousine, disait en ce moment M. Dutertre, s'adressant à sa parente aveugle, oui, l'intelligence de ce Jacques Garnier est tout à fait remarquable.

— Il porte d'ailleurs cela sur sa physionomie, affirma d'un ton péremptoire une grande jeune fille de dix-huit ans environ, blonde et assez jolie.

— Oh! toi! repartit Mlle de Laffont, en riant malicieusement, vous êtes observatrice, ma chère Berthe.

— Un peu.

— Vous paraissez avoir acquis très vite l'expérience du monde, bien que sortie récemment de pension.

— Pardon, pardon, ma cousine, il y a déjà six mois que j'ai quitté le couvent.

— Et nous voyons beaucoup de monde, appuya sèchement Mme Dutertre.

— Encore plus qu'autrefois? demanda l'aveugle jouant la naïveté.

— Certes. Nos relations sont très étendues. Nous faisons chaque jour des visites.

— Alors vous n'êtes plus jamais chez vous?

— Ma femme et ma fille exagèrent un peu, ma chère cousine, intervint M. Dutertre, désireux d'éviter l'ironie justifiée de Mlle de Laffont.

L'industriel tenait expressément à rester dans les meilleurs termes avec sa riche parente. Deux raisons intéressantes le guidaient en cela. La première était la réelle sympathie depuis longtemps éprouvée pour Mlle de Laffont. La seconde reposait sur la situation de fortune de l'aveugle.

Célibataire et sans collatéraux proches, celle-ci pourrait fort bien dans l'avenir, et si l'on savait s'y prendre, désigner Berthe Dutertre comme sa légataire universelle. C'était à considérer.

Mais dans son intention habile de ménager la sympathie de l'aveugle, M. Dutertre avait compté sans l'obstination orgueilleuse de sa fille.

— Ma cousine, disait celle-ci d'un petit ton piqué, et en même temps empreint d'une autorité plutôt déplacée à son âge, vous vous êtes étonnée tout à l'heure de me découvrir des facultés d'observation.

— Vous êtes si jeune, Berthe.

— Heureusement pour moi. Mais à notre époque, ma cousine, la valeur n'attend plus le nombre des années, nous allons très vite, nos cerveaux très affinés sont complexes.

— Au couvent, nous faisions de la psychologie intense et raisonnée.

— Vraiment, s'étonna l'aveugle, jouant de nouveau la naïveté; vous en êtes pétrie alors?

— Oui, très imprégnée. J'ai beaucoup lu les auteurs modernes, les disciples de l'illustre Bourget.

— Est-ce tout?

— Non, nous avions encore d'autres moyens, plus directs.

— Lesquels donc? questionna involontairement M. Dutertre, curieux d'entendre la réponse de sa fille.

— Tout simplement, cher papa, en faisant l'analyse réciproque de nos états d'âme.

« Chaque jour, l'une de nous avait à rédiger un rapport psychologique sur une de ses compagnes, longuement interrogée préalablement.

— Exercice nouveau, fit Mlle de Laffont, amusée de la prétention de l'orgueilleuse jeune fille.

« Dans mon temps, nous apprenions seulement les matières de l'enseignement, quelques arts d'agrément et les principes d'une bonne éducation.

« Nous étions avant tout des jeunes filles, modestes, réservées, cependant gaies comme on l'est généralement à cet âge. Et nous attendions de la vie, parfois éducatrice cruelle et trop sûre, l'enseignement de cette psychologie qui ne peut guère, à mon sens, résulter que d'une expérience longuement acquise.

— Bien parlé, ma chère cousine, approuva sincèrement M. Dutertre.

— Mais, papa, les temps ont beaucoup changé! se récria l'incorrigible Berthe.

— Malheureusement.

— Alors tu regrettes le progrès, l'émancipation sociale.

— Oh! quels grands mots! s'étonna Mlle de Laffont.

Mme Dutertre prit la parole pour soutenir maladroitement sa fille, comme toujours.

— Berthe est très forte, dit-elle, très instruite en philosophie. Beaucoup plus qu'on ne l'était autrefois à son âge. Voilà pourquoi elle vous étonne un peu ma cousine.

— En effet, ma chère, votre fille m'étonne infiniment. Et cela ne va pas sans quelques appréhensions chagrines.

« Le savoir dont elle semble vouloir s'enorgueillir si vite, confine, je le crains, à une sorte de pédantisme un peu sec.

« Evidemment la charmante et parfois si douce sentimentalité dont nous étions imprégnées dans notre jeunesse, ne doit plus trouver place dans ces cerveaux si encombrés de théories sociales et philosophiques.

— Vous parlez en sage, ma chère cousine, affirma M. Dutertre.

« Et cette discussion pourrait durer trop longtemps avec Berthe. Hélas! elle n'est jamais à court d'arguments.

« Revenons-en donc à l'objet premier de notre conversation.

« Je suis heureux, comme je vous le disais, de me trouver en communauté d'idées avec vous au sujet de Jacques Garnier, puisque vous voulez bien vous intéresser à ce jeune homme.

« J'ai l'intention de le pousser autant dans son intérêt que dans le mien.

« Il a déjà fait preuve de qualités certaines d'organisateur et d'administrateur; qualités infiniment précieuses. Et j'espère pouvoir lui confier, sous peu un poste important dans ma maison.

« C'est un garçon d'avenir.

A cette franche déclaration, Geneviève, occupée dans la salle à manger, tressaillit de plaisir et d'orgueil naïf, d'abord.

Ainsi Jacques était bien tel que le jugeaient Mme Garnier et elle-même : un sujet d'élite.

Comme elle était heureuse et fière d'être aimée de lui!... Quels horizons roses s'entr'ouvraient à ses yeux ravis.

Mais, à sa joie, succédèrent vite les craintes écloses déjà dans l'après-midi, et tout de suite renaissantes.

...prochaine, et sans doute constante, ...ques Garnier, ne serait-elle pas justement ... grandissant qui s'opposerait un jour à ... union, au bonheur rêvé ?

Le jeune homme n'éprouverait-il pas, avec son as... ...sion, et en dépit de ses loyales déclarations, le ...ir et aussi le besoin social d'épouser une fille ...que

Geneviève n'eut pas le loisir de s'arrêter longue... ...ment sur ces angoissantes réflexions. Reprise sou... ...dain par l'intérêt de la conversation continuée dans ...salon, elle écouta, poussée par le sentiment de ...intérêts personnels.

— Ainsi, disait M. Dutertre, vous nous promettez ... venir passer quelques jours cet été à la Ferté... ...us Jouarre ?

— Vous vous retrouverez peut-être avec plaisir ...tte propriété, où vous avez habité long... ...s. Toutes choses vous y sont familières ; le ...c, les promenades, les oiseaux dont vous aimiez ...ndre les chants.

— Oui, mon excellent cousin, je serai votre hôte ...té, durant quelques semaines. Mais il demeure ...entendu, n'est-ce pas, que j'emmènerai ma ca... ...iste Geneviève.

— Ah ! la nouvelle domestique ! jeta dédaigneu... ...ment Berthe Dutertre.

— Oui, mon enfant. C'est une fille charmante, ...dévouée. J'espère pouvoir la garder assez long... ...ps près de moi.

— Vous pourrez amener sans inconvénients cette ...e, déclara Mme Dutertre. Nous la logerons avec ...uisinière, rien de plus facile.

— Il faut si peu de place pour une domestique, ...uva Berthe.

...lle de Laffont ne répondit rien. Sans cela, elle ...désapprouvé le ton méprisant de Mme Duter... ...et de sa fille.

Un silence passa subit et précurseur de la fin de ...tretien.

...n effet M. Dutertre se leva bientôt, invita sa ...me et sa fille à prendre congé.

...'aveugle, ignorant encore la rentrée de Gene... ...ve, les fit reconduire par la remplaçante de celle... ...puis elle demeura pensive dans son salon dé... ...et surtout tranquille maintenant.

...Geneviève, désireuse de se mettre au plus ...t à sa disposition, vint un instant après l'infor... ...r de sa présence.

— C'est très bien, mon enfant, d'être rentrée ...tôt, déclara Mlle de Laffont avec un sourire ...veillant et satisfait.

...suis heureuse de vous savoir là. J'ai déjà pu ...précier votre politesse, vos attentions ; aussi ...re dévouement, dont j'ai tant besoin.

— Merci de cette flatteuse appréciation, mademoi... ...e ne demande vraiment qu'à vous être agréa... ...moi aussi je suis heureuse d'être chez ...

— Parfait ! Tout est pour le mieux, si nous nous ...venons réciproquement.

— Il est l'heure de la lecture, reprit doucement ...ve ; faut-il vous la faire de suite, mademoi...

— Non, pas maintenant.

...e voudrais avant cela vous poser quelques... ...ions personnelles, assez importantes.

...rmez la porte du salon, je vous prie.

...eviève, un peu intimidée d'instinct, par la

façon presque grave dont l'aveugle venait de par... ...ler, obéit aussitôt.

— Sommes-nous seules ? reprit Mlle de Laffont.

— Oui, mademoiselle.

— Eh bien, écoutez-moi très attentivement, mon enfant, et veuillez me répondre en toute sincérité. Même si certaines de mes interrogations vous pa... ...raissaient naïves ou un peu ridicules ; croyez qu'il n'en sera rien.

« Songez que je n'y vois pas, et que je dois de... ...mander à connaître par la parole, ce que d'autres verraient de leurs propres yeux.

« D'abord, comment êtes-vous, physiquement ?

— Mais, mademoiselle, comme tout le monde, re... ...partit Geneviève, fort embarrassée par un début la visant si directement.

— Personne ne se ressemble, fit sentencieuse... ...ment l'aveugle. Et les quelques vagues renseigne... ...ments qui m'ont été fournis sur vous ne sont pas suffisants pour que je puisse m'imaginer vous voir dans mon esprit.

« Je sais seulement que vous êtes brune, assez grande et... plutôt agréable de physionomie.

« Voyons ; soyez très, très franche, sans fausse et inutile modestie en l'espèce. Cette modestie se... ...rait d'ailleurs un excès d'orgueil.

« Je tiens pour des raisons toutes spéciales et très personnelles, à savoir exactement comment vous êtes.

« D'ailleurs, je vais vous interroger.

— Je vous répondrai sincèrement, mademoiselle.

— Nous disons brune, avec beaucoup et de beaux cheveux, probablement ?

— Je le crois.

— Des yeux bruns aussi... et grands ?

— Assez.

— Des cils, des sourcils bien placés ?

— Je me l'imagine.

— Le nez, comment ?

— Droit, presque aquilin.

— Pas mal, ça... La bouche, grande ? Petite... Lèvres fortes ou minces ?

— Plutôt un peu fortes ; la bouche moyenne.

— Bon, comme dans tous les signalements. Oreil... les grandes ou petites ?

— Plutôt petites ; assez bien ourlées.

— Le teint mat ou rosé ?

— Un peu rosé, clair.

— Mais tout cela doit constituer un ensemble vraiment charmant, s'écria l'aveugle souriante.

« Vous trouvez jolie, mon enfant ?

— J'ai cette trop orgueilleuse opinion de moi-même, mademoiselle.

— Je m'en doutais... Et... bien faite ?

— Je le suppose.

Après cette réplique de Geneviève, lancée comme toutes les précédentes, d'un accent un peu confus, Mlle de Laffont demeura un instant silencieuse. La tête baissée, elle réfléchissait profondément.

Elle reprit après un moment :

— Et comment trouvez-vous votre ami d'en... ...fance Jacques Garnier ?

— Oh ! très bien, mademoiselle, très bien, répar... ...tit Geneviève avec un peu plus d'ardeur, peut-être qu'elle ne l'aurait voulu.

— Parbleu, je l'avais deviné ! s'écria l'aveugle souriante de nouveau.

« ... vous l'aimez ? Et... il vous aime ?

« Cette fois, Geneviève rougit jusqu'aux oreilles. Elle ne put répondre, tant son trouble était grand.

— Ainsi, affirma Mlle de Laffont, votre silence est le plus complet des aveux.

— Voudriez-vous épouser M. Garnier, par hasard ?

— Ce serait mon plus cher désir, Mademoiselle. Cependant, je crains de ne le réaliser jamais.

— Pourquoi donc ?

— A cause de ma condition. Si Jacques devient, comme tout le fait présager, et comme il l'espère lui-même, l'un des principaux employés de M. Dutertre, il est évident que sa mère le détournera sûrement de prendre pour femme une domestique.

— Qui sait ?

— D'ailleurs, vous êtes très jeune, votre condition peut changer. Le temps arrange tant de choses ! A propos, quand êtes-vous née, exactement ?

— Le 6 mai 1890.

— Vous avez donc aujourd'hui vingt ans révolus ?

— Oui, mademoiselle.

— Vous êtes de Paris ?

— Je le crois. En tous cas, j'ai été déclarée à la mairie du quatrième arrondissement.

— Tiens, tiens... le quatrième, murmura Mlle de Laffont d'un accent étrange, et comme particulièrement frappée par ce détail, pourtant insignifiant en apparence.

Elle reprit, en avançant un peu la tête, dans un mouvement involontaire d'avide curiosité :

— Vous vous nommez bien Guillot, du nom de votre père. Mais quel était le nom de votre mère ?

— Je l'ignore, mademoiselle. Mon état civil porte : mère inconnue.

A ces mots, l'aveugle parut tressaillir en dépit de sa volonté. Elle fit un effort visible pour demander encore :

— Savez-vous ce qu'est devenu votre père ?

— On m'a dit qu'il s'était expatrié.

— Où cela ?

— Au Japon, où il serait mort dans la misère.

— Ne se nommait-il pas Charles, de son prénom ?

— Oui, mademoiselle. Mais comment savez-vous ?

— On me l'a dit, mon enfant.

— Qui donc ?... Personne, pourtant, ne connaissait ce détail... Auriez-vous connu quelqu'un des miens ?

Cette question sembla produire une impression profonde et soudaine sur Mlle de Laffont.

Elle pâlit, ses deux mains croisées sur ses genoux se crispèrent, comme si, tout à coup, une angoisse secrète l'étreignait.

Elle demeura muette un instant, sous le regard surpris de la jeune cameriste.

Puis, brusquement, elle la congédia.

— Allez, allez, Geneviève, laissez-moi seule pour le moment. Je vous rappellerai tout à l'heure, si c'est nécessaire.

La jeune fille obéit respectueusement, sans chercher à comprendre à quelle impulsion subite cédait Mlle de Laffont, toujours si calme, si maîtresse d'elle-même.

L'aveugle paraissait en effet en proie à une agitation bizarre, inaccoutumée.

Dès qu'elle entendit la porte du salon se refermer, elle détendit ses mains, se renversa dans son fauteuil, comme accablée. Et de ses pauvres yeux, privés de lumière, des larmes coulèrent lentement sur son visage pâle, jusqu'à sa bouche crispée.

Puis elle murmura des mots étranges, de suite apparente.

— Au quatrième arrondissement ?... Guillot ?... En mai 1890 ?.

« Ah ! pauvre chère Marguerite !... Et il mort... mort au Japon... misérable !... Quelle lité !...

Puis elle parut s'ensevelir dans une méditation profonde. Elle demeura ainsi longtemps, seule, enveloppée dans le grand silence du salon désert qui s'assombrissait.

Le dîner, ce soir-là, dura moins encore que de coutume. A la grande surprise de Geneviève, la lecture quotidienne fut totalement supprimée, peut-être par oubli.

Lorsque Geneviève vint au chevet de sa maîtresse, le lendemain matin, elle lui apporta son petit déjeuner, comme chaque jour. L'aveugle, comme si elle attendait sa venue avec impatience, la retint auprès d'elle.

— Restez, mon enfant, j'ai à vous faire d'une importante décision prise cette nuit.

— A quel sujet, mademoiselle ?

— Il s'agit de vous.

« J'ai réfléchi aux objections très justes que vous m'avez présentées hier, touchant votre mariage possible, dans l'avenir, avec Jacques Dutertre.

« Evidemment, la condition de domestique vous place, vis-à-vis de ce jeune homme, dans une d'indéniable infériorité.

« Or, je vous veux du bien, Geneviève, beaucoup de bien.

— J'en suis convaincue, mademoiselle.

— Cependant ne cherchez pas à mes dispositions favorables pour vous des motifs extraordinaires. D'ailleurs, vous ne sauriez rien découvrir.

« Sachez seulement que j'ai résolu de vous élever à un emploi supérieur à celui que vous occupez actuellement.

« A compter d'aujourd'hui, Geneviève, vous ne serez plus ma femme de chambre.

— Alors, mademoiselle, que ferai-je ?

— Vous devenez lectrice, demoiselle de compagnie et de confiance.

« Vous chercherez vous-même une domestique, vous me la présenterez. Et comme je vieillis un peu, je vous abandonnerai sans doute une part de la direction de ma maison.

« Vos appointements sont doublés de ce jour, et vous vous entretiendrez sur le budget de l'intérieur.

« Vous m'avez bien comprise ?

— Oh ! mademoiselle, mademoiselle ! s'écria Geneviève, émue jusqu'aux larmes, merci, merci, de tout mon cœur !

Puis, saisissant les deux mains de l'aveugle, l'adorable jeune fille les baisa longuement, avec une sorte de ferveur respectueuse.

Enfin elle se redressa.

— J'essaierai, dit-elle d'un accent pénétré, de vous prouver ma gratitude par mon dévouement, par mon affection de tous les instants.

« Merci, merci, ma chère bienfaitrice !

— Maintenant, reprit plus gaiement Mlle de Laffont, tendez-moi votre front pour que je vous embrasse, ça me fera plaisir.

La jeune fille se pencha, et l'aveugle l'étreignit avec une joie non dissimulée, mettant à son front jeune et si pur un baiser tendre.

— Vous pourrez, reprit-elle ensuite, me pré...

casion favorable.

Et le vif désir de les connaître.

— Ils seront eux-mêmes très honorés, mademoiselle. Je vais les informer aujourd'hui même de
tout le bonheur que je vous dois.

— Maintenant, habillez-moi, mon enfant. Après
cela, vous vous occuperez du nouveau service.
Puis nous sortirons pour quelques achats indispensables.

Geneviève s'empressa, les mains encore un peu
tremblantes de l'émotion qui venait de la troubler
heureusement.

La journée passa pour elle rapide. Après le déjeuner, elle sortit avec l'aveugle. Et ce fut pour
elle-même que furent effectués les achats.

Ah ! comme toutes choses lui paraissaient plus
belles et meilleures que de coutume ! Sa joie intérieure rayonnait, s'épandait, dispensatrice de
beauté ; le bonheur illumine tout.

Le soir seulement, lorsqu'elle se retrouva dans le
silence de sa chambre, elle se posa cette question,
insoluble d'ailleurs :

— A quels sentiments, à quelles raisons secrètes Mlle de Laffont a-t-elle obéi, en modifiant si
heureusement, d'un jour à l'autre, ma si obscure
condition ?

— Quel mystère, ancien peut-être, peut relier
son existence, ma naissance même à ce qui m'a
semblé subsister en elle de souvenirs douloureux ?..

L'énigme se posait, étrangement troublante. .

IV

CRUELLE SÉPARATION

— Asseyez-vous, mon cher Garnier, commença
M. Dutertre, d'un accent plus amène encore que de
coutume, en indiquant à son jeune employé l'un
des larges fauteuils de son cabinet.

Jacques s'assit, un peu intrigué par l'espèce de
solennité amicale de son patron.

— Mon ami, reprit aussitôt celui-ci, j'ai résolu
de vous annoncer aujourd'hui la mise en exécution
d'un projet caressé par mon esprit, depuis plusieurs semaines déjà.

Je ne vous ferai pas de banaux compliments,
qu'à fait inutiles entre nous. Vous m'êtes un collaborateur précieux, et je désire vous attacher très
étroitement à la maison.

— J'en serai fort heureux, monsieur. Je n'ai
pas non plus, je le crois, besoin de protester auprès de vous de mon dévouement à vos intérêts. Il
vous est, vous le savez, tout acquis, depuis mon
entrée dans votre maison.

— J'en suis sûr. Et c'est pour vous en récompen-
ser en même temps que pour vous éviter la tenta-
tion, fort légitime d'ailleurs, d'accepter des offres
qui pourraient vous être faites que je veux établir
un lien plus solide entre vos intérêts et les miens.

A compter d'après-demain, premier juin, je
vous élève au rang d'intéressé, à cinq mille francs
d'appointements annuels.

— Vous participerez, en outre, dans la mesure
de deux pour cent, aux bénéfices nets de la maison.

A ces derniers mots, Jacques Garnier pâlit
d'émotion. Un tremblement nerveux involontaire
agita ses mains croisées sur ses genoux.

Il regarda son patron, l'œil agrandi, muet de
surprise heureuse.

— Deux pour cent, fit-il, enfin, la voix blanche,
c'est vraiment trop, monsieur !

— Non, non, mon cher, vous valez cela ; je vous
connais.

— Mais si je ne me trompe dans mes calculs,
cela représente quatre mille francs, puisque la maison réalise à peu près deux cent mille francs de
bénéfices nets actuellement.

— Eh bien, oui. Et nous espérons faire mieux
encore, fit M. Dutertre en souriant.

— De sorte que je gagnerais neuf mille francs
par an ; à mon âge ?...

« Vraiment, monsieur, je ne m'attendais pas à
tant de bonheur en un seul jour.

« Les mots me manquent pour vous exprimer,
dès maintenant, ma gratitude, comme il conviendrait. Je veux résumer pourtant mes sentiments
en une seule parole :

« Vous êtes mon bienfaiteur, et toute ma reconnaissance vous est acquise, ainsi que celle de
ma chère mère.

— Merci, merci, mon cher Garnier, je sais
d'avance.

En achevant, l'industriel se leva et, tendant ses
deux mains ouvertes à son employé, il ajouta
gaiement :

— Vous êtes heureux ; je suis content de vous et
de moi ; tout est parfait.

« Allons, maintenant aux affaires ; je vais annoncer au personnel de l'usine votre promotion :
c'est indispensable.

Jacques avait saisi les deux mains offertes par
son patron ; il les pressait chaleureusement, tout
en répétant :

— Oh ! quelle joie, quelle joie pour maman !

— A propos, j'allais oublier, reprit M. Dutertre.
Je suis chargé par ma femme et ma fille, au courant de ma décision, de vous retenir à déjeuner,
aujourd'hui même.

— Ça vous va-t-il ?

— Certes, monsieur. C'est l'honneur après le
bonheur ! Quelle journée !...

— Alors, entendu. A présent, aux bureaux d'a-
bord, aux ateliers ensuite.

Et l'industriel, prenant les devants, entraîna rapidement son employé vers le local où, courbés
sur les registres, travaillaient une vingtaine de
comptables ou de scribes.

Tous apprirent avec plaisir l'avancement donné
au jeune collègue, dont ils appréciaient à leur juste
valeur le zèle et la compétence exceptionnelle.

Puis M. Dutertre fit connaître aussi la nouvelle
dans les ateliers. Et ce fut avec la même unanimité
que les contremaîtres et les ouvriers accueillirent
la décision de leur patron. M. Dutertre, d'ailleurs,
était aimé de tout son personnel pour sa bienveillance et son esprit de justice.

L'heure du déjeuner venue, Jacques Garnier prit
place entre Mme Dutertre et sa fille.

Il se montra respectueusement aimable pour les
deux femmes, également préoccupées, l'une et l'autre, par vanité féminine, d'accaparer son attention.

Et sa réserve discrète s'augmenta même, en raison de l'attitude coquette de Berthe Dutertre. L'orgueilleuse jeune fille semblait en effet vouloir pro-

[...] par ses regards, ses grâces étudiées et ses [...] un peu pédant même, l'admiration du nouvel intéressé.

Jacques Garnier s'étonna seulement, mais sans [...], bien qu'il appréciât, comme elle méritait de l'être, la joliesse agréable de la fille de son patron.

La conversation évolua bientôt, d'ailleurs, sur un sujet sollicitant particulièrement son attention.

— Nous avons appris, disait Mme Dutertre, de sa voix un peu aigre, que vous étiez l'ami d'enfance de la domestique de notre cousine de Lafont.

« Que pensez-vous de cette fille ?

— De qui parlez-vous, madame ? demanda Jacques Garnier, jouant à dessein l'étonnement et la naïveté, tout en affectant un ton très respectueux.

— Ma mère veut parler de cette petite Geneviève, cela s'entend assez ! lança Berthe Dutertre.

— Ah ! vraiment, c'est de Geneviève ?

Et Jacques reprit, après une courte pause réfléchie :

— Tout d'abord, je crois mettre les choses au point exact, en vous affirmant, mesdames, que cette jeune fille n'est plus domestique.

— Comment cela ! s'exclama Mme Dutertre. N'est-elle plus au service de notre cousine ?

— Si, mais non plus dans les conditions premières.

Mlle de Lafont a su très vite apprécier les qualités exceptionnelles de Geneviève, son éducation relative et aussi son instruction suffisante.

Elle a élevé mon amie au rang de demoiselle de confiance et de lectrice.

— Que m'apprenez-vous là ? jeta Berthe Dutertre, stupéfaite et un peu dépitée.

— L'heureuse vérité, mademoiselle.

— Je souhaite que Mlle de Lafont n'ait pas à se repentir de cette idée bizarre, pour ne pas dire ridicule.

— Pourquoi donc ?

— Je ne sais si je me trompe, cependant le peu de temps que j'ai vu la personne dont nous parlons m'a suffi pour l'analyser psychologiquement.

— Et le résultat de votre analyse ?

— C'est que je crois cette Geneviève une très habile comédienne, hypocrite et fausse.

— Oh ! mademoiselle, quelle erreur ! répartit Jacques avec feu.

— Vous verrez, monsieur Garnier, vous verrez dans l'avenir. J'ai découvert, sous les apparences de dévouement et de zèle dont se pare cette créature, la caractéristique d'instincts mauvais et cupides.

A ces insinuations perfides, Jacques dut se contraindre pour répondre avec un calme forcé :

— Permettez-moi, mademoiselle, de ne point partager votre opinion fâcheuse.

« Je connais Geneviève depuis son enfance, j'ai vécu à son contact durant plus de dix années ; et si je n'ai pas fait l'analyse de son caractère en psychologue de profession, j'ai cru, par mon simple jugement d'homme, découvrir en elle, tout au contraire de précieuses, d'inestimables qualités.

« Je la crois généreuse, tendre, sincère, d'âme vaillante et loyale.

— Sapristi ! monsieur Garnier, quelle ardeur ! cria Mme Dutertre avec un rire forcé.

— Seriez-vous amoureux de cette fille ? ajouta-t-[elle] d'un accent ironique.

— Mademoiselle, [...] répartit le jeune intéressé.

Il s'efforçait de sourire, en dépit de la douloureuse amertume ressentie.

— Certainement, appuya doucement M. Dutertre.

« Les femmes sont vraiment étonnantes, continua-t-il, en souriant, lui aussi, d'un sourire [...]. Leur curiosité sans bornes ne connaît pas d'obstacles.

« Voyons, Berthe, mon enfant, Garnier t'a-t-il demandé le secret de ton cœur ?

— Je n'en ai pas encore, cher père.

— Tant mieux, tu es si jeune !

— N'importe ! il ne s'agit pas de moi, mais de cette demoiselle Geneviève, puisqu'il nous faut l'appeler ainsi, pour ne point déplaire à M. Garnier.

« Avoue, mon cher père, que maman et moi nous aurions bien le droit de nous étonner que notre hôte, dont l'avenir paraît devoir être plutôt brillant, se fût amouraché d'une enfant trouvée !

L'incorrigible jeune fille continua, sans remarquer l'expression de gêne et de souffrance empreinte sur les traits de Jacques :

— En réalité, cette personne, s'il faut en croire la légende, aurait été recueillie jadis, presque dans le ruisseau, par un pauvre brave homme de marche.

— C'est exact, mademoiselle, fit sèchement Jacques.

« Mais il ne faut jamais inférer du hasard, parfois mystérieux, de la naissance, pour juger les êtres.

« Tel qui naît dans l'opulence peut avoir une nature, un caractère détestables, être affligé des plus mauvais instincts.

« Tel autre, né dans la chaumière d'un paysan ou le pauvre logis d'un ouvrier, peut se trouver doué des plus belles, des plus brillantes et des plus solides qualités.

« Combien de sujets d'élite, combien de grands hommes sont sortis du peuple ; oserai-je dire même du bas peuple !

— D'ailleurs, ajouta M. Dutertre, toujours souriant, parce que c'était sa manière, vous savez bien que, par principe et tradition, les enfants trouvés sont tous des enfants de grands seigneurs !

« A ce propos, je vais vous narrer une histoire fort amusante, apprise dans mon enfance, et qui me revient en mémoire.

Après cet exode lancé dans le but évident de détourner la conversation devenue gênante, l'excellent industriel se mit à parler d'abondance, inventant à plaisir une histoire invraisemblable.

Il la termina seulement au moment de passer avec son intéressé, dans le fumoir, où il s'ingénia, par de bonnes paroles, à effacer l'impression fâcheuse ressentie par le jeune homme.

La journée s'acheva ensuite dans les bureaux où régnait une activité remarquable.

Jacques, repris par le souci des affaires, put oublier en partie les incidents moraux du déjeuner, incidents si pénibles pour son cœur.

Néanmoins, deux ou trois des phrases perfides lancées par Berthe Dutertre ou sa mère, s'étaient comme gravées en son esprit.

« Geneviève hypocrite... affectée de mauvais instincts ! »

« Geneviève enfant trouvée... presque dans le ruisseau ! »

Ces mots l'avaient frappé douloureusement. Ils revenaient en son cerveau, obsédants, cruels, creusant une trace trop profonde.

Il se promit de confier à sa mère le sens de l'entretien échangé, car le doute, le terrible doute, empoisonneur de toute illusion, entrait en lui. Il voulait avoir sur Geneviève, sur la douce et belle jeune fille si ardemment aimée, le jugement impartial de sa mère.

Mais dès son arrivée chez lui, un souci plus impérieux, et tout à fait imprévu, capta son attention.

Mme Garnier, atteinte dans la journée, d'un malaise grave, encore indéfinissable, avait dû s'aliter.

Une fièvre intense la brûlait, il était urgent de prendre des mesures immédiates.

Jacques envoya sa concierge quérir en toute hâte un médecin du quartier.

Le praticien diagnostiqua sans peine toutes les caractéristiques d'une pleurésie. Il ordonna de suite des potions énergiques, des ventouses.

Dès lors, Jacques n'eut plus qu'une seule préoccupation : la santé de sa mère.

Il informa M. Dutertre et Geneviève par des télégrammes, et dut installer au chevet de la malade une garde expérimentée, très chaudement recommandée d'ailleurs par le médecin.

Et les jours tristes suivirent leurs cours, en dépit de l'heureux changement de situation du jeune homme.

Geneviève, grâce à la bienveillance de Mlle de [Valmont], venait assez souvent voir Mme Garnier. Mais elle ne pouvait rester, comme elle l'aurait [désiré], auprès de la malade. Son assistance était devenue indispensable à l'existence de la riche aveugle dont elle avait toute la confiance.

Pourtant la situation empirait. La mère de Jacques semblait maintenant en danger mortel. Et le jeune homme, cependant si énergique, se laissait abattre par cette menace d'un malheur prochain, absolument irréparable.

Il fallut qu'à chacune de ses visites, Geneviève le consolât, remontât son courage, l'assurât de [toute] sa tendresse pour qu'il parvînt à se ressaisir un peu.

Il n'épargna rien pour procurer à sa mère malade les soins les plus coûteux, les consultations les plus savantes.

Malgré cela, Mme Garnier demeurait en danger ; puis, d'autres complications survinrent aggravant encore son état.

La pauvre femme, dont la lucidité subsistait malgré toutes ses souffrances, sentit la mort venir rôder à son chevet.

Elle voulut encore profiter de la présence de Geneviève pour dévoiler ses plus intimes pensées, et [révéler] à son fils ses suprêmes volontés.

— Mes chers enfants, commença-t-elle d'une voix [affaiblie], en s'adressant à la fois à Jacques et à l'orpheline, j'ai le devoir de vous faire connaître, à cette heure difficile, et peut-être dernière, mon plus [ardent], mon impérieux désir...

Je vous ai pour ainsi dire, élevés tous les deux, je vous ai longuement, profondément étudiés ; je [suis] convaincue que vous suivrez toujours le droit chemin dans la vie.

Vous êtes honnêtes, instruits, dignes et généreux. Vous vous valez tous deux... telle est ma conviction.

« Certes, si vous pensez exactement comme moi, je pourrais vous résumer ma pensée par quelques mots très simples :

« Restez ensemble et soyez heureux.

— Nous le pensons, fit Jacques avec chaleur.

— Ne m'interromps pas, mon enfant, j'ai trop peu de temps à moi.

« Avant tout, l'expérience de l'âge me commande de respecter vos sentiments intimes les plus secrets ; aussi votre liberté individuelle. Je dois laisser à vos cœurs, à vos esprits, le soin de décider plus tard de vos destinées.

« Le bonheur est chose rare ! Nul ne sait où il se trouve ; il doit s'acquérir parfois au prix des plus grands sacrifices !... Peut-être aussi chacun de nous est-il l'auteur responsable de la bonne ou de la mauvaise fortune de son existence.

« Je vous adresse donc tout simplement une prière ; une prière de mourante, hélas !

« Quels que soient les liens qui vous uniront plus tard, affection fraternelle ou sentiment plus étroit, ne vous perdez jamais de vue, appuyez-vous toujours l'un sur l'autre.

« En réalité, l'affection est un sentiment plus durable que l'amour proprement dit. Elle en est souvent, d'ailleurs, la résultante heureuse.

« Or, je sais, j'ai compris que vous vous aimiez beaucoup... d'affection au moins, acheva la malade, plaçant volontairement un temps d'arrêt avant la fin de sa phrase.

— C'est vrai, affirma Jacques.

Sans rien ajouter d'abord, Mme Garnier prit dans ses mains brûlantes les doigts effilés de Geneviève. Elle les plaça, comme d'autorité, dans la main de son fils.

Puis, d'une voix hachée par une émotion intense, elle reprit :

— Geneviève..., voici ton protecteur..., ton soutien..., ton... frère !

« Jacques, souviens-toi que tu as en Geneviève une amie sincère..., un cœur dévoué..., une consolatrice à tes souffrances..., une sœur !

— Oh ! chère mère, s'écria Jacques, dans un élan de tendresse, tu sais bien que je l'aime plus et mieux que cela !

En achevant, et avant que l'orpheline pût s'opposer à son geste, il la saisit à la taille, l'attira contre sa poitrine palpitante et la baisa longuement au front.

— Geneviève, dit-il solennellement, je te jure devant ma mère de t'aimer toujours !

« Geneviève, ma Genevière adorée, je suis à toi, à toi, entends-tu ?

— Oh ! Jacques, Jacques..., murmura la jeune fille frémissante et troublée.

Et sur son beau visage empourpré de confusion, des larmes coulèrent lentement.

Larmes d'amour, de joie ; larmes de douleur, de regrets tout à la fois.

Elle était aimée ardemment, profondément comme elle souhaitait de l'être. Et son bonheur, ce fait était immense, indicible.

Mais, d'autre part, elle redoutait de perdre [cette] excellente femme, l'éducatrice si [sûre], et si [...] qu'elle vénérait, qu'elle aimait à l'égal d'une [mère].

La reverrait-elle encore, après cette [dernière] entrevue ?...

Après s'être dégagée de l'étreinte de Jacques, [elle] se pencha vers le lit de la malade et [...]

...exsangues de celle-ci son front si pur, pâli par l'angoisse.

— Embrassez-moi, maman, ma chère maman ! dit-elle seulement d'une voix tremblante.

— Merci, Geneviève..., merci, ma fille..., tu m'as bien comprise, répartit la mourante d'une voix entrecoupée.

Et son regard terne, s'illumina, pour un instant, d'une lueur d'indicible joie ; la dernière, peut-être ?...

Ce fut tout, Mme Garnier, terrassée par l'effort et l'émotion, laissa tomber lourdement ses paupières sur ses yeux déjà fixés vers l'au-delà.

Un silence lourd s'appesantit sur les trois êtres généreux dont l'impitoyable mort allait sans doute séparer les destinées.

Geneviève, rappelée par l'heure, dut retourner chez Mlle de Laffont.

Celle-ci lui ayant demandé dès son retour des nouvelles de Mme Garnier, la jeune fille, en un besoin d'expansion bien humain, lui conta la scène dont elle venait d'être l'un des acteurs émus.

Elle osa dire sa chaste tendresse, ses espoirs si doux, aussi le cruel chagrin qui étreignait son cœur filial.

L'aveugle, secrètement touchée par cette preuve de confiance, autant que par la sincérité de sentiments de l'orpheline, assura celle-ci de toute sa sollicitude pour l'avenir.

Puis les jours passèrent, longs et tristes, dans l'attente douloureuse du malheureux dénouement fatalement attendu.

Jacques Garnier, malgré son chagrin sans cesse renouvelé, ne pouvait négliger les affaires. Il satisfaisait avec une activité dévorante, et sans doute dans le but de s'étourdir, à toutes les exigences de son nouveau poste.

Et M. Dutertre émerveillé de tant de zèle entendu, en venait à caresser en secret certains projets d'avenir qui devaient lui assurer à jamais la précieuse collaboration d'un tel employé.

Faire de Jacques, son associé, à part égale, en lui donnant la main de sa fille : voilà quels desseins nouveaux nourrissait l'industriel.

Sans nul doute, il s'imaginait ainsi réaliser pour Berthe, comme pour Jacques, une somme de bonheur fort appréciable, ayant pour bases premières la fortune et la raison.

Il comptait sans le cœur, dont les raisons particulières et délicates sont ignorées de la raison même.

D'ailleurs, en homme prudent et avisé, il ne soufflait rien encore de ses projets. Il préparait seulement par une série d'habiletés calculées, la possibilité de leur réalisation.

Plusieurs fois, déjà, il avait réussi à faire pénétrer Jacques dans son intérieur et à le mettre plus en contact avec sa fille. A celle-ci, et dans l'intimité, il avait prêché la bonne parole, car Berthe se montrait moins pédante, plus simplement affable pour l'intéressant intéressé, — ainsi dénommait-elle le jeune chef de service.

Jacques, de son côté, soit par politesse galante, soit par une sorte d'affabilité, fait de moins de gêne en présence de la troublante coquette, paraissait à un point se déplaire à ces courtes entrevues.

D'ailleurs, il se sentait l'âme un peu moins oppressée depuis quelques jours.

En effet, sa mère, grâce à sa robuste constitution, paraissait avoir surmonté le si terrible moment prévu.

Enfin un matin, il pénétra délibérément dans le cabinet de M. Dutertre. Son air, à la fois grave et plus rasséréné, intrigua l'industriel.

— Monsieur, commença Jacques, j'ai une bonne nouvelle à vous apprendre.

— Laquelle, mon cher ami ?

— Ma mère est sauvée.

— Ah ! tant mieux, je m'en félicite sincèrement.

— Mais à une condition pourtant.

— Sans doute très facile à réaliser ?

— Je l'espère, fit Jacques. Surtout si vous voulez bien m'y aider.

— De grand cœur, mon cher ami. Que faut-il pour cela ?

— Permettez-moi de vous faire connaître, tout d'abord, les prescriptions expresses du médecin.

« Au dire de celui-ci, il faudrait que ma chère mère, pour achever de se rétablir, pût faire un séjour d'une année au moins, dans un pays chaud.

— Parfait. La Côte d'Azur est tout indiquée.

— Certes, ce serait un séjour propice et agréable. Cependant une objection grave se présente.

— Une objection ? s'étonna l'industriel. Je ne vois pas... Ce n'est pas la question d'argent, qui vous embarrasse maintenant, je suppose ?

— Non, certainement. Cette question est d'avance résolue, grâce à toute la bonté que vous avez bien voulu me témoigner, en m'élevant à un emploi supérieur.

« L'objection est plus humaine, plus difficile à résoudre aussi.

— Si je fais partir ma mère pour Cannes ou Beaulieu, elle ira forcément seule, puisque les affaires me retiennent ici près de vous.

— Naturellement.

— Or, continua Jacques, s'enhardissant à mesure qu'il approchait du but secret de l'entretien, c'est justement ce qu'elle déplore, et moi aussi.

« Ma chère mère ne se résoudra pas à s'éloigner de moi pour un temps assez long. Et je ne vous cache pas, monsieur, que de mon côté je ne la laisserais pas partir sans beaucoup d'inquiétudes et de regrets.

— Cependant, le moyen d'en faire autrement ?

— J'en connais un.

— Dites-le, mon ami, nous l'examinerons.

— Le directeur de notre succursale du Chili ne vient-il pas de mourir, laissant un poste vacant ?

— En effet, acquiesça M. Dutertre. En ce moment même, je cherche quel homme de confiance et d'énergie je pourrai envoyer là-bas.

— Il est tout trouvé, si vous le voulez bien.

« Je sollicite de votre inépuisable bienveillance cet emploi de directeur au Chili.

A cette demande, nettement formulée, l'industriel sursauta de surprise. Il demeura muet un instant, essayant de réfléchir.

— Vous me trouvez audacieux ? demanda timidement Jacques, afin de rompre le silence devenu gênant.

— Non, non ce n'est pas cela.

« Non vraiment, vous êtes à la hauteur de toutes les missions, mon cher Garnier.

— Alors ?

— La vérité, c'est que je ressens une certaine peine à me séparer de vous. Je suis habitué à votre concours immédiat, constant...

« Et puis, continua M. Dutertre, s'embarrassant de réticences... il y a autre chose, des projets à moi... des projets encore vagues, certainement...

...pendant il m'en coûte de les ajourner, sinon y renoncer peut-être.

— Enfin... je ne puis m'expliquer davantage... Votre demande me contrarie un peu..., elle démolit des combinaisons nouvelles...

— Je vous en prie, monsieur !... Je demande l'emploi pour une année seulement. Le temps d'assurer [...] à fait la santé de ma mère. Je n'ai qu'elle au monde et je l'aime tant !

L'industriel ne répondit rien. Et Jacques, remarquant l'expression soucieuse de sa physionomie, sentit son anxiété grandir.

Allait-il être obligé de sacrifier sa situation à sa mère, ou celle-ci, au contraire, aux soins de son avenir ? Cruelle alternative !

Il voulut tenter un dernier effort.

— Je vous en conjure, ardemment, monsieur, accordez-moi le poste que je sollicite ?

— Eh bien... oui..., c'est dit, jeta l'industriel d'un ton bourru. Allez au Chili, allez, laissez-moi seul ici, puisqu'il le faut !... Nous verrons plus tard. Etes-vous content ?...

— Ravi, monsieur, et très profondément reconnaissant, soyez-en convaincu.

« J'essaierai de compenser les ennuis momentanés dont je suis la cause, par un redoublement de zèle, par une extension de vos affaires.

— Je n'en doute pas... Quand partez-vous ?

— Le plus vite possible ; le temps juste de faire nos préparatifs assez importants.

— C'est bien, arrangez-vous pour le mieux. Je vais essayer de vous remplacer ici, au moins momentanément.

Et toujours bourru, mécontent, en dépit de son geste généreux et bienveillant, l'industriel sortit vivement de son cabinet, suivi de son employé, fort joyeux mais quelque peu contraint.

Dix jours plus tard, Geneviève prévenue du départ très prochain des deux êtres qu'elle aimait tant, se rendit rue Saint-Antoine, afin de passer avec eux une dernière soirée.

L'entrevue fut attristée par la perspective de la séparation qui allait priver l'orpheline pour long-temps peut-être, des deux affections les plus chères à son cœur.

— Tu m'écriras souvent, Jacques ? dit-elle les yeux humides de larmes difficilement contenues.

« Songe que tes lettres et celles de ma chère maman Garnier seront pour moi les seules joies de mon existence solitaire.

« Une année c'est bien long, et quand on est si loin les uns des autres, il peut arriver bien des choses imprévues.

— Bast ! repartit Jacques, affectant une sérénité loin de son esprit, douze mois sont bien vite passés, ma chère Geneviève.

« Et puisque nous ne nous oublierons ni l'un ni l'autre, qu'avons-nous à redouter ?

— L'absence amène parfois le détachement.

— N'as-tu pas confiance en mon amour, ma chérie ?

— Oh ! si, si, je ne veux pas douter de toi, Jacques, non, je n'en veux pas douter.

— Pourtant, je suis assaillie d'inexplicables pressentiments ; je souffre, comme d'instinct, sans pouvoir raisonner cette souffrance...

« L'avenir m'apparaît sombre, douloureux.

— Allons, allons, Geneviève, fit maternellement Mme Garnier, réagis, mon enfant ! Je te promets, moi qui t'aime comme si tu étais ma véritable fille, de veiller sur le cœur de notre Jacques.

« Sois courageuse, ma mignonne ; comme nous le sommes nous-mêmes pour te quitter.

« Ne crois-tu pas que cette séparation nous est cruelle aussi ?

— Oh ! maman Garnier, j'en suis sûre. Mais encore, vous êtes deux, tandis que je vais rester seule, toute seule.

— Comptes-tu pour rien l'affection de Mlle de Laffont ? demanda Jacques.

— Non, certainement. Si, d'ailleurs, je ne la comptais pas, je vous aurais adressé à tous deux une prière.

— Une prière ? répéta Mme Garnier intriguée.

— Oui ; celle de m'emmener là-bas avec vous.

« Mais je n'insiste pas. J'estime qu'il y aurait de ma part ingratitude à abandonner aussi brusquement Mlle de Laffont dont la bonté pour moi ne s'est jamais démentie, depuis le jour de mon entrée chez elle.

— A la bonne heure, ma fille, ta nature loyale et généreuse ne pouvait t'inspirer d'autres sentiments.

« Reste avec l'excellente aveugle à qui tu dois tant déjà. Elle te sera certainement reconnaissante de ce sacrifice.

« Et dans un an, nous nous retrouverons tous. Moi, plus forte, plus vaillante ; Jacques plus expérimenté, plus sérieux encore et plus aimant. Et toi, plus femme, plus belle ; aussi mieux préparée à ton rôle futur d'épouse. Va, mon enfant, aie confiance.

« Et maintenant, embrasse-moi bien, ma bonne Geneviève ; embrasse-moi, ma chère enfant, comme tu embrasserais ta mère !

En achevant, Mme Garnier tendit ses deux bras à l'orpheline.

La belle jeune fille étreignit doucement la convalescente. Et dans cette communion intime et tendre de ces deux âmes féminines si délicates, leurs larmes se firent jour, se mêlèrent comme pour sceller leur inaltérable et puissante affection.

— A moi, maintenant, fit Jacques, dissimulant par orgueil masculin, la défaillance momentanée de son cœur pourtant viril.

« Mon amour, murmura-t-il à l'oreille de la jeune fille, ma chérie, je suis à toi, toujours... Tu seras ma femme !...

Geneviève partit un peu rassérénée par ces deux baisers si sincères et si fervents, par ce serment qui lui constituait le plus sacré, le plus doux des viatiques.

Deux jours plus tard, Jacques Garnier et sa mère montaient dans l'express de Bordeaux, d'où ils allaient s'embarquer pour les lointaines contrées.

Désormais la belle orpheline était seule à Paris.

V

RIVALITÉS

Une année déjà s'était écoulée, depuis le départ de Jacques Garnier et de sa mère pour le Chili.

Un long hiver pluvieux avait succédé au brillant été, puis le radieux printemps était revenu, amenant son cortège de lumière, de fleurs et d'espoirs toujours renouvelés.

... Dutertre devançant un peu l'habituelle saison des vacances, venaient de s'installer en leur jolie villa, proche de la Ferté-sous-Jouarre.

Et ce clair matin de mai, la blonde et provocante Berthe semblait plus agitée que de coutume.

— Allons, allons, ma petite, pressez-vous, ordonna-t-elle, d'un ton sec, à la femme de chambre qui achevait de l'habiller.

Celle-ci, tout en s'ingéniant à agrafer le corsage de dentelles d'Irlande, un peu trop ajusté, dissimula son sourire ironique, dans le dos de sa jeune maîtresse.

— Mademoiselle, répliqua-t-elle, si je veux me hâter, j'irai moins vite ! La taille de ce corsage est tellement serrée.

— Serrée, serrée !... Vous ne savez pas ce que vous dites !... Je ne me serre jamais ; je n'ai pas besoin de ce subterfuge ; j'ai la taille naturellement fine et ronde.

— Sans doute, mademoiselle est élégante de nature. Pourtant il est dangereux de forcer...

— Allons, assez, taisez-vous, vos réflexions m'agacent ! Est-ce fini ?

— Oui, mademoiselle.

Et, sans attendre, la camériste se retira, toujours souriante en dedans.

— Eh bien, eh bien, cria Berthe Dutertre, vous me lâchez comme ça !...

— Et mon chapeau, mon ombrelle ?... Et puis, le chauffeur est-il prêt ?

— Mademoiselle, la limousine vous attend depuis vingt minutes.

— C'est bien, vite, mon chapeau ?

Un instant plus tard, Berthe Dutertre, vêtue d'une claire toilette luxueuse, un peu extravagante, descendait, d'une allure qu'elle voulait majestueuse, les larges degrés du perron d'honneur.

Elle s'installa posément dans une automobile de luxe dont le chauffeur respectueux tenait la portière ouverte.

— A la gare ; en vitesse ! jeta-t-elle, impérieuse.

L'automobile démarra, franchit la grille, s'engagea rapide sur la belle route blanche, filant vers la gare, au risque d'écraser bêtes et gens au passage.

Dix minutes après elle stoppait devant l'embarcadère, au moment même où l'express de Paris entrait en gare.

— Mon cher comte, soyez le bienvenu ! s'écria Berthe en tendant sa main gantée de blanc à un grand jeune homme blond, de mise élégante, un peu prétentieuse même.

L'interpellé sourit de toutes ses dents, très soignées, se découvrit avec affectation, baisa galamment la peau de gant offerte, puis s'installa dans l'équipage.

— Vous avez une toilette ravissante ! commença-t-il, avec un clignement d'œil connaisseur.

— Plus que ma personne ? fit malicieusement Berthe Dutertre.

— Oh ! non, non, cela n'est pas possible. Mais la personne, comme vous dites, est toujours délicieuse, en ce qui vous concerne ; tandis que les toilettes sont parfois plus ou moins réussies. Celle-ci est d'un goût achevé.

Après ces compliments, débités non sans un petit effort, Gaston de Montclair demeura silencieux un instant.

D'ailleurs, la rapidité de la course ne permettait pas facilement une conversation suivie.

Il dit seulement, pour rompre le silence embarrassant :

— Nous allons vite !

— Pour arriver plus tôt, répliqua Berthe.

« Êtes-vous satisfait de venir passer quelques jours dans notre propriété ?

Elle disait ce mot « propriété », avec une accentuation indiquant bien toute l'importance attachée à la possession de biens fonciers.

— Si je suis satisfait ? repartit Gaston souriant. Dites heureux plutôt... Et non pas seulement de vivre quelques jours dans ce délicieux paysage, mais surtout parce que je vais être près de vous.

« Nous reprendrons les entretiens psychologiques si intéressants de cet hiver.

« Vous vous rappelez ces soirées où, dédaignant la cohue des cotillonneurs, nous nous isolions en philosophes, dans un coin de salon, pour disserter de tout.

« C'était charmant, n'est-ce pas ?

— Oui, très agréable, approuva Berthe.

« Nous pourrons recommencer à l'ombre des frondaisons parfumées du parc.

— Cette fois ce sera délicieux, affirma le jeune comte, soulignant sa phrase d'un sourire entendu. La poésie sera de la partie ; ce qui ne gâte rien.

Puis comme l'auto stoppait devant le perron, il offrit galamment son bras pour aider l'élégante jeune fille à descendre.

Après les salamalecs et compliments d'usage, débités d'une voix sucrée à l'imposante Mme Dutertre, il s'enferma dans la chambre somptueuse qui lui était attribuée.

Sa valise ouverte, il déballa son nécessaire de toilette, rectifia l'impeccable raie de sa chevelure plutôt rare, lissa de brillantine sa petite moustache et changea de cravate.

Ensuite il jeta un coup d'œil circulaire sur le mobilier, comme s'il l'inventoriait.

— Décidément, monologua-t-il, c'est très chic ! Pas de camelote, tout est cossu, solide ; il y a vraiment de la galette dans la maison.

« Ah ! j'ai eu le flair, le soir où, l'hiver dernier, j'ai posé le grappin sur cette oiselle raisonneuse mais plutôt jolie, et surtout riche, ce qui est l'important.

« Elle ferait une comtesse très sortable. Elle pourrait surtout redorer d'une couche épaisse mon noble blason terni !

« L'acier vendu par le papa se transforme constamment en bon or sonnant et trébuchant ; c'est alléchant en vérité !

« Avec ça, la petite professe certaines idées assez larges pour excuser les frasques obligées de la vie mondaine.

« All right !... Gaston, mon cher ami, il faut la conquérir tout à fait, ou tu n'es qu'un serin !...

« Une seule difficulté, c'est la raison pratique du papa Dutertre ?

« Celui-là n'est pas aveuglé par l'orgueil, et j'ai peur que mon blason l'indiffère. Il doit avoir pourtant son point faible ?... Je l'aterai, je verrai.

Tout en monologuant ainsi, Gaston de Montclair se complaisait devant la glace qui lui renvoyait son image, image assez agréable d'ensemble, cependant quelque peu prétentieuse, infatuée de morgue déplaisante.

— Ne descendons pas trop vite, songea-t-il encore ; il faut se faire désirer pour valoir plus.

Puis, s'asseyant dans un confortable fauteuil, il suivit en soi le cours de ses réflexions premières.

Il s'était enquis assez adroitement sur le compte des Dutertre. Et le chiffre de la dot promise à Berthe par son père, sans lui paraître colossal, convenait cependant à ses appétits.

— Cinq cent mille francs ! murmurait-il, ce n'est pas le Pérou, sans doute. C'est tout de même quinze mille francs de rente ; plus six, ça fait vingt et un.

« Si, avec cela, je trouvais le moyen de m'occuper des affaires du papa, un peu en amateur, je pourrais encore augmenter ces revenus d'une part de bénéfices.

« Allons, allons, mon petit Gaston, du courage, de l'adresse. Il faut vaincre rapidement ou passer à d'autres exercices.

Sur cette dernière réflexion, le noble comte descendit au salon.

Cinq minutes de causerie banale et flatteuse, à l'adresse de Mme Dutertre, précédèrent un déjeuner fin, auquel Gaston fit honneur, ayant fort mal dîné la veille.

Puis une lente promenade dans le parc suivit, au cours de laquelle Mme Dutertre et Berthe exposèrent complaisamment à leur hôte toute la valeur de leur propriété.

En somme, cette première journée fut assez agréable.

Gaston de Montclair sut se montrer galant et empressé pour Berthe, sans cependant se départir d'une certaine réserve prudente.

Il était habile, en effet, de se ménager une ligne de retraite en cas d'échec, toujours possible.

L'orgueilleuse jeune fille, de son côté, parut fort sensible à la cour mondaine du gentilhomme.

Elle affecta de laisser croire à un chaste entraînement progressif, un peu timide.

En réalité, elle n'était pas plus sérieusement éprise que Gaston lui-même. Comme lui, elle poursuivait un but, marchait à la conquête savante d'un nom, adorné d'une particule alléchante.

Elle voulait être comtesse, afin de pouvoir se glisser dans un monde choisi, dont les portes s'ouvrent rarement aux roturières.

Elle jouissait secrètement à l'avance de la joie vaniteuse qu'elle ressentirait à éblouir ses anciennes compagnes de couvent de son titre authentique, de sa noble et haute situation.

Et ce manège des deux égoïstes se trompant mutuellement devint de jour en jour un peu plus compliqué, à mesure que les mensonges s'accumulaient.

Quelqu'un troubla la fête !

Ce fut Geneviève, arrivant un beau matin, escortant Mlle de Laffont, amenée elle-même par Dutertre.

En reconnaissant la jeune fille, Gaston de Montclair demeura un instant interdit et surtout très gêné.

Le souvenir de ses importunités galantes, si énergiquement repoussées, troubla sa quiétude.

Sans savoir exactement quelle situation occupait maintenant la jeune fille auprès de Mlle de Laffont, il remarqua pourtant qu'elle ne paraissait pas être une domestique, comme il l'avait cru.

Elle était certainement au-dessus de cette condition.

Dès lors, n'avait-il pas à craindre qu'elle parlât de lui, en termes peu flatteurs ?

Ceci lui eût certainement nui dans l'esprit des Dutertre, et pouvait même compromettre gravement ses projets matrimoniaux.

Il se tint, durant les deux premiers jours qui suivirent l'arrivée de Geneviève, sur une réserve très prudente.

Cependant l'attitude parfaitement indifférente de la belle jeune fille à son égard, le rassura par degrés.

Elle semblait bien ne l'avoir point reconnu.

D'autre part, il se sentit ressaisir, en dépit de sa judicieuse circonspection, par le charme étrange et puissant qui se dégageait tout naturellement de la beauté, de la grâce de Geneviève.

A ce point que, pour ainsi dire inconsciemment, il négligea un peu la coquette Berthe dont le front altier se plissa.

Geneviève s'aperçut vite des attentions dont elle était l'objet. Elle ne s'en émut pas d'ailleurs. Son ardent et profond amour pour Jacques Garnier la cuirassait contre toute attaque.

Pourtant, en présence de certaines attitudes agressives de Berthe Dutertre, elle dut réfléchir et même s'ouvrir, un soir, à Mlle de Laffont, des ennuis qu'elle commençait à redouter.

— Il faudrait, dit-elle, qu'une personne autorisée détournât de moi l'attention de M. de Montclair.

« Je ne voudrais pas devenir la cause, bien innocente en vérité, de conflits familiaux dont vous auriez peut-être à souffrir indirectement, mademoiselle.

— Pensée très loyale, ma chère enfant, répartit l'aveugle, mais naïve en l'espèce.

« D'ailleurs, à notre époque, la franchise confine toujours à la naïveté. Il faut aujourd'hui faire de la politique en tout et partout.

— Je ne saisis pas très bien.

— Parce que votre âme très droite n'est pas complexe à souhait.

« Ecoutez-moi bien :

« Parler à M. de Montclair de ses attitudes envers vous, c'est d'abord lui avouer que vous les avez remarquées. Or, étant donnée la fatuité inhérente au caractère de l'homme en général, en particulier aux intelligences moyennes, ce serait faire croire immédiatement à cet inutile vaniteux que sa personne ne vous laisse pas indifférente.

— Oh ! si !

— Sans doute, vous protestez avec sincérité. Et moi qui vous connais bien, je vous crois.

« Mais, d'autres supposeront que, redoutant votre propre faiblesse féminine, vous voulez vous garantir vous-même, à l'avance, contre une défaite possible.

« En outre, agiter cette question délicate, c'est lui donner plus d'ampleur, plus d'importance. C'est attirer davantage l'attention sur vous ; c'est vous faire prêter, peut-être, un rôle de coquette très savante, très rouée, poursuivant habilement des visées ambitieuses.

« C'est provoquer enfin la jalousie de mon orgueilleuse cousine Berthe, l'animosité de sa mère, et sans doute, par action réflexe, le mécontentement de Dutertre lui-même.

« Il faut craindre des représailles dans l'avenir.

— Sur qui pourraient-elles s'exercer ?

— Oh ! non pas sur nous-mêmes, mais indirectement peut-être sur celui qui vous est cher, sur M. Jacques Garnier, dont l'avenir dépend entièrement de Dutertre.

— Serait-ce possible, s'écria Geneviève, troublée par cet exposé de conséquences.

— Tout est possible, ma chère enfant. Mon

...sant cousin Dutertre est un homme foncièrement bon, pourvu d'une saine et solide raison.
Mais il a son point faible : c'est son amour im-
modéré pour sa fille.

— S'il n'approuve pas toujours sa manière de
voir, il a cependant cédé dans toutes les circonstances graves, à sa petite volonté tenace.

— Donc, croyez-moi, ne parlons de rien. Laissez
faire M. de Montclair, fermez les yeux, tant qu'il
ne dépassera pas les bornes d'un flirt discret.

« Il y a là, au contraire, de quoi vous amuser
intérieurement.

— Je ne le crois pas.

— Bast ! Si je n'y vois pas, j'entends très finement. Or, jusqu'ici, je n'ai pas jugé que ce vaniteux gentilhomme soit bien dangereux.

Convaincue, rassérénée par ces réflexions judicieuses, Geneviève s'éloigna, délivrée de toutes
craintes de complications.

Le lendemain, à l'heure du courrier, un léger
incident se produisit, troublant de nouveau la
quiétude reconquise par l'orpheline.

Elle venait d'annoncer à Mlle de Laffont l'arrivée
d'une lettre au timbre étranger, attendant l'ordre
de décacheter cette missive et de la lire, lorsque,
à son profond étonnement, l'aveugle dit d'une voix
bizarre, soudain changée :

— Laissez cette lettre, Geneviève, et priez
M. Dutertre de venir me trouver le plus tôt possible.

La jeune fille, intriguée, obéit aussitôt, se demandant vainement pourquoi l'aveugle, pour la
première fois, ne lui confiait pas la lecture de cette
missive.

Après avoir introduit l'industriel dans la chambre de Mlle de Laffont, elle se retira discrètement,
non sans constater combien sa protectrice semblait agitée.

— Sommes-nous seuls ? demandait en ce moment l'aveugle à son cousin, surpris, lui aussi,
de ce début empreint de mystère.

— Oui, ma chère amie.

— Bien ; ayez donc l'obligeance de pousser un
verrou ; ça sera plus sûr.

L'industriel obéit, de plus en plus étonné.

— Avez-vous un secret à me confier ? demanda-
t-il, vaguement anxieux.

— Peut-être, mon ami.

— Tenez, prenez la lettre que Geneviève a dû
poser sur le guéridon, et faites-moi la grâce de
me la lire vous-même ?

Et tandis que Dutertre décachetait l'écrit en
question, elle ajouta :

— Si je ne me trompe, vous seul avez qualité
pour prendre avec moi connaissance de cette
lettre.

« D'abord, d'où vient-elle ?

— Du Japon.

— Je l'avais deviné !

— Lisez, mon ami, pas trop haut, surtout.

L'industriel s'assit, puis commença d'une voix
lente, un peu étouffée à dessein :

Mademoiselle,

Conformément à votre désir, et en souvenir de
nos anciennes relations de famille, j'ai fait effec-
tuer toutes les recherches dont vous avez bien voulu me confier la direction.

J'ai l'avantage de vous apprendre qu'elles ont
été couronnées de succès.

On a découvert enfin la personne dont vous
vouliez connaître l'existence.

Cette personne habite Yokohama, depuis quinze
ans, sous le nom américain de John Teddy. Elle y
a, prétend-on, amassé une immense fortune, récemment réalisée en valeurs françaises et russes,
et s'apprête, toujours suivant l'enquête, à quitter
définitivement le Japon pour rentrer en France.

Vous ne manquerez pas par les journaux spéciaux, de connaître son arrivée dans votre pays.

Veuillez agréer, etc...

Le Consul de France,

Signé : D'ALTON.

— Eh bien ! s'écria l'aveugle, d'un accent fébrile,
comprenez-vous, Dutertre ?

— Pas du tout, ma chère cousine. Je ne connais
aucun Américain du nom de Teddy, non plus
d'ailleurs que des Japonais.

— Vous souvenez-vous de Marguerite ?

— Votre sœur ?

— Oui, ma pauvre sœur, morte si prématuré-
ment.

— En effet, je me rappelle de tristes circonstances...

— Eh bien, la personne visée dans cette lettre
est celle qui fut la cause indirecte de cette mort.

— Comment, ce serait lui !...

L'industriel s'interrompit net, au moment où ses
lèvres allaient prononcer un nom, depuis longtemps banni de tout entretien familial.

— Non, non, s'écria précipitamment l'aveugle,
ne dites pas ce nom-là, ici !...

« Du moins pas encore.

« Avant de parler franchement de ce passé,
avant de le reconstituer, peut-être pour le plus
grand profit de certains, et aussi pour ma joie,
s'il doit y avoir réparation, il convient d'attendre,
de s'assurer...

— S'assurer de quoi ? demanda l'industriel interdit par ce flot de paroles énigmatiques.

— De l'identité de la personne. Et, le cas
échéant, de ses dispositions.

« Tenez, Dutertre, mon ami, pour le moment, je
vous adresse une seule prière ?

— Elle est exaucée d'avance.

— Tenez-vous au courant des arrivées d'étran-
gers en France, venant du Japon.

« Découvrez-moi ce John Teddy, son adresse.
Ensuite nous aviserons ensemble.

— C'est entendu, ma bonne amie.

— Et surtout pas un mot à personne de cette
lettre, ni de notre entretien.

« Pour plus de sûreté, prenez cette missive,
gardez-la par devers vous.

— Volontiers.

Et l'industriel enfouit le papier dans la poche
de son veston.

— Maintenant, reprit l'aveugle, envoyez-moi
Geneviève.

« Ah ! à propos, quelques mots encore ?

— Dites.

— Quelle est votre opinion sincère sur cette
jeune fille ?

— Excellente. Je trouve Geneviève, j'ose le dire
entre nous, presque supérieure à ma fille, de
toutes façons.

« Elle est jolie, pour ne pas dire plus, très loyale,
très dévouée. Et, que toi, il faut l'avouer aussi,
suffisamment instruite et même distinguée.

Cette jeune fille, en dépit de son origine obscure, porte toutes les caractéristiques d'une aristocratie véritable.

« Tenez, ma chère cousine, vous parliez tout à l'heure de votre pauvre sœur Marguerite.

— Hélas !

— Or, vous vous souvenez bien qu'elle était fort jolie, n'est-ce pas ?

— Oui, je m'en rappelle, car, dans ce temps-là, j'avais le bonheur d'y voir comme tout le monde. D'ailleurs, j'ai conservé d'elle une bonne photographie.

— Eh bien, c'est très bizarre, mais je trouve que Geneviève ressemble un peu à Marguerite.

— Vrai, vous croyez, s'écria l'aveugle, comme en proie à une nouvelle exaltation inexplicable.

« Alors,... alors !...

Sur ces dernières exclamations, Mlle de Laffont s'interrompit subitement, scellant ses lèvres d'un puissant effort de volonté.

— Eh bien ? questionna M. Dutertre interloqué.

— Eh bien, rien... C'est étrange, voilà tout ; comme, d'ailleurs, la plupart des coïncidences...

Ceci dit d'un ton d'indifférence affecté, l'aveugle reprit, très calme :

— Envoyez-moi donc ma lectrice, mon cher ami ?

Aussitôt l'industriel rouvrit la porte de la chambre. Il sortit, appelant de sa voix sonore :

— Mademoiselle Geneviève !

L'orpheline accourut, et se mit immédiatement au service de l'aveugle dont l'accueil lui parut plus affectueux encore que de coutume.

Puis quelques jours passèrent dans le traintrain habituel des choses.

Un matin, les dames Dutertre décidèrent de faire une excursion dont le but devait être la visite d'une ferme modèle appartenant à M. Dutertre.

La femme et la fille de l'industriel tenaient beaucoup à exhiber, aux yeux du comte de Montclair, cette propriété de valeur.

La fermière, très honorée de la venue de ses propriétaires, voulut à toute force leur offrir un déjeuner, entièrement composé des produits de la ferme. Et son insistance fut telle qu'il fallut accepter.

Elle se distingua, d'ailleurs, et servit à ses hôtes importants un menu fort bien combiné, largement arrosé d'un de ces généreux vins blancs de la Marne qui allument la gaieté dans les esprits les plus moroses.

Peu à peu la conversation devint bruyante.

Gaston de Montclair et Berthe faisaient assaut d'esprit et de psychologie. Mme Dutertre s'extasiait hautement devant l'à-propos de sa fille, souriait au comte, et fronçait parfois les sourcils en regardant Geneviève.

Celle-ci, ennuyée de toutes ces inutilités aux prétentions profondes, se retira bientôt. Désireuse de calme, elle s'éloigna jusque vers un bouquet de bois, tout proche de la ferme.

Elle se sentait, ce jour-là, dans un état d'esprit singulièrement triste, comme sous l'impression d'une menace vague.

Tout d'abord, la compagnie de Mlle de Laffont lui manquait. L'aveugle, très fatiguée, n'avait pas voulu quitter la villa, tout en insistant cependant pour que sa dévouée compagne ne manquât point cette occasion de promenade.

Ainsi privée du charme de la conversation spirituelle et toujours élevée de la vieille demoiselle, d'autre part, non soutenue de son autorité, de sa réelle influence, Geneviève s'était confinée, depuis le matin, dans une sorte de réserve presque silencieuse.

Distante des autres personnages, de par sa condition, elle s'abstenait de vouloir combler cette séparation morale.

Malgré cette prudence, les dames Dutertre, profitant méchamment de l'absence de leur riche cousine, n'avaient pas manqué de faire sentir à la belle jeune fille l'infériorité de sa situation.

A différentes reprises elles avaient affecté de la traiter comme une véritable femme de chambre, s'ingéniant à l'humilier en présence de Gaston de Montclair.

Ces méchancetés basses et vulgaires n'atteignirent cependant point leur but.

Geneviève, préoccupée d'autres considérations plus intimes et plus graves, les dédaigna.

Les souvenirs de sa prime jeunesse brusquement ravivés en son esprit maintenant plus exercé, plus affiné, lui rappelaient des détails négligés jusqu'alors.

Elle groupait de mémoire certains lambeaux de phrases échappées jadis à la mère Du Gouleau. Elle se souvenait vaguement aussi d'avoir découvert, un jour, dans le taudis de l'ivrognesse, un paquet de lettres couvertes d'une écriture forte et large. Elle se rappelait enfin un portrait, la photographie d'un homme jeune, brun, barbu, de belle physionomie.

— Ton imbécile de père !... lui avait crié un jour la misérable femme qui l'élevait.

Oui, ton mufle de père, qui t'a laissée pour compte, et qui ne m'envoie plus de picaillons !

Soi-disant, il fait l'étranger maintenant sans se soucier de sa progéniture ; l'ingrat !...

Quelle rosse tout de même, il nous laisse crever de faim !... et de soif !...

Puis la mégère avait ajouté, en guise de conclusion :

— Aussi n'aie pas peur, va, petite vermine ; tu ne reverras jamais, ton paternel !

Et, ce jour-là, Geneviève avait pleuré, d'instinct, comme pleurent les petits, sans analyser leurs sentiments.

Aujourd'hui, elle se rappelait tout cela. Et, sous l'empire d'une sorte de volonté automatique, inexplicable, elle le rapprochait des questions énigmatiques posées par Mlle de Laffont, peu après son entrée chez elle. Elle se souvenait du nom échappé aux lèvres de la vieille demoiselle troublée : Charles Guillot !...

Puis, elle essayait de s'expliquer l'intérêt soudain et tout particulier que lui témoignait l'aveugle, depuis ce jour surtout.

Elle pensait enfin à la lettre arrivée, quelques jours plus tôt, d'un lointain pays. Lettre qu'elle n'avait pas lue, par extraordinaire, et qui avait disparu, à la suite d'un mystérieux entretien entre Mlle de Laffont et M. Dutertre.

Tous ces éléments semblaient constituer un troublant mystère, touchant de lointains événements. Événements auxquels la personne ignorée de son père semblait se rattacher indirectement.

Ah ! si cet homme reparaissait un jour, et si elle pouvait goûter cette joie de le connaître, de l'aimer, de lui pardonner, peut-être, des fautes commises envers celle qui l'avait mise au monde !...

Connaître son père, épouser Jacques Garnier, ce cher Jacques à qui elle appartenait toute d'esprit d'un cœur, ce serait la réalisation de ses rêves se... les plus chers !

En songeant à toutes ces choses intimes, elle s'avançait lentement sous bois, heureuse de la solitude.

Bientôt elle s'assit sur un bloc de grès, où elle demeura, le menton appuyé dans ses deux mains, absorbée par ses profondes réflexions.

Tout à coup, elle eut l'intuition qu'un être était près d'elle, sans qu'elle l'eût entendu venir.

Elle se leva brusquement.

Devant elle se tenait Gaston de Montclair, en une attitude d'attente respectueuse.

Elle l'enveloppa d'un regard scrutateur.

— Pardon de troubler votre rêverie, commença le comte d'une voix flûtée ; mais puisque l'occasion m'est offerte, permettez-moi de vous adresser quelques mots intéressants.

Sans répondre, elle fit un mouvement pour s'éloigner.

Il lui prit la main, vivement :

— Je vous en prie, continua-t-il s'enhardissant à mesure, restez.

Soyez assurée d'abord que rien de blessant ne sortira de mes lèvres. Je vous sais trop fière, à juste titre d'ailleurs, d'une beauté que j'admire sincèrement.

Oui, Geneviève, vous êtes belle à faire envie aux plus belles ! Et c'est pour cela que je vous aime ; j'ose vous le dire en cet instant propice.

— Monsieur, vous m'insultez ! s'écria la jeune fille frémissante, tout en se dégageant.

Puis réfléchissant aussitôt à l'infériorité de sa condition, aux conseils de Mlle de Laffont, et désireuse avant tout d'éviter un esclandre, elle reprit, plus calme :

— Je veux dire, M. de Montclair, que vous vous méprenez. Je suis une humble femme de chambre.

— Ne dites pas cela. Vous êtes une lectrice, c'est tout différent.

— Admettons-le. Je suis en tout cas une pauvre fille sans famille, sans fortune et sans ambition. Vos hommages s'adresseraient mieux, je crois, à Mlle Dutertre qui les mérite, et les désire.

— Non, non, Geneviève. Mais pardonnez-moi de m'être déclaré si brutalement, repartit le comte. Et croyez cependant pour très sincère ce que j'ai osé vous dire.

« D'ailleurs, poursuivit Gaston de Montclair comme s'il s'exaltait à l'évocation de certains souvenirs, ne vous rappelez-vous pas mon humble personne ?

« Avez-vous oublié l'accident, fort heureusement sans gravité, de la rue de Passy ?

« Ne vous souvenez-vous pas, en outre, avec quelle ardeur j'avais cherché à vous revoir ?

« A cette époque, il y a plus d'un an déjà, j'avais été séduit, conquis du premier coup par votre beauté, par votre grâce exquise, par votre modestie charmante.

« Combien de fois me suis-je rendu rue de la Pompe, avec l'espoir tenace de vous revoir, de pouvoir enfin vous faire comprendre et apprécier la sincérité du sentiment que vous m'aviez inspiré.

« Malheureusement pour moi, l'occasion propice ne se présenta point.

« Et les exigences de la vie, des circonstances plus fortes que ma volonté m'obligèrent à m'éloigner, emportant au cœur la cruelle blessure de vos yeux admirables. »

— Monsieur, interrompt froidement Geneviève, je ne me souviens aucunement des faits que vous évoquez en ce moment.

« Jusqu'à ce jour, je ne vous connaissais pas.

« Vous devez certainement me confondre avec une autre. Ce qui peut et doit s'expliquer, sans doute, par le nombre et la variété de vos bonnes fortunes ou de vos tentatives galantes. »

Ces mots ironiques, l'attitude hautaine de Geneviève fouettèrent l'orgueil du comte de Montclair.

Il devint à la fois plus audacieux et plus tendre.

— Je vous en conjure, s'écria-t-il, ne raillez pas ! Et surtout ne me parlez point des autres femmes en ce moment. Ayez pitié plutôt de mes tourments, laissez-moi espérer qu'à force de constance d'amour, je toucherai votre cœur, votre esprit.

« Je vous aime ardemment, je vous désire !

« Je suis prêt à vous sacrifier bien des ambitions pour devenir l'élu de votre âme ! »

— C'est de la folie ! s'écria Geneviève, à la fois confuse et indignée. Songez donc, monsieur, à ce que je suis, à ce que vous êtes ! Ne troublez pas mon existence pour un caprice.

— Un caprice ? Ah ! Geneviève, pouvez-vous ainsi parler d'une passion réelle ?...

« Oui, je suis fou, peut-être, mais fou d'amour, sincère, profond, absolu !

« Je vous adore à en perdre la tête !... »

En achevant, et avant que l'orpheline, stupéfaite, pût s'opposer à son geste, Gaston de Montclair se pencha rapidement sur elle et mit un baiser ardent sur ses beaux cheveux sombres.

Geneviève bondit en arrière, jetant un cri de révolte, immédiatement souligné par l'exclamation de colère d'une autre voix féminine.

Et, brusquement, Berthe Dutertre surgit d'un fourré. Elle était essoufflée, haletante, comme si elle venait de courir.

— Vraiment, lança-t-elle la voix âpre, cinglante, voilà du joli, mademoiselle !

« Enfin, vous êtes découverte, surprise en flagrant délit amoureux... et d'ailleurs politique.

« Ah ! je comprends, vous aviez rêvé d'un gentilhomme !... Vous êtes assez jolie pour chercher un amant titré ! Vous voulez quitter le tablier pour les robes de soie !

« Mes compliments, vous êtes très forte !

— Mademoiselle, vous êtes injuste et cruelle ! jeta Gaston de Montclair, cédant inconsciemment à une sorte d'élan généreux invincible.

— Allons, allons, mon cher, pas d'inutile comédie pour cette belle enfant ! Encore moins pour moi. Je sais ce qu'il faut penser des hommes !...

— Mais, c'est une plaisanterie, balbutia Gaston, comprenant un peu tard combien il compromettait ses intérêts.

— Oui, oui, vous êtes galant ; c'est dans l'ordre, je vous pardonne en faveur du sexe.

« Mais assez causé de cette escapade ridicule ; offrez-moi votre bras et rentrons à la ferme, monsieur don Juan ! »

Puis l'orgueilleuse fille, se tournant vers Geneviève, muette de stupéfaction, lança cette dernière apostrophe :

— Quant à vous, ma petite, j'instruirai votre trop confiante protectrice de votre conduite.

Et passant, altière, devant l'orpheline atterrée de tant d'audace, et profondément blessée, la coquette entraîna le comte de Montclair, subjugué par ses allures hautaines, et d'ailleurs repentant déjà.

inuellement, Geneviève les suivit à pas lents, tête baissée.

Comme ils allaient sortir du bois, elle les entendit rire aux éclats.

Puis cette phrase mordante de Berthe lui parvint:

— Mon cher Trublot, ne faites plus les bonnes!..

Alors toute son indignation, toute sa douleur éclatèrent.

Elle se sentit défaillir. Et, s'appuyant contre un arbre, elle pleura longtemps, les épaules secouées de sanglots convulsifs.

VI

L'ÉTRANGER !

La succursale de la maison Dutertre occupait, à Santiago du Chili, tout un immeuble important, situé au numéro 5 de la « calle San Pablo ».

C'était là que Jacques Garnier, exilé volontairement, pour ainsi dire, par le souci de son amour filial, résidait avec sa mère bien-aimée.

Un soir de juin, le jeune directeur se préparait à sortir lorsque Mme Garnier l'interpella:

— Rentreras-tu bien tard, mon Jacques?

— Je ne sais, chère mère. L'entretien que je vais avoir avec don Esteban Camillo peut être assez long. Il exige certains développements indispensables.

— Crois-tu arriver enfin à une conclusion?

— Je l'espère, et je le désire de tout mon cœur, tu peux le croire.

« Si nous parvenons à nous entendre définitivement, j'aurai cette satisfaction d'avoir évité à la maison Dutertre un procès coûteux, même si nous devions le gagner.

« Les procès ne profitent qu'aux avoués et aux avocats.

« En outre, cela pourrait avancer notre rentrée en France de plus de trois mois.

— C'est là une considération très importante, mon enfant.

« Car, j'ose te l'avouer, je regrette tous les jours notre cher pays. Maintenant que ma santé se trouve complètement rétablie, je voudrais revoir Paris, reprendre nos chères habitudes d'autrefois.

— N'as-tu pas d'autres motifs pour désirer le retour? demanda Jacques Garnier insidieux et souriant.

— Si, si, mon cher Jacques. Il y en a un autre qui me tient au cœur, comme à toi-même.

— Lequel?

— Ne joue pas à la naïveté. Tu m'as devinée tout de suite.

— Certes, ma bonne maman. Et sans aucune peine encore.

Puis la voix soudain émue d'inflexions chaleureuses, Jacques Garnier continua:

— Oui, oui, comme toi, je voudrais la revoir: elle, notre chère et belle Geneviève.

— Tu l'aimes toujours aussi ardemment?

— Plus que je ne saurais le dire.

« Tiens, quand nous recevons d'elle une lettre même banale en apparence, eh bien, je la relis vingt fois en cachette.

— Tu l'apprends par cœur?

— Oui, par cœur, c'est le terme juste. Et ce que mes yeux ne découvrent pas dans le texte, mon cœur le sent, le devine, le lit entre les lignes.

« Elle m'aime, elle est toute à moi, j'en suis sûr. Elle souffre aussi de notre longue absence; elle nous attend avec impatience.

— En effet, tout cela est exact, je le sens comme toi-même.

« Allons, allons, mon Jacques, espérons tous deux le bonheur de la revoir bientôt.

« Ah! comme je serais heureuse si je pouvais vivre entre vous deux, réconfortée, soutenue par vos jeunesses réunies, par vos âmes vaillantes et si nobles.

« Et peut-être... peut-être, acheva Mme Garnier s'attendrissant, pourrai-je goûter cette joie suprême, si longtemps rêvée en secret, de voir, d'aimer et d'élever mes petits-enfants!..

— Maman, maman, tu es comme les montres de Marseille, tu avances! plaisanta le jeune directeur, afin de dissimuler la pointe d'émotion qui lui serrait un peu la gorge.

— Allons, allons, jeta-t-il, se ressaisissant vite; avant de songer aux petits descendants futurs, il faut régler les difficultés qui retarderaient leur naissance!

Je pars chez don Esteban. Bonsoir, maman chérie!

Puis Jacques Garnier effleura longuement de sa moustache brune les deux joues si douces, et maintenant rosées, de son excellente mère.

Un instant après, il cheminait dans la « calle San Pablo », déserte et sombre à cette heure un peu tardive.

Il résumait en son esprit actif les arguments décisifs qu'il allait présenter ce soir-là à don Esteban Camillo, pour le décider à résoudre enfin, à l'amiable, le litige qui les divisait, depuis longtemps déjà.

Il marchait par les voies solitaires, d'un pas pressé, régulier.

Enfin il arriva chez le banquier chilien, discuta longuement avec lui, mais ne parvint cependant pas à le convaincre.

Et ce fut même sur des paroles acerbes que les deux hommes se séparèrent; adversaires décidés tous deux à soutenir, jusqu'au bout, le procès qui devait trancher leur différend.

Jacques reprit le chemin de sa demeure d'un pas fébrile, nerveux, cette fois.

Il se sentait agacé, mécontent de tout.

Ce procès, maintenant inévitable, allait retarder de plusieurs mois son retour en France; et, par suite, la réalisation de ses rêves de bonheur.

Une année, longue, s'écoulerait peut-être encore, avant qu'il revît Geneviève; la douce et belle Geneviève bien-aimée.

Pourtant il aspirait chaque jour plus ardemment à cette réunion.

Il évoquait en son esprit douloureusement affecté l'image charmante de la jeune fille, se complaisant à lui attribuer encore plus de mérites physiques.

Le temps écoulé n'avait-il pas développé la beauté rare de ses traits, accentué l'expression si délicieusement langoureuse de ses yeux superbes.

Et son corps si souple, ses formes impeccables, dans leur harmonie juvénile, ne s'étaient

elles pas développées aussi dans une splendeur
plastique prévue, désirée... et si désirable !

A ces évocations amoureusement sensuelles,
son sang généreux coulait plus vite dans ses vei-
nes, son cœur battait à se rompre, se gonflait
d'espoirs impatients.

Ah ! Geneviève, ma Geneviève, songeait-il dans
son exaltation comme je t'aime, et comme je te
veux !.

Et par les rues silencieuses et mal éclairées de
la grande cité chilienne, il allait lentement, res-
sassant son amour, ses rêves, et aussi la cruauté
de l'attente et des déceptions.

Brusquement le silence lourd de la nuit fut troublé.

Deux détonations sèches retentirent coup sur
coup.

Jacques s'arrêta, surpris plutôt qu'apeuré.

Il était courageux et, d'habitude, plein de sang-
froid.

Mais aussi, depuis un an, il avait appris à connaître les mœurs sud-américaines.

Il savait que certains différends se vident parfois, le soir, dans les rues désertes, à coups de
revolver, et qu'il est le plus souvent inutile et surtout dangereux d'intervenir.

Il allait donc continuer sa route, en reprenant
ses méditations amoureuses, un instant interrompues.

Mais une troisième détonation l'en détourna de
nouveau.

— On dirait que c'est tout près de chez moi ?
murmura-t-il, soudain anxieux.

Puis, obéissant à une impulsion subite, il s'é-
lança en avant, courant vite vers la « calle San
Pablo ».

En route il fouilla l'une de ses poches, en sortit
précipitamment son revolver chargé et le tint serré
dans sa main droite, prêt à tout événement.

Il tournait le coin de l'avenue Bel Respiro, qui
débouche dans la « calle San Pablo », où il habitait, lorsqu'il aperçut confusément un groupe de
trois hommes paraissant se battre.

Il accéléra son allure, essayant de se rendre
compte de l'événement insolite.

A ce moment même, l'un des trois hommes aux
prises tomba, en poussant un terrible cri de douleur.

Les deux autres se penchèrent aussitôt sur lui,
avec une sorte d'avidité farouche.

Jacques, angoissé, vit luire, dans l'ombre, l'éclair
métallique d'une lame d'acier, suspendue au bout
d'un bras, prêt à frapper.

— Plus un mouvement ! clama-t-il d'une voix de
tonnerre, ou je tire dans le tas !

En même temps, il arrivait en trombe sur le
groupe, le revolver braqué sur les deux individus
demeurés indemnes.

Ceux-ci se relevèrent aussitôt et reculèrent d'un
bond, regardant, effarés l'intrus qui intervenait
si malencontreusement dans leurs affaires.

D'un regard prompt, Jacques Garnier avait deviné leur louche profession.

L'homme à terre, et qui s'efforçait maintenant de
se relever, paraissait être, à en juger par sa mise,
un personnage étranger, plutôt cossu.

Les deux autres, au contraire, se révélaient par
leurs costumes nationaux sordides, par leurs visages basanés et leurs physionomies patibulaires,
comme des rôdeurs, des professionnels.

— Canailles ! s'écria Jacques, jetez-moi vite vos
couteaux, ou je vous brûle sans pitié !

En même temps, dans le but d'impressionner
plus encore les deux bandits, il siffla d'une manière prolongée, aiguë.

Les malandrins, croyant avoir affaire, sans doute, à un policier appelant à son aide, n'eurent pas
une seconde d'hésitation.

Ils ne jetèrent point leurs armes, mais ensemble
ils tournèrent les talons, s'enfuirent de toute la
vitesse de leurs jambes.

Jacques Garnier, obéissant à une sorte d'impulsion irrésistible se lança sur leurs traces, le revolver au poing.

Mais les coquins avaient pris une certaine avance et, dans l'obscurité, il les distinguait mal.

Cependant il vit leurs silhouettes sinistres tourner brusquement le coin d'une rue.

Il s'efforça d'accélérer son allure, toucha bientôt à son tour l'encoignure, puis s'arrêta surpris,
hésitant.

La ruelle particulièrement étroite, où il venait
de déboucher, se trouvait plongée dans une obscurité dense, très redoutable pour un homme peu
familiarisé avec le dédale des petites voies qui
s'ouvrait de chaque côté.

D'ailleurs, aucune ombre humaine ne semblait
se mouvoir dans cette ruelle.

Le regard aiguisé, Jacques essayait d'en explorer tous les recoins, lorsque les deux silhouettes
poursuivies apparurent de nouveau, tout à coup,
comme si elles surgissaient des murailles mêmes.

En deux bonds elles traversèrent la voie, puis
disparurent une fois de plus, sous une voûte basse.

Jacques Garnier, surexcité par la course, par
le désir de savoir, et par une sorte de dépit s'é-
lança vers le point où les misérables venaient de
s'engouffrer.

Il se jeta, sans réflexion, sous la voûte, puis
s'arrêta une seconde, pour essayer de se rendre
compte de la disposition des lieux, tout en reprenant haleine.

Au même instant, un bruit étrange le fit se retourner.

Une stupéfaction profonde l'immobilisa.

Le porche peu large, qui s'ouvrait sous la voûte, venait d'être refermé par une porte massive
violemment poussée.

Jacques était pris dans un piège !

Il le comprit aussitôt.

Avec l'esprit de décision qui le caractérisait
dans les circonstances difficiles, il recula vivement contre le vantail et s'y adossa, prêt à se
défendre contre le danger pressenti.

Il tenait son revolver de la main droite, tendu
en avant, et les yeux dilatés dans l'obscurité dense,
il attendait instinctivement une traîtresse attaque.

De toute la finesse de son ouïe tendue, il scru-
tait le silence lourd, impressionnant, qui l'enveloppait comme un suaire.

Dix ou vingt secondes s'écoulèrent, angoissantes.

La perception inexplicable d'un événement imminent s'empara de son esprit, momentanément
perturbé par la puissance de l'Inconnu redoutable.

Des images, des pensées traversèrent son cer-

...images, peu précises, mais troublantes au suprême degré.

Il vit sa mère, l'attendant inquiète, le recevant gravement blessé peut-être ?

Le souvenir de Geneviève aussi s'imposa brusquement à son esprit.

Cette Geneviève adorée qui l'attendait là-bas, dans cette France lointaine, dans ce grand Paris, où elle demeurait, gardienne fidèle, et pour l'instant résignée, de leurs chers et doux serments d'amour.

Et, par une saute brusque, sa pensée revint au malheureux passant attaqué presque sous ses yeux, à cet homme qu'il avait abandonné, gisant sur le pavé de la calle Bel Respiro, sans se rendre compte de l'importance de cet acte irréfléchi.

Il n'eut pas le temps de songer davantage.

Une silhouette sinistre se dressa tout à coup devant lui, menaçante et comme grandie par l'ombre.

Un bras se leva, l'éclair métallique d'une lame nue raya l'obscurité.

Jacques fit un bond de côté, évita le coup qui lui était destiné.

Au même instant une sorte de choc inexplicable l'atteignit en haut de l'épaule gauche.

Évidemment un deuxième agresseur l'attaquait de ce côté.

Sans hésiter, il tira devant lui, deux fois.

Un cri répondit à la détonation, la silhouette placée devant lui disparut soudain, s'évanouit dans l'obscurité.

Le bruit d'une porte rapidement ouverte et refermée troubla le silence.

Était-il seul, délivré de ses mystérieux agresseurs ?...

Cependant, par mesure de précaution, il déchargea trois fois encore son revolver, chaque fois dans une direction différente.

Rien d'anormal ne se produisit au bruit de ces détonations successives.

Jacques Garnier devina que les malandrins s'étaient enfuis par une issue dont il ne pouvait soupçonner l'emplacement.

Interloqué, stupéfait pour mieux dire, de se trouver quitte à si bon compte, il se retourna contre le vantail auquel il s'était adossé.

Il portait sur lui des allumettes-bougies. Il en frotta une, essaya de se rendre compte du système de fermeture de cette porte massive.

Elle ne comportait pas de serrure apparente.

Certainement elle devait s'ouvrir de l'intérieur du bâtiment, telles les portes des immeubles de Paris.

Une anxiété grandissante le saisit.

Comment sortirait-il de l'impasse dangereuse dans laquelle il s'était jeté si imprudemment ?

De nouveau, il fit de la lumière, examinant rapidement les entours.

Au fond, la voûte semblait hermétiquement close par un mur sans issue.

De chaque côté, s'érigeaient des bâtiments dont les pierres noircies et visqueuses attestaient l'ancienneté, le délabrement et suaient la misère.

Il fallait cependant qu'il agît sans retard, qu'il s'échappât de cette singulière prison.

De toute la force de ses poumons, il appela :

— Au secours, au secours, à moi ?

Des bruits vagues à l'intérieur des bâtiments lui apportèrent l'espoir que ses appels étaient entendus.

Il les renouvela.

Tout à coup, une porte basse, percée dans le mur de gauche, s'entr'ouvrit.

Un rayon de clarté rougeâtre éclaira la voûte, l'éblouit durant une seconde.

Il regarda, braquant de nouveau son revolver en avant, par un geste machinal.

Une voix jeune, fraîche, une voix de femme le rassura en partie.

— Par la Madona, señor, qu'arrive-t-il ?

Et, devant son regard dilaté par la surprise, apparut une ravissante jeune fille, à moitié vêtue du costume national.

Elle portait à la main une lampe.

— Mademoiselle, supplia Jacques, ouvrez-moi cette porte, si cela vous est possible ?

« Je me suis égaré dans cette impasse où l'on m'a enfermé.

— Qui donc, señor, vous a joué ce vilain tour ?

— Deux hommes que je poursuivais, deux misérables qui venaient d'attaquer un passant dans la calle Bel Respiro.

— Les Ribeira ! laissa échapper la jeune fille d'une voix contenue, comme si elle redoutait d'être entendue de l'intérieur.

— Vous connaissez ces hommes ? demanda Jacques, curieux et redevenant inquiet.

— Ne parlez pas d'eux, señor, cela vaudra mieux.

« Partez, partez de suite, je vais vous ouvrir.

En achevant, l'étrange fille réintégra très vite le logis auquel Jacques n'avait prêté aucune attention.

L'obscurité s'établit de nouveau, redoutable.

Mais un déclic significatif fit se retourner soudain Jacques Garnier.

Un rai de clair-obscur apparut.

La porte massive qui fermait la voûte venait de tourner sur ses gonds.

Jacques tira le vantail à lui ; puis, sans regarder en arrière, il s'élança dehors.

En une seconde de réflexion il s'orienta. Et reprenant sa course, il déboucha bientôt dans la calle Bel Respiro, se dirigeant en hâte vers l'endroit où il avait laissé le mystérieux blessé.

Un nouvel étonnement le saisit, une déception le cloua sur place, perplexe.

Le blessé avait disparu.

Des réflexions bizarres assaillirent en une minute l'esprit surexcité de Jacques.

Ce blessé n'était-il pas comme les autres, un malandrin indigne de son intérêt, un misérable frappé par des complices, tout au moins par ses semblables, au cours d'une discussion et dans une sorte de duel ?

Résolu à ne plus s'occuper de ces événements extraordinaires, Jacques reprit en hâte le chemin de son logis.

Il venait de tourner le coin de la calle San Pablo, lorsqu'il aperçut, appuyé contre un mur, le blessé vainement cherché.

Il s'approcha de lui, non sans prendre de certaines précautions.

Mais il se rassura de suite.

Le personnage lui disait, la voix encore tremblante d'émotion :

— Monsieur, qui que vous soyez, merci de tout mon cœur ! Vous m'avez sauvé la vie !

... recevant, il offrit sa main gauche large ou... au jeune directeur.

— Le hasard m'a bien conduit, fort heureuse-ment, repartit Jacques. Il faut le remercier aussi... n'est pas le maître inconnu de tant d'événe-ments?

« Mais, continua-t-il, en voyant l'étranger pâlir, vous êtes blessé?

— Oui, bien que légèrement, je le crois. Un coup de couteau dans le bras droit. C'est ce qui m'a fait lâcher mon revolver. Sans cela, j'aurais tué ces bandits!

« L'un de ces coquins s'en est emparé, d'ailleurs! De sorte que, sans votre généreuse intervention, j'aurais été non seulement dévalisé, mais peut-être assassiné!...

L'étranger s'interrompit soudain, comme en proie à une nouvelle défaillance.

— Voulez-vous entrer chez moi? lui proposa Jacques Garnier compatissant, en le soutenant par les épaules.

« Nous sommes à quelques pas de ma demeure. Si vous le permettez, je pourrai vous panser som-mairement; cela me paraît assez urgent.

— J'accepte volontiers, car je perds un peu de sang!

Sur cet acquiescement, les deux hommes péné-trèrent dans l'immeuble de la calle San Pablo.

— Faisons doucement, recommanda Jacques, ma mère est couchée. Or, je ne voudrais pas l'ef-frayer inutilement maintenant.

Puis il fit entrer le blessé dans sa chambre.

Ensuite, très adroitement, il aida l'étranger à se dévêtir en partie. Et, prenant quelque linges fins dans une armoire, un peu d'amadou, puis une fiole contenant du perchlorure de fer, il arrê-ta l'hémorragie.

— Peut-être, dit-il lorsqu'il eut terminé, ne vou-lez-vous pas retourner chez vous à cette heure avancée?

— Ce serait dangereux, sans doute.

— Le moyen de faire autrement, repartit le blessé visiblement soucieux et embarrassé.

— Habitez-vous loin d'ici?

— Un peu. Je suis descendu au Grand-Hôtel Américain, place St-Jacques de Compostelle.

— En effet, c'est assez loin pour être inquiétant. Eh bien, voulez-vous vous contenter de passer une mauvaise nuit dans un fauteuil?

— Si je ne craignais d'abuser de votre générosi-té, j'accepterais, et je vous en serais reconnais-sant.

— C'est donc entendu, répartit Jacques. Le sa-lon sera votre chambre à coucher. Je vais vous conduire immédiatement.

« Pourtant, se reprit-il avec vivacité, voulez-vous me permettre avant cela une question; peut-être indiscrète?

— Faites, je vous en prie?

— Vous parlez la langue française, comme si vous étiez de ce pays?...

— J'ai longtemps habité la France, jadis, fit l'é-tranger sur un ton d'amertume soudaine. Cepen-dant je suis citoyen américain. J'arrive du Japon, où je résidais depuis fort longtemps, à Yokohama.

— Et vous-même, vous êtes Français, sans aucun doute; je crois le deviner à votre accent.

— Certes, et j'ai orgueil de m'en vanter! répli-qua Jacques, souriant.

— Vous avez raison, monsieur. La race françai-se est douée de nobles et brillantes quali... elle a le droit d'être fière.

— C'est mon avis. Je me nomme donc Jacques Garnier, représentant de la grande maison Duter-tré, de Paris, le constructeur-mécanicien bien connu.

— Dutertré! s'écria l'étranger. Dutertré? répé-ta-t-il plus bas, paraissant vivement intrigué.

Il reprit, après un instant de silence pénible:

— Ce monsieur Dutertré n'est-il pas apparenté à une famille de Laffont?

— En effet, dit Jacques stupéfait à son tour. Connaîtriez-vous par hasard cette famille?

— Je l'ai connue autrefois. Mais laissez-moi me présenter: Je me nomme John Teddy, actuelle-ment rentier.

Je rentre justement en France pour m'y fixer peut-être définitivement, car j'y ai conservé des in-térêts très chers. Ils m'y ramèneront très proba-blement, j'ose le désirer.

L'Américain dit cela d'un accent soudain voilé de tristesse et de regrets, en dépit de l'espoir exprimé.

— Comme le hasard est étrange et puissant! poursuivit-il. J'ai dû venir au Chili pour régler cer-taines affaires d'argent considérables. On... il se trouve que l'attaque de deux canailles me procure l'avantage de faire votre connaissance, en vous de-vant la vie!...

« Et, justement, vous connaissez ceux que moi-même je désire si vivement retrouver.

— Oui, c'est étrange.

— Malheureusement, nous ne nous reverrons pas, car je compte repartir pour l'Europe d'ici deux ou trois jours, au plus.

— Eh bien, monsieur Teddy, nous nous rever-rons peut-être, tout de même.

— Comment, où cela?

— En France. Car j'espère bien y retourner, moi aussi, dans quelques mois, et y rester définitive-ment comme vous.

— Je vous y retrouverai donc avec plaisir et reconnaissance, croyez-le, mon cher monsieur Garnier.

— J'en suis convaincu, et je partagerai le plai-sir.

— Merci. Encore une question, la dernière, si vous le voulez bien, car je me sens un peu fatigué. D'autre part, j'abuse de votre extrême obligeance.

— Eh bien, mais je vais vous conduire de suite dans la pièce où vous trouverez comme je vous l'ai promis, un confortable fauteuil.

Et Jacques se leva, le premier.

— Attendez, fit vivement l'Américain. Voulez-vous me promettre de m'accompagner à mon hôtel demain matin?

— Très volontiers; dans quel but?

— Je désirerais causer avec vous assez longue-ment de la famille Dutertré. Je vous demanderai certains détails, en m'autorisant pour cela de rai-sons péremptoires que je vous ferai connaître con-fidentiellement.

— Tout à votre disposition, cher monsieur.

— Bien; merci d'avance, de tout cœur. Mainte-nant, veuillez m'indiquer le salon?

Jacques conduisit aussitôt John Teddy dans la pièce désignée, où il l'installa de son mieux.

— Bonsoir, à demain, fit l'Américain en pressant vigoureusement la main du jeune directeur.

Le lendemain, vers neuf heures, Jacques Gar-nier parlait en effet avec John Teddy.

au Grand Hôtel de Saint-[...] de Compostelle. Préalablement, le repré-sentant de la [...] Dulertre avait présenté l'Amé-[...] à [...].

Les deux hommes passèrent d'abord chez un mé-[decin] espagnol connu de Jacques.

Le praticien examina la blessure de John Teddy, la pansa soigneusement, affirmant qu'elle ne présentait aucun caractère de gravité.

Ensuite, les deux compagnons gagnèrent l'hôtel, où ils s'enfermèrent durant plus d'une heure.

Lorsque Jacques Garnier quitta enfin l'Améri-cain, après un très long entretien confidentiel, il paraissait à la fois stupéfait et ravi de ce qu'il venait d'apprendre.

— Quelle joie pour elle, et pour nous aussi, murmurait-il, si tout cela est vrai.

— Les conjectures de Teddy et les miennes ne sont pas erronées, j'en suis convaincu... Trop de détails sont concordants...

Ah ! oui, quelle joie... quel bonheur ! Et quel avenir superbe !...

Ici, comme grisé par de secrètes pensées, le jeune directeur marchait allègrement vers sa demeure, le regard rayonnant de jeunesse et d'espoir.

Trois jours après l'agression qui avait failli lui coûter la vie, John Teddy partait pour Rio-de-Janeiro.

Le même jour, Jacques Garnier obéissant à un sentiment fait de curiosité et d'une sorte de reconnaissance tout à la fois, projetait de se rendre dans l'étrange demeure où, enfermé et assailli dans l'ombre par les mystérieux agresseurs de John Teddy, il avait dû son salut à l'apparition d'une jeune fille.

Afin de retrouver la voûte qui donnait accès au logis de cette belle Chilienne, il commença par refaire très exactement le chemin suivi à la poursuite des bandits.

Il découvrit sans peine l'étroite ruelle dans laquelle, si imprudemment, il s'était engagé.

Mais ici les difficultés commencèrent.

À droite, comme à gauche de cette ruelle, plusieurs porches voûtés s'ouvraient, à peu près tous semblables les uns aux autres.

Tous aussi semblaient dater d'une époque ancienne déjà, et les bâtiments auxquels ils donnaient accès révélaient les mêmes caractères misérables de pauvreté sordide.

Certes, ceux qui habitaient ces logis, presque totalement dépourvus d'air et de lumière, ne devait pas être la fine fleur de Santiago.

L'aspect de ces lieux tristes, sombres, mystérieux et presque menaçants fit hésiter un instant le jeune ingénieur, en dépit de son courage habituel.

Il allait lentement, examinant les unes après les autres les voûtes dont les porches étaient à cette heure d'un libre accès.

Il cherchait à déterminer l'emplacement de la porte basse qui s'était entr'ouverte à ses appels.

Enfin il crut l'avoir trouvée.

Après s'être assuré de la main que son revolver se trouvait bien dans la poche droite de son veston, à sa portée, il frappa rudement.

La réponse ne se fit pas attendre.

La porte basse s'ouvrit, et la jeune fille déjà vue parut sur le seuil.

Jacques demeura une seconde stupéfait et charmé tout à la fois.

Il avait devant lui une créature de la plus grande, de la plus originale beauté.

Assez grande, svelte et de formes cependant incomplètes déjà, elle portait avec une grâce incomparable le costume national chilien.

Jupe courte laissant voir ses chevilles fines et la naissance d'une jambe parfaite, chemisette d'étoffe légèrement échancrée au col découvrant une poitrine d'un admirable modelé, surmontée d'un cou plein, d'un galbe délicieux. Les bras ronds étaient aux trois quarts nus.

Une longue chevelure brune retombait en cascades soyeuses sur ses épaules, auréolant un visage d'un ovale parfait.

Ses grands yeux noirs, veloutés et ombragés de longs cils exprimaient tout à la fois l'ardeur et la langueur passionnelles.

Son nez droit, aux narines frémissantes, surmontait une bouche d'un admirable dessin. Les lèvres un peu sensuelles, et du plus clair incarnat, semblaient une fleur de pourpre, une fleur vivante que l'on aurait voulu respirer et baiser en même temps.

La peau mate, légèrement ambrée, donnait un attrait de plus à cette beauté provocante, capable d'inspirer les pires folies passionnelles.

Beauté dangereuse pour qui eût aimé cette admirable créature.

Celle-ci ne fut pas sans remarquer l'expression admirative dont le regard de Jacques Garnier l'enveloppait. Un sourire énigmatique, vite réprimé pourtant, s'esquissa sur ses lèvres charmues.

Et d'une voix exquisement timbrée, elle demanda, l'air très simple :

— Que désirez-vous, señor ?

— Vous ne me reconnaissez pas, mademoiselle ? répartit l'ingénieur souriant.

— Vous ai-je jamais vu ?

— Oui, mademoiselle, et tout récemment.

— Où donc ? Je ne sors jamais.

— Ici même, il y a trois jours, ou plutôt trois nuits.

— Ah ! c'était vous, s'écria la belle Chilienne, jouant à merveille l'étonnement.

— Sans doute.

— Eh bien, señor, si vous avez quelque chose à me dire, vous pouvez entrer.

En achevant, la belle créature s'effaça, laissant pénétrer son visiteur dans un logis très sommairement meublé, mais d'une propreté remarquable.

Elle offrit une chaise de paille bariolée de couleurs diverses et s'assit elle-même.

Avant de l'imiter, Jacques parut hésiter un instant encore. Il lui posa nettement cette question :

— N'y a-t-il rien à craindre ?

— Pour vous ? fit la jeune fille paraissant surprise de cette demande.

— Non pas seulement pour moi, mais pour vous-même, mademoiselle ?

— Rassurez-vous, señor, je suis seule en ce moment.

— Seule ?

— Oui, mes oncles sont partis à leur hacienda. Ils y resteront deux jours au moins.

— Ah ! ce sont vos oncles ? s'étonna Jacques en évoquant soudain le souvenir des deux hommes qu'il avait poursuivis vainement.

— Hélas !

— Mais qu'avez-vous encore à me dire, señor ?

— Eh bien, mademoiselle, je venais tout simplement remplir un devoir de gratitude, vous remercier de m'avoir sauvé la vie, l'autre soir.

— Oh ! la vie, c'est beaucoup dire.

De nouveau, un sourire énigmatique entr'ouvrit
ses lèvres pourpres.

— Enfin, reprit-elle, j'ai cru devoir prendre sur
moi de vous délivrer, car mes oncles étaient exaspérés.

« Peut-être vous eussent-ils fort malmené sur
l'heure.

— Je l'ai craint un instant, bien que résolu à
me défendre jusqu'à la dernière extrémité.

— Vous êtes brave.

— Comme un homme doit l'être.

— Peut-être supposez-vous, señor, que ceux dont
vous parlez sont des bandits ?

— Cette supposition ne serait-elle pas permise,
mademoiselle, en présence des faits étranges dont
je fus le témoin, et presque la victime.

— Certes, cependant c'est une erreur d'appréciation.

— Mais vos oncles n'ont-ils pas attaqué et
blessé un passant dans la rue?

— Peut-être ?

— Et moi-même, n'ai-je pas failli devenir leur
victime à mon tour, comme je le disais à l'instant.

— Oui, tout ceci est exact.

« Mais il y a les motifs que vous ignorez, et qui
certainement modifieraient, si vous les connaissiez,
votre façon de penser à leur égard.

« L'homme avec qui mes oncles eurent une altercation sanglante, dans la calle Bel Respiro, n'est
pas un inconnu pour eux.

« Leur querelle réciproque résulte de faits anciens, de compromissions d'intérêts importants.

— Vraiment, s'étonna Jacques Garnier, dont la
surprise croissait.

— Je vous dis la vérité, señor.

« Cependant il ne m'est pas permis de vous en
révéler davantage.

« Ce sont là des affaires tout à fait personnelles.
Je n'ai pas à m'en mêler, bien que j'en fusse indirectement l'innocente victime.

— Vous ?

— Oui, malheureusement.

« Mais laissons cela, pour répondre à votre
deuxième supposition, celle qui vous concerne particulièrement.

« Si vous avez été enfermé, et même attaqué
sous notre porche, c'est que, je vous l'ai dit, mes
oncles étaient exaspérés et qu'ils auraient voulu
châtier votre intervention non justifiée.

— Comment ?

— Vous vous mêliez là, à leurs yeux, d'une querelle qui ne vous regardait pas, vous tentiez même
de violer leur domicile, en les poursuivant jusque
sous notre porche.

« Ce fut le vrai, le seul motif de leur agression
contre vous.

« Mes oncles ne sont pas des misérables, comme
vous l'avez pu croire jusqu'ici.

« Ce sont des hommes rudes, violents et coléreux,
très jaloux de leur indépendance, aigris d'ailleurs
par des revers de fortune, immérités en partie.

« Jadis nous avons été riches, señor, et nous
sommes devenus presque pauvres.

« Mais il y a là des secrets qu'il ne m'appartient
pas de vous dévoiler.

— Je n'insiste pas, mademoiselle.

« Je vais me retirer, en vous remerciant de nouveau de votre généreuse intervention.

« Grâce à vous, ma chère mère a conservé son
fils !

— Ah ! vous avez encore votre mère ?

— Oui, une mère incomparable de bonté, de dévouement.

« Allons, mademoiselle, adieu, car je ne vous
reverrai jamais sans doute ?

— Pourquoi ?

— J'espère quitter bientôt ce pays, pour retourner en France.

En achevant, Jacques Garnier se leva, tendit sa
main à la jeune fille qui l'effleura du bout de ses
doigts fuselés, tout en l'enveloppant du regard brûlant de ses yeux de velours.

Il marcha vers la porte, il allait en franchir le
seuil, lorsqu'elle l'arrêta d'un mot, d'une question
plutôt :

— Vous êtes Français, señor ?

— Oui, de Paris.

— Ah ! Paris, cette ville fabuleuse dont on parle
tant, comme j'aimerais la voir !

« Mais c'est bien loin, et jamais, sans doute, je
ne trouverai l'occasion, pourtant souhaitée, de quitter le Chili pour aller en France.

— Comment, vous voudriez abandonner votre
pays ?

— Oh ! sans regrets, señor.

« J'y suis si malheureuse ! J'ai si peu d'espoir !

Cri de détresse ignoré, involontaire, involontaire
peut-être, stupéfia Jacques Garnier.

— Comment une créature telle que vous, aussi
jeune, aussi belle, peut-elle à ce point désespérer de
l'avenir ?

— Je ne puis vous l'expliquer maintenant, señor,
ce serait long et dangereux pour moi, peut-être.

« D'une minute à l'autre, la vieille servante qui
me garde, sur l'ordre exprès de mes oncles, va
rentrer du marché.

« Si elle vous surprenait ici, elle rendrait compte
à mes tuteurs de cette visite, dès leur retour,
j'aurais à subir, non seulement leurs reproches,
mais encore leurs mauvais traitements.

— Ah ! pauvre enfant ! jeta Jacques Garnier
d'un accent apitoyé.

« Ne peut-être rien pour vous soustraire à cette
douloureuse condition ?

— Je ne sais, il faudrait que j'ose dire.

Sur ces mots, la belle Chilienne s'interrompit,
hésitante à continuer, confuse en même temps d'en
avoir déjà tant avoué.

Puis, brusquement, sous l'empire d'un revirement soudain, elle reprit très vite :

— Tenez, vous m'inspirez confiance, señor.

« Êtes-vous libre, ce soir ?

— Oui, si je le veux.

— Pouvez-vous venir à neuf heures, derrière
l'église Saint-Jacques de Compostelle ?

— Vous y serez ?

— J'y serai. Et je vous dirai ma douloureuse histoire, celle de mes oncles. Vous comprendrez tout
et vous jugerez mieux.

« Maintenant partez, partez vite, je vous ai gardé
trop longtemps ici, pour mon repos.

— A ce soir, fit seulement Jacques profondément
troublé, en s'éloignant aussitôt.

Derrière lui, la belle Chilienne venait de refermer précipitamment la porte de son logis.

Il marchait maintenant dans la ruelle, tête basse, réfléchissant activement à ce qu'il venait d'entendre.

Il fut tiré de cette méditation par une interpellation, jetée d'une voix nasillarde et désobligeante.

— Le señor ne sait pas où il va ?

Il releva la tête, se trouva face à face avec une vieille Chilienne, jaune et maigre, dont les yeux aigus le dévisageaient d'un regard aigu.

Une intuition soudaine lui révéla sa personnalité. Ce devait être la servante de la belle jeune fille dont la conversation venait de le troubler si étrangement.

— Pardon, señora, dit-il exagérant la politesse, l'air préoccupé.

Et vivement il passa, sans se retourner.

Avant de rentrer chez lui, il fit un détour, afin d'aller explorer les alentours de l'église Saint-Jacques-de-Compostelle, derrière laquelle il devait se trouver le soir même.

Une étude rapide de la topographie des lieux l'assura qu'il s'y retrouverait facilement, même dans l'obscurité nocturne.

Alors, il réintégra sa demeure, s'efforçant en vain de maîtriser l'effervescence de son cerveau, s'ingéniant pour ne plus penser à la jeune fille dont la remarquable beauté l'avait si fortement impressionné.

Pour chasser ce souvenir obsédant, et certainement excusable autant que compréhensible, étant donné sa jeunesse et l'ardeur de son tempérament, il voulut ramener sa pensée sur Geneviève.

Vers cette Geneviève qu'il aimait si profondément, à qui, d'avance, il avait voué sans restrictions tout son cœur, toutes ses forces, toute sa vie !

Il parvint enfin à se ressaisir. Lorsqu'il embrassa cette excitante fièvre, son âme un instant pervenait de recouvrer toute sa sérénité.

Il ne parla pas de sa mystérieuse visite à la jeune Chilienne, désireux de ne point alarmer inutilement l'affection quasi maternelle de l'excellente femme pour Geneviève.

Il l'informa seulement, sans paraître y attacher une grande importance, qu'il aurait à sortir le soir après son dîner.

Mme Garnier, habituée aux libres allures de celui-lui, et le sachant prudent autant que foncièrement fidèle à sa chère fiancée, ne fit aucune objection, ne soupçonna rien d'illicite.

De son côté, la jolie nièce des Ribeira pensait au jeune homme.

Non pas comme une fille éprise déjà, à la façon de ce que l'on nomme « le coup de foudre », mais cependant avec un certain agrément.

Sa qualité de Français, la certitude énoncée par lui de retourner bientôt en son pays l'avaient impressionnée plus que sa personne même.

Elle formulait en soi de vagues espoirs, la possibilité d'échapper un jour, grâce à la protection possible du jeune ingénieur, à la dure tutelle de ses oncles.

La fin de la journée lui parut longue. Son impatience secrète croissait à mesure que l'heure du rendez-vous approchait.

Elle réussit à ne pas éveiller la défiance de sa servante geôlière, et à l'envoyer se coucher de bonne heure.

Elle demeura encore un instant accoudée sur la table de la salle à manger, puis, lorsqu'elle fut enfin convaincue du sommeil de sa surveillante, elle se prépara sans bruit.

Mais au moment même où elle allait prendre ses dernières dispositions, la porte de son logis s'ouvrit brusquement.

Deux hommes firent irruption dans la pièce.

C'étaient les deux frères Ribeira, ses oncles.

Elle tressaillit, se roidit pour dissimuler son trouble.

— Eh bien, Carmen, demanda durement l'un des deux hommes, en lui lançant un regard soupçonneux, rien de nouveau ici ?

— Mais non, rien, mon oncle.

— Pourquoi n'es-tu pas encore couchée ? remarqua l'autre arrivant d'un ton méfiant.

— J'allais le faire.

— Et Dolores ? interrogea-t-il encore, faisant allusion à la vieille servante.

— Elle vient de se retirer à l'instant.

— C'est bien.

Puis, après avoir exploré la salle d'un regard circulaire, comme pour s'assurer que rien n'y décelait quelque chose d'insolite, celui des deux hommes qui avait parlé le premier, reprit :

— Nous sommes revenus plus tôt que nous ne le pensions, parce qu'une affaire urgente nous réclame en ville, ce soir.

« Couche-toi, et ne sois pas étonnée si nous ne rentrons pas cette nuit. Peut-être serons-nous retenus dehors.

— Bien, mon oncle, je vais me coucher.

Et la belle Chilienne fit mine de se retirer vers sa chambre.

Les deux hommes sortirent aussitôt, en refermant bruyamment la porte.

Celle qu'ils avaient nommée Carmen attendit quelques minutes encore, scrutant le silence de son oreille attentive.

Enfin elle se couvrit la tête d'une mantille noire, s'enveloppa dans une cape de couleur brune et sortit à son tour.

Elle prit les plus grandes précautions pour refermer son logis, sans toutefois emporter les clés.

En débouchant prudemment dans la ruelle obscure, elle s'assura d'un coup d'œil circulaire que personne ne s'y trouvait.

Puis, rassurée, elle se hâta vers la calle Bel Respiro.

Ensuite elle tourna sur sa gauche et fit un assez long détour pour se rendre à l'église Saint-Jacques de Compostelle, où devait l'attendre le jeune Français.

Celui-ci se trouvait au lieu du rendez-vous depuis un moment déjà. Il se promenait impatient sur la place assez vaste qui s'étend derrière le monument, se demandant si la jeune fille allait tenir sa promesse.

Lorsqu'il vit apparaître sa silhouette, il marcha lentement vers elle, bien qu'il ne fut pas certain encore de sa personnalité.

— C'est moi, jeta-t-elle dans un souffle.

— Enfin, répliqua-t-il d'une voix contenue, j'ai eu peur un instant que vous fussiez empêchée.

— Venez par ici, fit-elle sans répondre à cette sorte d'interrogation.

Et, sûre qu'il la suivrait, elle se dirigea vers l'ombre plus opaque projetée par les piliers massifs qui soutenaient l'abside de l'église.

Enfin, elle s'arrêta, parut se recueillir durant quelques minutes, puis commença

J'ai cru vous promettre de vous révéler le secret de l'agression commise l'autre soir par mes oncles.

« Je vais le faire, avec l'espoir que mes explications vous feront mieux comprendre à quels mobiles obéissaient mes parents, et aussi les raisons de ma douloureuse condition.

« Je serai brève, car les instants me sont comptés.

« Ceux que je n'attendais pas avant demain, sont rentrés ce soir, à l'improviste.

— Alors, fit Jacques, surpris, comment avez-vous pu venir malgré ce retour inopiné ?

— Mes oncles sont repartis aussitôt, ils ont affaire en ville, m'ont-ils dit, et je ne pense pas qu'ils aient pu soupçonner mes intentions.

« Mais ne perdons pas des minutes précieuses, señor.

« Écoutez-moi, et surtout veuillez croire à la sincérité de mon récit.

« L'homme qui fut attaqué par les Ribeira ne se nomme-t-il pas John Teddy ?

— C'est exact.

— Ne revient-il pas du Japon ?

— Je le crois, répartit Jacques devenant circonspect.

— Eh bien, cet homme est l'objet de la haine irréductible de mes oncles. Et voici pourquoi :

« Il y a quinze ans, ce John Teddy vint séjourner à Santiago durant plusieurs mois. Ses affaires commerciales l'y avaient appelé.

« A cette époque, il fit la connaissance de ma famille, il entra en relations d'affaires avec mes oncles et fréquenta notre maison.

« Nous étions riches alors, nous vivions dans le luxe, nous habitions une maison particulière, vaste et somptueuse, située sur la plazza del Paso.

« Ma mère, veuve depuis quatre ans, dirigeait l'intérieur où ses frères habitaient avec elle.

« J'avais cinq ans, mais je me souviens des événements qui se déroulèrent à cette époque.

« John Teddy s'était épris de la beauté de ma mère. Et ses relations avec elle et avec mes oncles devenant plus intimes, il obtint d'épouser celle qui de son côté, l'aimait sincèrement.

« Quelque temps après, John Teddy engageait mes oncles à s'associer avec lui dans une affaire commerciale des plus importantes.

« Tous les capitaux, toute la fortune de notre famille furent engagés dans cette spéculation hardie.

« Et John Teddy, pour la mener à bien, dut retourner au Japon, emmenant naturellement ma mère devenue sa femme légitime.

— Et vous ?

— Moi, je demeurai à Santiago, sous la tutelle de mes oncles. Mon beau-père ne voulait pas se charger de mon éducation.

« Mais je vais abréger.

« Ma mère mourut au Japon, trois ans après son mariage. Six mois plus tard, l'énorme affaire commerciale montée par John Teddy, avec les capitaux de mes oncles, périclitait, puis sombrait tout à fait.

« Toute notre fortune, y compris la dot de ma mère, fut engloutie dans cette catastrophe. Et aux réclamations réitérées de mes oncles ruinés, John Teddy, dont la situation était encore assez brillante cependant, répondit par des refus obstinés.

« Il y eut procès. John Teddy qui, paraît-il avait le bon droit de son côté, et dont la bonne foi ne pouvait être mise en doute, gagna ce procès.

« Alors mes oncles imaginèrent de réclamer pour moi, au nom de ma mère défunte, une indemnité. Mon beau-père refusa nettement d'entrer même en pourparlers à ce sujet, malgré les insistances réitérées de ses beaux-frères.

« Ceux-ci, à bout de ressources et d'arguments de ce côté, pensèrent alors à faire intervenir ma personne et ma beauté à l'appui de leurs revendications.

« Ils essayèrent de me faire partager leur haine à cet égard et d'entrer dans leurs combinaisons immorales. Je refusai. Dès lors, je devins la cible de leurs mauvais traitements. Ils me séquestrèrent en partie, espérant à la fin vaincre mes scrupules d'honnêteté, en me réduisant à une condition presque misérable.

— Quelle cruauté ! remarqua Jacques, ému de ce court récit.

— Oui, j'ai beaucoup souffert par eux. Ces deux hommes ont fait de moi leur victime expiatoire. Et j'ai si peu l'espérance de voir se modifier un jour ma triste situation, que j'ai conçu le projet de quitter ma patrie pour m'y soustraire.

— Où iriez-vous ?

— J'irais en France, ou dans n'importe quel pays étranger, pour recouvrer le droit de vivre au grand jour, librement, comme toute créature humaine.

— Pauvre enfant ! ponctua Jacques dont l'émotion croissait à mesure.

« Mais dans quelles conditions voudriez-vous aller en France ?

— Oh ! j'accepterais les plus modestes fonctions. Je serais domestique même, s'il le fallait. Je ne puis avoir aucune prétention, puisque je suis maintenant totalement dépourvue de toute fortune personnelle... Si encore je savais travailler à quelque chose ?

— C'est malheureusement juste.

— Et puis, continua la belle Chilienne, un autre espoir, bien faible cependant, m'encourage dans cette voie.

— Lequel ?

— Je sais, par mes oncles, que John Teddy doit retourner prochainement en France, à Paris même et s'y fixer probablement.

« Si j'avais le bonheur d'être emmenée dans ce lointain pays, peut-être y retrouverais-je mon beau-père.

— Et alors ? questionna Jacques, curieux de connaître les projets de la malheureuse jeune fille.

— Alors, je ferais appel à sa bonté. Je lui rappellerais son amour pour ma pauvre mère défunte, je lui demanderais de m'aider à me créer une situation.

« Je sais qu'il a pu reconstituer une fortune vraiment considérable.

— Je le crois en effet.

— Mais, pour réaliser mes projets, il faudrait, comme je vous le disais tout à l'heure, que j'inspire assez d'intérêt à quelqu'un pour qu'il consentît à me mener en France.

— Et vous avez compté peut-être sur moi ?

— Oui, j'ose vous l'avouer. J'ai compté sur votre influence, sur votre générosité...

« Si votre mère consentait à me prendre à service, lorsque vous repartirez pour votre pays, je serais sauvée. Du moins échapperais-je à la tyrannie de mes durs parents.

— Vous le méritez sans aucun doute, et peut-être je pourrais pressentir mon excellente mère à votre sujet.

—Croyez bien, Mademoiselle, que je ne dissimule en parlant ainsi aucune arrière-pensée malhon... aucune ambition illégitime.

—J'en suis persuadé.

—Je ne suis pas une intrigante.

—C'est ma conviction.

—Peut-être avez-vous en France une fiancée ?

La belle Chilienne s'interrompit brusquement, à cette dernière réflexion hardie et qu'elle n'avait pu retenir.

Jacques la considérait sans répondre.

Soudain elle tressaillit, devint tremblante, et, d'un bond en arrière elle se recula dans l'encoignure d'un pilier.

Saisi de stupéfaction par ce mouvement et cette attitude inexplicables, Jacques Garnier demeura immobile, hésitant sur ce qu'il devait dire.

Un flot de pensées étranges l'assaillait en présence de cette belle créature ingénue.

Il allait se rapprocher d'elle cependant, lorsqu'un bâillon s'abattit sur sa bouche.

En même temps une forte corde s'enroulait autour de son corps, comme un lasso lancé par une main experte.

En moins d'une minute, il se trouva solidement ligoté, tandis que ses yeux égarés voyaient la belle Chilienne s'enfuir en courant de toute la vitesse de ses jambes.

Puis un homme se dressa devant lui, le revolver au poing.

—N'essayez pas de résister, ou vous êtes mort ! lui jeta une voix rude et farouche.

Il tenta de secouer ses liens.

Mais quatre bras vigoureux l'enlevèrent aussitôt, le portèrent jusqu'à une sorte de long chariot dissimulé dans l'ombre.

On le jeta brutalement sur la paille qui garnissait le fond de ce véhicule grossier.

Il y demeura inerte, anéanti par la soudaineté de l'agression et par une invincible épouvante.

Il vit deux hommes monter sur le siège du chariot, attelé d'un cheval robuste.

L'un de ces deux hommes saisit les rênes, fouetta vigoureusement l'animal et le lança au galop dans des rues désertes.

Bientôt les dernières maisons de la ville cessèrent d'apparaître aux yeux égarés de Jacques Garnier, incapable de comprendre rien à cette aventure extraordinaire.

Le véhicule dans lequel on l'enlevait filait maintenant sur une large route, toute bordée de buissons et de bouquets de grands arbres d'un aspect sinistre.

Il s'enfonça bientôt dans un sombre ravin surplombé de rocs granitiques énormes, puis il déboucha dans une vaste plaine dont les limites se confondaient avec le ciel lourd et sombre.

Dans l'obscurité de cette nuit sans lune, ces sites différents prenaient aux regards effrayés de Jacques des apparences fantastiques.

Le trajet dura plusieurs heures, sans que le cheval ralentît beaucoup son allure.

L'aube commençait à poindre, lorsque le chariot et ses étranges conducteurs pénétrèrent enfin dans un vaste enclos. Au fond de ce domaine s'érigeaient les bâtiments bas et longs d'une hacienda chilienne.

Le véhicule s'arrêta bientôt à l'extrémité de ces bâtiments, les deux hommes sautèrent aussitôt sur le sol, puis attirant Jacques vers eux, ils le débâillonnèrent.

Il respira longuement, s'efforça de maîtriser le malaise dont il souffrait.

Ensuite ses agresseurs relâchèrent un peu la corde qui lui enserrait les bras et les jambes et le poussèrent brutalement dans une grange ouverte.

Il chancela, tomba sur le sol garni d'une épaisse couche de fourrage, y demeura étourdi, pantelant.

Au même moment la porte de la grange se referma violemment. Il se trouva seul dans le clair obscur de cette sorte de prison, à peine éclairée par une étroite fenêtre s'ouvrant à un mètre cinquante du sol environ, et garni de solides barreaux.

L'esprit désemparé par une sorte de désespoir irraisonné, mais bien excusable, il demeura longtemps prostré.

Aucune pensée judicieuse ne se faisait jour dans le chaos de son cerveau.

Que lui voulait-on ?

Cependant le calme, le silence absolu lui permirent de recouvrer par degrés un peu plus de lucidité.

Il s'efforça de deviner les motifs du criminel enlèvement dont il était l'objet et d'en déduire à l'avance les conséquences possibles.

Devait-il attribuer cet événement fâcheux à son entrevue avec la belle Carmen ?

Était-il plus simplement la victime de bandits pratiquant le système du chantage par rançon ?

Ou bien encore, sa capture avait-elle pour cause ses relations passagères avec John Teddy ?...

Et la jeune fille si jolie, si attirante, n'était-elle pas du complot ? Sa beauté provocante, son histoire — fausse peut-être — n'avaient-elles point servi d'appât à sa fatuité masculine, à sa naïveté ?

Cette créature si douce d'apparences n'était-elle pas tout simplement la vile complice des Ribeira ?

Toutes ces interrogations angoissantes se représentèrent vingt fois à son esprit enfiévré, sans qu'il parvînt à résoudre l'une d'elles.

Sous l'empire de la fatigue éprouvée par ses membres gênés dans la liberté de leurs mouvements, il sentit la fièvre le gagner peu à peu.

Plusieurs fois il se retourna sur sa couche de fourrage, essayant de trouver la position la moins incommode à lui procurer le repos indispensable.

Enfin il s'endormit, d'un sommeil lourd de bête harassée.

Il était environ midi, lorsqu'il fut réveillé brusquement par une sorte de commotion.

Ses yeux s'ouvrirent, comme agrandis par l'effroi se fixèrent hagards sur deux hommes placés près de lui et dont l'un le secouait avec une rudesse des plus brutales.

Puis on délia ses jambes lui passant en même temps aux poignets une cordelette fine mais très résistante.

Pendant ce temps, il examinait ses agresseurs.

Il reconnut, ou plutôt il devina les deux frères Ribeira.

—Levez-vous ! ordonna durement l'un d'eux.

Après quelques efforts pour rendre un peu de souplesse à ses muscles engourdis, il parvint à se mettre debout.

—Et maintenant, fit celui des deux Ribeira qui n'avait pas encore parlé, jurez-nous de répondre en toute franchise aux questions que nous allons vous adresser ?

Jacques Garnier ne répondit rien.

Il s'efforçait de réfléchir à l'étrangeté, aux dangers de sa situation et à la conduite qu'il convenait d'adopter.

— Je dois vous prévenir, poursuivit son étrange interlocuteur, que votre liberté dépend absolument de votre sincérité.

« Vous êtes ici en notre pouvoir, loin de Santiago comme de toute habitation.

« Nous sommes sur nos domaines, qui sont très vastes, et tous ceux que vous pourriez apercevoir ou rencontrer, si nous vous gardons à notre discrétion sont à notre service.

« Personne n'oserait contredire à notre volonté, ni vous porter secours sans nos ordres.

— Nous sommes les maîtres absolus ! affirma l'autre Ribeira, d'un ton dont l'autorité ne permettait pas le moindre doute.

« Nous sommes résolus à vous garder prisonnier ici, si vous ne donnez pas satisfaction à nos demandes.

— Vous voilà bien prévenu, appuya le premier. Votre sort dépend de vous-même.

— Que voulez-vous savoir ? demanda l'ingénieur redevenant peu à peu maître de soi.

— Vous connaissez John Teddy ?

— Fort peu.

— Cependant, vous êtes intervenu dans notre querelle avec lui.

— Par devoir d'humanité.

— Vous nous avez même poursuivis jusque dans notre demeure ?

— Je ne le nie pas.

— Et enfin, la preuve que vous connaissez John Teddy mieux que vous ne voulez l'avouer, c'est votre visite du lendemain à l'hôtel Saint-Jacques de Compostelle.

« Par conséquent, vous êtes au courant de l'existence comme des projets de cet homme, et vous pouvez nous les révéler ?

— Je ne sais rien de tout cela, répliqua fermement Jacques Garnier. John Teddy ne m'a rien confié de ses affaires personnelles.

— De quel pays êtes-vous ?

— Je suis Français.

— Français ? répéta l'interlocuteur du jeune homme paraissant étonné.

Puis il regarda longuement son frère, comme pour deviner l'impression que lui causait cette simple réponse.

Le plus jeune des Ribeira demeura impassible.

L'aîné reprit :

— Votre nom ?

— Jacques Garnier.

— Que faites-vous à Santiago ?

— Je suis ingénieur civil.

— Et comment avez-vous connu notre nièce Carmen ?

— Tout à fait par hasard, je veux dire par un heureux hasard. Car, sans cette jeune fille, j'eusse été peut-être la victime de vos mœurs de bandits !

— Oh ! voilà des paroles imprudentes et maladroites, riposta le plus jeune des Ribeira d'un accent empreint de colère subite.

— Ne renouvelez pas de pareilles appréciations, appuya l'aîné, elles pourraient vous coûter cher.

Jacques tressaillit, se reprocha son indignation trop peu circonspecte.

Il avait été trop loin.

Ses deux interlocuteurs, se reculant de lui, d'un accord tacite parlaient vite et bas en espagnol.

Il attendit quelque[s] ...

— Voici ce que nous venons de [...], l'aîné.

« Nous n'en voulons pas à votre vie, elle nous intéresse peu, par conséquent vous vivrez.

« Mais puisque nous vous tenons, et bien que notre capture ne révèle plus à nos yeux l'importance à laquelle nous avions cru tout d'abord, nous allons vous faire connaître les conditions auxquelles vous pourrez recouvrer votre liberté.

« Vous devez être riche ?

— Vous vous trompez, je n'ai aucune fortune.

— C'est ce que nous saurons sous peu.

— Comment ?

— C'est notre secret.

« Donc, nous vous rendrons la liberté moyennant le paiement d'une rançon de cinq mille piastres qui nous seront versées par votre mère, sur un ordre de vous.

« Si nous vous parlons de votre mère, c'est que nous sommes renseignés déjà sur votre compte.

« Acceptez-vous ce moyen de vous libérer ?

— C'est impossible.

— Pourquoi ?

— Parce que je ne possède pas la somme que vous exigez de moi.

— Bast ! Mensonges ! Vous pourrez la trouver. Mais restons-en là. Vous connaissez nos exigences. Vous réfléchirez. La nuit porte conseil, nous viendrons demain.

Sur ces derniers mots, les deux Ribeira sortirent aussitôt de la grange, dont ils refermèrent la porte à double tour de clé.

Jacques, demeuré seul, céda de suite à un mouvement de découragement et de désespoir.

Bien que ses deux geôliers se fussent montrés relativement polis avec lui, leurs accents l'avaient convaincu qu'ils n'étaient pas hommes à revenir sur des décisions prises.

Il allait donc demeurer en leur pouvoir, tant qu'il n'aurait payé la rançon exigée.

La somme était en réalité trop au-dessus de ses moyens pour qu'il pût la demander à sa chère mère. Au surplus, l'excellente femme, fort peu au courant de ses relations d'affaires, serait incapable de se la procurer.

Il était cependant indispensable qu'il recouvrât sa liberté, le plus vite possible.

Mais comment ?

Il réfléchissait activement à tout cela quand la porte de la grange se rouvrit, livrant passage au plus jeune des deux Ribeira.

Celui-ci déposa dans un coin une cruche pleine d'eau, une miche de pain noir, puis se retira fort vite.

Jacques pensa de suite aux exigences de son être physique. Quoi qu'il dût lui arriver, il importait de soutenir ses forces.

Il saisit le pain, et malgré la gêne de ses mains entravées, il mangea sans hâte.

Ensuite il but un peu, puis revint s'asseoir sur sa couche de fourrage, considérant d'un regard distrait l'étroite fenêtre de sa prison, par laquelle pénétrait un ardent rayon de soleil.

Brusquement une idée s'empara de son esprit. Il s'approcha de l'ouverture, examina minutieusement les barreaux épais.

Une stupéfaction intense suspendit cet examen, ses yeux s'agrandirent, comme s'il doutait de la réalité d'un fait constaté.

ne l'avaient pas fouillé.

Par des efforts réitérés, il parvint à ... main droite à sa poche de pantalon.

Il y glissa le bout de ses doigts et saisit enfin ... petit couteau de luxe qu'il portait toujours sur ...

Ce couteau portait trois lames : une petite, servant de canif, une lime à ongles et enfin une lame plus large, plus résistante.

Non sans difficultés, il porta l'objet à ses dents, ouvrit l'une des lames et se mit en devoir de trancher ses liens.

Après quelques minutes d'efforts, il se trouva délivré.

Un long soupir de soulagement s'exhala de sa poitrine, un espoir imprécis encore l'anima.

Il se rapprocha de la fenêtre, posa la lame à la base d'un barreau et s'efforça de l'entailler.

Alors un cri de joie, heureusement étouffé, lui échappa.

Il ne s'était pas trompé. Cette grille d'apparence indestructible était en bois peint.

— Ah ! maman, Geneviève, je vous reverrai donc, murmura-t-il tremblant d'espérance.

Il allait immédiatement commencer son travail de délivrance, lorsqu'il réfléchit judicieusement que le grand jour pouvait le trahir.

Il fallait attendre la nuit pour agir.

En attendant, il songea qu'il ne lui serait pas inutile d'examiner la topographie des lieux au dehors, afin de pouvoir s'orienter s'il réussissait.

Il s'en fut prendre la cruche, monta légèrement dessus, en se soulevant des mains à l'aide des barreaux et regarda longuement les alentours.

Devant lui se voyaient de vastes étendues herbeuses coupées de clôtures en bois, hautes d'un mètre environ.

Derrière ces clôtures paissaient quelques animaux : cinq ou six chevaux, une dizaine de vaches.

Deux chiens de grande race vaguaient parmi le bétail.

Ces chiens seuls devaient constituer un danger sérieux en cas d'évasion.

Cependant il fallait risquer le tout pour le tout. Il descendit de son observatoire, s'allongea sur sa couche de fourrage pour mieux réfléchir.

Entre temps, il avait ressaisi la cordelette coupée et s'était enroulé les poignets, afin de n'éveiller aucun soupçon, en cas de visite inopinée.

Il attendit, rongé d'impatience, que le jour déclinât.

Le crépuscule s'achevait lorsqu'il se résolut à commencer enfin son œuvre de délivrance.

D'une main ferme il attaqua la base d'un barreau avec la grande lame de son couteau.

Il s'arrêtait de temps à autre pour ramasser avec soin les éclats de bois résultant des entailles, et pour les dissimuler sous le fourrage.

Quand un premier barreau fut aux trois quarts entamé, il fit sur ses deux mains réunies une pesée vigoureuse, en dehors.

Le bois se rompit sans trop de craquements.

Il attaqua de suite un second barreau, l'arracha même, après vingt minutes d'efforts, puis s'arrêta pour reprendre haleine.

Son front ruisselait de sueur, son cœur battait à rompre.

Lorsqu'il eut retrouvé quelque calme ... de l'air, l'espace devenu libre.

En se coulant de côté, il devait pouvoir passer par l'ouverture.

Il replaça son couteau dans sa poche, se hissa, puis allongea sa tête au dehors, examinant les contours d'un regard aiguisé.

Il écoutait aussi de toute la finesse de son ouïe tendue.

Rien de suspect. Tout semblait endormi dans l'hacienda.

La délivrance était proche !

Enfin il passa le buste tout entier par l'ouverture, ramena péniblement ses jambes, non sans se heurter et se meurtrir un peu au passage.

Et, sans plus d'hésitation, il se laissa couler sur le sol herbeux.

Des aboiements furieux retentirent aussitôt.

Jacques affolé par cet éveil s'élança en avant, droit devant lui, tout en fouillant sa poche pour y prendre un couteau qu'il ouvrit à tout hasard.

Les abois continuaient, mais sans paraître se rapprocher, comme si les chiens eussent été arrêtés par un obstacle infranchissable, ou retenus à des chaînes.

Il arriva devant une barrière, la franchit d'un bond et se trouva bientôt devant un ruisseau assez large.

Des appels, des cris retentissaient du côté des bâtiments. Son évasion était découverte.

Il n'y avait pas une minute à perdre, il s'élança dans le ruisseau, heureusement peu profond, gravit un talus sur l'autre bord, et se remit à courir droit devant lui.

Il allait maintenant sans savoir où, comme affolé par l'imminence du danger.

Cependant les abois avaient cessé, le silence peu à peu reprenait son empire. Ceci le rassura un peu.

Il courut aussi longtemps que le lui permettaient ses forces décuplées par le vouloir de recouvrer à tout prix sa liberté, franchit encore des barrières.

Enfin il parvint sur une route large, où il s'affaissa hors d'haleine, presque râlant.

Dix minutes plus tard, il se remit courageusement en marche, mais sans savoir où il allait. Et pendant plusieurs heures il chemina sans arrêt.

Au petit jour seulement, il put s'orienter à peu près.

Alors une immense joie le souleva. Il apercevait à moins de six cents mètres, les clochers de Santiago.

Le hasard l'avait heureusement servi, la Providence le protégeait.

En moins d'une heure, il atteignait sa demeure et tomba harassé dans les bras de sa mère éplorée.

Il se coucha de suite, sur les conseils de l'excellente femme, et s'endormit aussitôt, vaincu par une fatigue immense.

Lorsqu'il se réveilla, cinq heures plus tard, et qu'il se fut réconforté d'abord par un repas copieux, il dut avouer à Mme Garnier par quelles suites d'imprudences folles il avait failli perdre la liberté.

— Ah ! s'écria la pauvre mère, malheureux enfant, dans quelles transes affreuses m'as-tu plongée. Et puis, ne pensais-tu plus à la Geneviève ?

— Oh ! si, mère, si, à elle et à toi. Pardonne-moi pour vous deux.

« Et surtout ne lui parle jamais de cette dangereuse et douloureuse équipée. Elle s'imaginerait des

...les graves et m'en voudrait toujours peut-être.

— Sois tranquille, mon Jacques, Geneviève ne saura rien. J'espère d'ailleurs que la leçon te profitera, car elle fut rude.

— Sois-en sûre, chère maman, je ne m'exposerai jamais plus à de pareilles mésaventures.

Mme Garnier n'insista pas davantage.

Elle se rendait un compte exact de l'état d'esprit de son fils, elle était certaine de son repentir et de sa grande circonspection dans l'avenir.

Un mois après l'accomplissement de ces événements, John Teddy débarquait à Paris et s'installait provisoirement dans un luxueux hôtel du quartier des Champs-Elysées.

Le lendemain même de son arrivée, un télégramme l'avertissait de la visite, pour l'après-midi, de M. Dutertre.

— Voilà cependant une coïncidence bizarre, murmura John Teddy.

« Comment Dutertre a-t-il connu mon arrivée ?... N'importe, l'important est qu'il vienne, sans tarder.

En effet, comme deux heures sonnaient, l'industriel pénétrait chez l'Américain.

— Me reconnaissez-vous ? demanda celui-ci, dès le début, tout en offrant spontanément sa main au visiteur.

— Franchement non, répartit ce dernier dont le regard s'attachait pourtant, scrutateur, sur la face basanée de l'étranger.

Cette face, encadrée de cheveux gris coupés en brosse, barrée d'une longue moustache, également grise, et comme éclairée de deux yeux noirs, très vifs, reflétait l'énergie, la volonté. Mais il en avait oublié tous les traits.

— Moi, je vous reconnais en dépit des dix-huit ans écoulés, affirma l'Américain.

Il ajouta, la voix comme attendrie soudain par des souvenirs :

— Et je suis heureux de vous revoir.

« Si je n'avais reçu votre dépêche, c'est moi qui serais allé vous trouver dès aujourd'hui...

« Mais comment avez-vous connu mon arrivée ?

— Par les journaux spéciaux.

« D'ailleurs, j'avais appris par une lettre de Jacques Garnier votre présence au Chili, et votre retour prochain en France.

« Mais vous venez ici pour y rester ?

— Je le crois, si comme je l'espère il m'est possible, avec votre précieux concours, de renouer les liens brisés du passé, et de le réparer en partie.

« Vous connaissez le douloureux secret d'autrefois ; de cet autrefois si souvent regretté ?

— Oui, je me souviens d'autant mieux que, tout dernièrement, avec ma cousine de Laffont, nous avons remué ces cendres mal éteintes.

— Pauvre femme, elle est aveugle, m'a-t-on dit.

— Hélas ! Depuis douze ans !

Puis, changeant de ton, Dutertre continua :

— Et vous avez bien réussi, paraît-il, si je dois en croire du moins les affirmations de Jacques Garnier.

— J'ai réussi au delà de toutes prévisions, de toute espérance.

« Je reviens en France, possesseur de plus de quarante millions, gagnés par mon travail !

— Mes félicitations : c'est une véritable fortune.

— Qui me permettra, je le souhaite du moins, de faire des heureux autour de moi.

« Mais vous-même, n'avez-vous pas également réussi ?

— Oh ! plus modestement.

— N'importe, vous êtes riche ?

— Cinq à six millions environ.

— Très joli !... Mais je reviens à mes affaires personnelles.

« Avant de rien révéler, et surtout avant de prendre certaines dispositions spéciales, élaborées déjà depuis longtemps en mon esprit, je tiens à étudier les gens, les situations.

« Et cela, sans être connu de personne, sauf de vous-même, mon cher Dutertre.

— Comme il vous plaira, acquiesça l'industriel.

— Très bien. Et puisque nous voici d'accord sur ce point important, causons donc en toute confiance et sincérité.

Sur cet exorde, John Teddy fit alors à son interlocuteur un long récit, tout aussi mystérieux que celui qu'il avait précédemment fait à Jacques Garnier, lors de son passage à Santiago du Chili.

Vers quatre heures du soir, seulement, l'industriel prit congé du richissime Américain.

— Je vais faire préparer dès maintenant votre installation, conclut-il. Et je vous attendrai, dès après-demain, selon votre désir.

— Convenu ; j'arriverai à l'heure fixée.

Sur cette entente définitive, les deux hommes se séparèrent, enchantés l'un de l'autre.

John Teddy demeura longtemps songeur, après le départ de Dutertre. Il semblait revivre un passé lointain, évoquer d'anciens événements troublants encore, en dépit des dix-huit années écoulées.

Enfin il parut prendre un parti soudain. Il sortit de l'hôtel, héla un taxi-auto et se fit conduire à la préfecture de police.

Reçu sans délai par le chef du Service des Recherches il eut avec ce fonctionnaire une brève conversation dont le résultat fut qu'un inspecteur de police reçut l'ordre de se tenir à sa disposition.

Immédiatement, l'Américain emmena cet inspecteur dîner avec lui dans un restaurant du boulevard des Italiens.

Là, ils causèrent avec animation. Le policier semblait admirer cet étranger, dont la netteté, la précision d'esprit le frappaient.

Dès le lendemain matin, les deux hommes, de nouveau réunis sur la place de la Madeleine, partaient en expédition secrète, du côté de Vincennes.

Ils en revinrent le soir seulement, fatigués et assez peu satisfaits.

Enfin, le surlendemain, John Teddy se trouvait sur les quais de départ de la gare de l'Est. Il glissa un billet de cent francs dans la main du policier qui l'accompagnait encore.

— Mon ami, lui dit-il, tous mes remerciements les plus chaleureux. Votre mission est terminée pour le moment, et votre collaboration précieuse, votre zèle m'ont donné toute satisfaction, bien que les résultats soient plutôt décevants.

« Si les circonstances m'obligeaient à de nouvelles recherches, je ne manquerais pas de m'adresser à votre perspicacité dévouée.

« Encore merci, et souvenez-vous de moi.

Puis, lestement, l'Américain grimpa dans un compartiment de première classe de l'express de Nancy, s'installa commodément et ferma les yeux comme s'il voulait dormir.

...s secondes plus tard, la noire cavale s'en-
...tait loin de Paris.

Il allait maintenant au-devant du mystérieux
passé qu'il s'efforçait, vainement peut-être, de reconstituer.

VII

L'HOMME MASQUÉ !

— Mes chères enfants, commença Dutertre, en
pénétrant dans le salon, je vous ai priées à cet entretien particulier, ce matin, afin de vous annoncer une nouvelle importante.

— Après ce début, l'industriel fit une courte pause.
Il regarda malicieusement tour à tour sa femme
et sa fille, ravi de les intriguer un instant.

Dans l'intimité, il affectait, non sans de bonnes
raisons peut-être, de qualifier les siens de ce terme
protecteur : mes enfants.

Pour beaucoup d'hommes, en effet, la femme demeure toujours un peu « l'enfant ». Elle a besoin
d'un guide sûr, et parfois même de paternelles re-
montrances.

D'autre part aussi, Dutertre aimait à taquiner
un peu, oh ! sans aucune méchanceté, celles dont
l'incorrigible curiosité féminine provoquait en lui,
à certaines heures, des petites révoltes secrètes.

Ainsi, il se vengeait innocemment des légères
contrariétés éprouvées.

— Eh bien ! père, questionna impérieusement
Berthe, vas-tu nous faire languir longtemps, après
ton annonce insidieuse ?

— Il est inutile de chercher à nous agacer dès le
matin, appuya Mme Dutertre de sa voix aigre.
Toute la journée s'en ressentirait fatalement.

« Au surplus, nous n'avons pas de temps à perdre.

— Là, là, fit l'industriel, intérieurement amusé de
ces manifestations, — toujours les mêmes — un
peu de calme, je vous en prie. Et surtout prêtez-
moi beaucoup d'attention.

— Nous écoutons religieusement, affirma Berthe,
affectant une attitude recueillie.

— Très bien. Sachez donc que, tantôt, à deux
heures et demie, nous aurons l'honneur de recevoir à la villa un homme de marque.

— Le Président de la République ? interrogea sérieusement Mme Dutertre.

— Non.

— Un prince, alors ? jeta Berthe étourdiment.

— N'as-tu pas assez d'un comte authentique ? fit
Dutertre.

— Ainsi, c'est un simple roturier ?

Et l'orgueilleuse fille eut une moue de déception
dédaigneuse.

— Oui, un roturier comme moi, comme toi ; comme nous tous d'ailleurs, répartit Dutertre, appuyant
à dessein sur les derniers mots.

« Et tout de même un prince ; un prince de l'or,
un multimillionnaire.

— Célibataire... marié ?

— Ni l'un, ni l'autre. Plutôt veuf, si j'en crois
mes renseignements. Pourtant je n'en suis pas très
sûr, car mon homme arrive de très loin.

— De la Chine ? risqua Mme Dutertre.

— Ma foi, presque, ma chère. Il vient du Japon.

— Bon, alors c'est un petit homme jaune, tout
ridé, plaisanta Berthe, avec une nouvelle moue.

— Tu le verras, mon enfant, et tu en jugeras.

— N'importe, s'il est très riche, et surtout veuf,
sans enfant...

— Bon, bon, ne t'emballe pas, incorrigible psychologue. Tu penses tout de suite à un parti possible, n'est-ce pas ?

— Et quand cela serait, fit Mme Dutertre inter-
venant à nouveau pour soutenir sa fille.

« Berthe n'a-t-elle pas raison de chercher à contracter un mariage riche ?

« Elle a tout ce qu'il faut pour savoir jouir du
grand luxe, ses prétentions sont en somme des
plus légitimes.

— C'est entendu, chère amie ; même avec un
petit homme jaune, tout ridé, elle peut faire grande
figure.

— Oh ! lança Berthe, cyniquement pratique,
qu'est-ce que l'homme dans le mariage, quand il
y a la fortune !

« Le mari ça se prend par-dessus le marché, et
parce qu'il est impossible de faire autrement.

« Car, à la vérité, c'est plutôt l'objet encombrant!

— Gamine ! repartit Dutertre, avec un sourire
forcé, bien qu'il se sentit prêt à répliquer plus
vertement.

Mais il estimait habile d'affecter, à l'égard des
théories déplorables de sa fille, une attitude d'in-
crédulité moqueuse, voulant signifier, par là, qu'il
n'attachait aucune importance à ses idées ultra-
modernes.

En soi, pourtant, il souffrait de cet état d'esprit
particulier, si dépourvu de tout ce qui fait le charme de la jeune fille, de la femme, de la mère de famille future.

Il reprit, redevenant plus grave :

— Laissons de côté toutes les blagues à la mode,
parlons sérieusement, mes enfants.

« Je tiens à vous recommander la plus grande
affabilité pour notre hôte, M. John Teddy.

« Et ceci dans votre intérêt qui, je le pense, est
lié au mien, assez étroitement.

— Naturellement, ponctua Mme Dutertre, ne
sommes-nous pas tes associées.

— Cet Américain, poursuivit l'industriel, peut
faire beaucoup pour l'extension de mes affaires à
l'étranger. Je désire qu'il trouve chez moi, l'accueil
le plus large, le plus aimable, le plus empressé.

« Il devra se trouver ici, comme chez-lui, absolument, avec toute liberté d'allures.

— Restera-t-il longtemps ? interrogea Berthe.

— Je ne sais, mon enfant. Tout le temps qu'il
voudra.

— Mais alors, la maison va se trouver pleine tout
l'été, objecta Mme Dutertre d'un ton de mauvaise
humeur.

« Nous avons déjà M. de Montclair, notre cousine
de Laffont et sa fameuse Geneviève, et enfin cet
Américain : quatre personnes étrangères.

« Nous ne serons plus chez nous, plus du tout.

— Eh bien, ce sera plus gai, voilà tout, conclut
Dutertre, souriant de nouveau, pour ne point ser-
monner comme il en avait envie.

« L'important est que vous vous souveniez de
mes recommandations.

« Maintenant, vaquons chacun à nos occupations.

Sur ce, l'industriel se levant, sortit le premier de
la pièce où il venait de s'entretenir avec sa femme
et sa fille.

toilette savante, destinée, pensait-elle, à frapper du premier coup l'imagination du nouvel venu.

Une heure et demie plus tard, elle sortait de sa chambre, pomponnée, maquillée, sanglée dans un beau corsage, toute fanfreluchée de dentelles.

Elle descendit sur la terrasse de la villa, où le comte de Montclair fumait mélancoliquement des cigarettes.

— Un événement, cher ami, fit-elle en l'abordant, un sourire provocant aux lèvres.

— Quoi, votre nouvelle toilette ? demanda le comte toujours affable et mondain.

— En effet, ma chère, elle est du meilleur goût. Elle vous sied à ravir ; je vous félicite ; vous êtes reine par l'élégance, toujours.

— Merci, ce n'est point de moi qu'il s'agit en ce moment.

— Dommage, votre jolie personne m'occupe constamment, vous le savez bien.

Au moment même où Gaston de Montclair prononçait cette nouvelle banalité, Mlle de Laffont apparut sur la terrasse, guidée par Geneviève.

Aussitôt la physionomie du comte changea d'expression. Le sourire stéréotypé sur ses lèvres s'effaça. Une sorte de gravité soucieuse parut attrister ses traits, les rendre aussi plus mâles.

Il se porta vers l'aveugle avec un empressement marqué, tenant à la fois de l'intérêt et du respect.

Et tandis qu'il présentait à la vieille demoiselle ses civilités en termes fort choisis, son regard enveloppa d'une admiration contenue, presque désolée, la belle et touchante lectrice dont la beauté irradiait à la claire lumière du matin, et semblait l'éblouir.

Berthe Dutertre, d'abord surprise de l'empressement témoigné par le comte, n'avait pas bougé de place, indécise.

Cependant elle se rapprocha, d'une allure lente, qu'elle voulait digne et mesurée.

Peu à peu sa physionomie s'imprégna d'une expression de dépit jaloux. Ses yeux se fixèrent, durement méprisants, sur l'orpheline.

On eût dit qu'ils distillaient de la haine !

Elle aussi pourtant, s'enquit de la santé de la riche cousine dont elle convoitait secrètement l'héritage possible.

Puis, comme invinciblement poussée par ses mauvais sentiments, elle demanda soudain.

— Vous vous trouvez toujours bien ici, ma chère cousine ?

— Très bien, ma petite Berthe, répartit l'aveugle.

— Et vous comptez nous rester longtemps encore ?

— Mais oui, peut-être. Je sens que le grand air me fait vraiment beaucoup de bien.

— En effet, appuya M. de Montclair, l'air de cette belle vallée de la Marne est délicieux, d'une pureté sans égale.

« L'un des grands avantages de ce pays est d'être exempt de toute usine, par suite, de fumées malodorantes et toxiques.

— Oui, dit Geneviève à son tour, c'est la vraie campagne, dans toute sa beauté rustique, avec son calme reposant, ses mœurs tranquilles.

« Nous sommes loin des luttes féroces des grandes villes.

— Ce qui n'empêche pas les ambitions, même illégitimes, de s'y produire et de se développer, lança méchamment Berthe Dutertre.

« Mais elles n'ont point pour [...] instruits et réfléchis. Il pousse mortel des ailes.

Un mauvais regard, jeté sur Geneviève, souligna l'intention méchante de l'orgueilleuse fille.

Provoquée, pour ainsi dire, l'orpheline répartit frémissante :

— Mademoiselle, il ne pousse pas seulement des parasites au sein de la nature la plus belle. Ses forces mystérieuses produisent aussi des plantes d'orgueilleuse apparence, mais d'essence vénéneuse. Elles sont souvent plus dangereuses que les parasites.

— Très exact, ponctua naïvement Gaston de Montclair, dans un élan de généreuse indignation qu'il ne sut pas contenir.

Et Mlle de Laffont, dont l'esprit très fin venait de ressentir péniblement l'attaque perfidement lancée contre sa belle lectrice, appuya de sa voix grave et douce :

— Oui, ces plantes de belle apparence sont beaucoup plus trompeuses que les parasites. Elles se couronnent de fleurs jolies, qui incitent à les respirer, mais leur parfum est parfois mortel ; tout au moins dangereux.

Cette fois, Berthe Dutertre sentit la réprobation.

Elle pivota rapidement sur elle-même, dans le but de dissimuler aux yeux du comte et de Geneviève l'expression de confusion, de honte même, qui enlaidissait son visage de coquette.

— Eh bien, fit l'aveugle, surprise de ne point l'entendre répliquer, ne continuez-vous pas la discussion, ma petite Berthe. C'est pourtant intéressant pour une combative comme vous.

— Non, ma cousine, je m'avoue vaincue, pour cette fois. J'enregistre la leçon, avec l'espoir qu'elle profitera également aux autres.

Ceci fut dit sèchement, en même temps qu'un nouveau regard haineux foudroyait Geneviève demeurée impassible.

Puis, la fille de l'industriel s'éloigna, suivie du comte de Montclair, un peu embarrassé de ce qui allait résulter de son attitude.

Mlle de Laffont, souriant finement, s'assit sur la terrasse, en disant à sa lectrice :

— Le professeur de psychologie en a pris tout à l'heure pour sa valeur. Elle ne reviendra pas tout de suite à la charge.

— Certes, elle n'osera pas, répartit l'orpheline. Au moins en ce qui vous concerne, Mademoiselle.

« C'est moi, sans aucun doute, qui paierai les frais de la petite humiliation que vous lui avez infligée, si justement d'ailleurs.

— Le croyez-vous sérieusement, mon enfant ?

— J'en ai grand peur. Elle est rancunière.

— Rassurez-vous ; je vous défendrai comme il convient.

« Mais laissons cela, Geneviève ; ce serait vraiment attacher trop d'importance aux propos de cette coquette pédante.

« Les journaux sont-ils arrivés ?

— Oui, Mademoiselle.

— Eh bien, lisez mon enfant, cela nous distraira ?

Geneviève s'installa de suite, face à Mlle de Laffont. Puis d'une voix harmonieuse, bien timbrée, elle commença son office de lectrice.

Pendant ce temps, une courte scène avait lieu dans le parc, entre Berthe Dutertre et Gaston de Montclair.

— Mon cher comte, disait la jolie fille de l'in-

...ci, je désire avoir avec vous une explication nécessaire, indispensable même.

— Je suis à vos ordres, répartit Gaston en s'inclinant avec grâce.

— Veuillez me dire quels sont exactement vos sentiments à mon égard. Et, mieux encore, quels projets nourrissez-vous en demeurant ici ?

— Je vais, si vous le voulez bien, scinder la question, répondit le comte devenant prudent et habile.

Parlons d'abord de mes sentiments.

— Soit.

— Ne les avez-vous pas devinés, vous qui êtes une psychologue avertie ?

— Ma foi, non, mon cher.

« Depuis près d'un an nous avons ensemble un flirt fort agréable, sans aucun doute.

« Vous semblez me trouver à votre goût, ceci est indubitable. Pourtant je ne puis m'arrêter à ces apparences, puisque le goût dont je parle paraît vous faire apprécier très visiblement, d'autre part, les charmes d'une personne de notre domesticité.

— De qui voulez-vous parler ?

— Mais de cette Geneviève, si étonnamment attachée à la personne de ma cousine.

— Oh ! seriez-vous jalouse, par hasard, de cette pauvre jeune fille sans importance ?

— Je ne le suis pas, parce que cela serait indigne de mon esprit et de ma situation, répartit orgueilleusement Berthe Dutertre.

« Mais avouez que si j'étais moins forte de caractère, je pourrais l'être un peu.

« Depuis votre galante aventure du bois, j'ai le droit de supposer bien des choses.

— Bast ! une plaisanterie ! jeta le comte de Montclair, en détournant aussitôt son regard voilé.

Puis comprenant qu'il importait d'adopter une attitude destructive des doutes émis par celle qu'il rêvait d'épouser ; soucieux du soin de redorer son blason, il poursuivit, affectant un accent convaincu :

— Non, non, ma chère amie, ne soyez pas jalouse. Si, durant quelques jours, j'ai pu ressentir vaguement un certain caprice d'homme pour la lectrice de Mlle de Laffont, il y a beau jour que j'ai oublié cette fantaisie !...

— Êtes-vous sincère ?

— Absolument. C'est à vous seule que je pense. À vous seule, j'ai le désir et l'ambition de plaire en tout et pour tout.

« Vous êtes assez jolie, Dieu merci, pour inspirer à un homme de goût un sentiment très tendre, et le désir ardent d'être à vous bientôt, en toute légitimité.

« Vous me comprenez, du reste, n'est-ce pas ?

— Je le crois.

— Ce n'est pas dans ce parc où nous pouvons être vus, que je vous adresserai volontiers une déclaration d'amour, selon les règles antiques.

« Déclaration un peu puérile en l'espèce, avouez-le, surtout à notre époque, et qui d'ailleurs ne prouverait rien.

— Peut-être ?

— Non. Les serments échangés ainsi sont presque toujours violés. En tout cas, ils ne peuvent comporter une éternité trop souvent invoquée et qui ne nous appartient pas, malheureusement.

« L'amour n'a qu'un temps. Il enfante souvent l'affection plus durable, plus sûre, aussi plus conforme à notre nature imparfaite.

— Vous parlez assez bien, approuva la railleuse, en souriant, secrètement flattée.

— Je parle en homme pratique. Je m'adresse à une femme trop intelligente pour être sentimentale romantique, à la manière de nos aïeules imprégnées des théories de Lamartine.

— Fort bien jugé ; résumons-nous donc en quelques mots précis ; je n'ose dire définitifs.

— Volontiers, ma chère.

— Songez-vous sérieusement à m'épouser ?

— Certes, je serais heureux et flatté d'y réussir. Vous feriez une comtesse de Montclair parfaite, charmante de tous points ; en un mot accomplie.

— Vous demanderez donc ma main à mon père ?

— Sans aucun doute.

— Quand ?

— Vraisemblablement avant la fin de l'été.

— Pourquoi si tard ?

— Pour deux raisons raisonnables, à ce qu'il me semble du moins.

« La première est de caractère tout personnel ; elle résulte de nécessités économiques, si je puis m'exprimer ainsi.

« Ma fortune, je puis bien l'avouer, n'est pas égale à la vôtre. De plus, je suis en ce moment, et pour deux ou trois mois encore, tenu à certains engagements financiers.

— Des dettes ?

— Si vous voulez.

« Or, je tiens à me présenter à votre père — homme d'ordre s'il en fut — avec une situation très nette, dégagée de tous embarras pour l'avenir.

— Je comprends, fit Berthe songeuse ; ceci paraît assez sage.

« Et la seconde raison ?

— Vous concerne personnellement.

— Moi ?...

— Oui, la voici : Je désire, ceci par un scrupule de délicatesse appréciable, je le crois, vous laisser le temps de bien peser, de bien mûrir la décision que vous voudrez bien prendre à mon égard.

« Le mariage, quoi qu'on en dise, est un acte fort important, dont les conséquences naturelles, physiques ou morales, deviennent souvent irréparables, si l'on s'aperçoit plus tard que l'on s'est trompé mutuellement.

— Oh ! lança Berthe inconsidérément, ce n'est plus, de nos jours, la chaîne ni la prison. Il y a une porte de sortie toujours ouverte.

— Oui, je sais, le divorce.

— Parbleu !

— Bien ennuyeux quand les enfants sont venus.

— Qu'importe, les enfants, lorsqu'il s'agit de se conquérir une indépendance, compromise peut-être à la légère !

« D'ailleurs, voulez-vous mon opinion sincère sur votre scrupule, mon cher comte ?

— Sans doute.

« Eh bien, c'est que votre délicatesse pourrait bien être un prétexte seulement.

— Je ne comprends pas, répliqua Gaston de Montclair stupéfait.

— Je vais mettre les points sur les i.

« Êtes-vous bien sûr que le caprice passager ressenti pour cette Geneviève, qui me déplaît tant, soit tout à fait éteint ?

« Ne cherchez-vous pas à gagner du temps, afin d'essayer de satisfaire ce caprice avant d'avoir contracté tout engagement vis-à-vis de moi ?

— Oh ! quelle idée ! s'écria Gaston, sans trouver autre chose à ajouter.

— ... garde) M. de Montclair, je ne suis pas ... ... dont on se moque impunément.

Berthe Dutertre élevait le ton, en disant cela ; un rictus mauvais crispait ses lèvres trop rouges.

... poursuivit, plus âpre encore, et comme soulevée tout à coup d'un mouvement de jalousie haineuse :

— Si c'était cela, je vous jure que je vous ferais payer cher à tous deux, à vous et à cette fille, la comédie où j'aurais joué le rôle de dupe !

— Réfléchissez-y bien, M. de Montclair, et restons-en là pour aujourd'hui.

En achevant, l'irascible fille de l'industriel tourna brusquement les talons, puis s'en retourna, d'un pas saccadé, vers la terrasse de la villa.

Gaston, abasourdi de cette sortie menaçante, tout à fait imprévue, demeura un instant immobile, cloué sur place par la brusquerie, par l'audace de la jolie fille.

— Bigre ! murmura-t-il, se ressaisissant enfin, il convient de jouer serré avec cette impétueuse personne.

« Elle est jalouse comme une tigresse, en dépit de toute sa philosophie de couverture.

Puis, marchant lentement dans une allée ombreuse, dissimulé à tous les regards indiscrets, il ajouta, songeur :

— Dommage que cette Geneviève ne possède pas le nerf de la guerre, combien elle serait préférable à tous égards !..

« Elle est adorable, vraiment !.. Et je souffrirai peut-être un peu par elle... si je ne souffre déjà !...

Il y avait là tout un aveu, une sorte de confession intime de l'homme à lui-même ; aussi l'expression de regrets sincères.

Gaston de Montclair aimait Geneviève au sens précis du mot.

Et c'était cet amour même, si prudemment caché aux yeux de tous, qui transformait peu à peu ce viveur léger, ce mondain léger en un homme plus réfléchi, par suite, plus intelligent.

Cependant le souci de sa situation matérielle lui imposait, pour ainsi dire, la nécessité de contracter le mariage riche, si longtemps cherché.

Et il sacrifierait sans nul doute ses aspirations sentimentales, peut-être son bonheur, aux soins de ses intérêts immédiats et matériels.

— Après tout, les affaires sont les affaires ! conclut-il, d'un accent las et résigné.

« Toutes considérations s'effacent devant la nécessité de me créer la situation rêvée !..

« Tant pis pour mon cœur !...

Puis, résolument, il marcha vers la terrasse, tout en élaborant pourtant après quelques secondes de réflexions, de secrètes arrière-pensées de compensation.

— N'est-il pas toujours des accommodements ?...

Le déjeuner réunit bientôt tous les acteurs du petit drame intime qui se jouait ainsi, sous des apparences de cordialité, de bonne éducation et de galanterie.

Il se termina pourtant plus rapidement que de coutume, M. Dutertre ayant annoncé officiellement l'arrivée toute prochaine de l'Américain John Teddy, son ami d'enfance, affirmait-il.

L'industriel prit en effet son automobile et se fit bientôt conduire à la gare, pour y attendre l'arrivée de son hôte.

Ponctuellement, John Teddy débarqua de l'express qu'il avait repris à Meaux, après y avoir déjeuné en compagnie d'un ... ... de ... spécialement convoqué par lui pour affaire.

Lorsqu'il pénétra enfin dans la luxueuse villa des Dutertre, il apparut à la femme et à la fille de l'industriel tout autre qu'elles se l'étaient imaginé.

Rien du petit homme jaune, ridé, dont elles raillaient par avance le type et les allures asiatiques. Elles en furent grandement étonnées.

John Teddy, au contraire, était assez grand, de traits plutôt réguliers, bien qu'il ne se ressemblât pourtant pas tout à fait à lui-même.

Du moins, n'était-il plus l'homme dont Jacques Garnier avait pu sauver la vie à Santiago du Chili.

Il semblait, depuis cette époque récente, — un mois et demi, à peine — avoir vieilli d'une dizaine d'années.

Ses cheveux longs et bouclés étaient maintenant tout blancs, des rides profondes sillonnaient son front, comme des stigmates de souffrances ou de vicissitudes. Des lunettes, teintées de bleu, dissimulaient ses yeux bruns, encore vifs, dont le regard si profond pénétrait les êtres et les choses. Une longue barbe, entièrement blanche, encadrait sa face au teint très basané.

En somme, il présentait toutes les apparences d'un homme dont la soixantaine est proche.

Berthe Dutertre en conçut une sorte de déception secrète, en dépit de ses particulières théories matrimoniales, où l'homme occupait la dernière place, le : par-dessus le marché !

Néanmoins, elle fit bonne contenance. Ce fut avec le plus engageant des sourires qu'elle accueillit l'Américain, dont l'abord cordial présageait simplement un brave homme.

Après un échange d'affabilités premières, John Teddy fut conduit à sa chambre par l'industriel lui-même.

La porte à peine refermée, il interpella Dutertre à voix basse :

— Eh bien, mon cher, comment me trouvez-vous ?

— Parfait, très réussi.

— Rien ne jure ?

— Absolument rien, c'est fort bien préparé.

« Mais je persiste à ne point comprendre la nécessité d'une telle transformation.

— Vous comprendrez plus tard, soit en devinant vous-même, soit par suite de mes explications complémentaires.

« Mais laissons de côté ces détails, secondaires en réalité, nous y reviendrons lorsque je connaîtrai mon monde. Qui veut la fin, cherche les moyens.

— C'est vrai.

— Qu'allons-nous faire aujourd'hui ?

— Un tour de parc, si vous le voulez bien ?

— Pourquoi pas ? C'est le tour du propriétaire, hein ?

« Si naturelle cette coutume, et si humaine.

Puis l'Américain, modifiant rapidement sa toilette de voyage, redescendit bientôt en compagnie de l'industriel.

Sur la terrasse, ils retrouvèrent les hôtes de la villa.

Au milieu d'eux pérorait déjà Berthe Dutertre, étalant ses premières impressions psychologiques sur l'étranger..., l'Asiatique mâtiné du yankee !

L'apparition dudit étranger interrompit ses dis...

ce. Elle cligna des yeux, aiguisa ... comme pour mieux l'examiner, le pé... en seul coup, en femme qui s'y connaît.

...ton de Montclair, amusé de ce manège pré... ...cieux, sourit imperceptiblement à Geneviève, ...ant la jolie bouche se plissait un peu en manière de douce ironie.

— Mesdames, Messieurs, fit John Teddy, exagérant à dessein son accent d'outre-mer, je vais, en compagnie du maître de la maison, visiter la propriété. Veuillez donc m'excuser de ne pas rester avec vous, tout à fait et de suite.

— Mais nous vous accompagnons, dit aussitôt Berthe.

— Certainement, appuya sa mère.

— Et nous, nous resterons ici, fit gravement Mlle de Laffont. N'est-ce pas, Geneviève ?

— Votre désir est un ordre, mademoiselle, répondit doucement la belle lectrice.

— Venez monsieur de Montclair ! lança impérieusement, la fille de l'industriel, craignant de voir son soupirant demeurer près de Geneviève.

— J'accompagnerai volontiers, master John Teddy, riposta le comte, volontairement désireux de ne point paraître céder à l'injonction de Berthe.

La promenade commença, lente, agrémentée des explications fournies par Dutertre sur son joli domaine.

Chacun remarqua, non sans un certain étonnement, que John Teddy parlait peu.

En revanche, ses réponses laconiques étaient toujours empreintes de précision. Elles semblaient déceler des connaissances générales assez étendues.

Indiscrètement questionné à différentes reprises, par Berthe Dutertre ou par sa mère, sur son existence même, il déçut les deux femmes par une réserve presque mystérieuse.

Elles apprirent seulement qu'il était Français d'origine, depuis longtemps fixé à l'étranger, et sans attache familiale connue ou avouée en France.

— Cependant, ajouta-t-il, il n'y aurait rien d'extraordinaire à ce que je me découvrisse une famille.

Le point d'interrogation, posé à dessein, surexcita la curiosité des dames Dutertre. Elles étudièrent l'homme de très près, tout l'après-midi et les jours suivants.

Mais tout en se montrant fort aimable, John Teddy demeurait impénétrable.

Aussi fut-il, au bout d'une semaine, considéré par presque tous avec une sorte de respect superstitieux.

Si bien que Berthe Dutertre, impuissante à le deviner, le surnomma, dans l'intimité secrète des siens : L'homme masqué !

Peut-être aurait-elle été vivement flattée dans sa vanité pédante, si elle avait eu les moyens d'apercevoir John Teddy, le soir, lorsqu'il s'enfermait dans sa chambre.

À cette heure-là, le mystérieux se transformait complètement, avant de se livrer au repos ou à certaines occupations toutes personnelles.

En un tour de main, il enlevait à la fois, ses longs cheveux, — une perruque — ses lunettes teintées et sa longue barbe blanche.

Dès lors, il semblait rajeunir tout à coup de dix ans.

C'était bien l'homme sauvé par Jacques Garnier à Santiago du Chili, et à qui Dutertre avait fait

une première visite à l'hôtel des Champs-Ély...

Dans quel but secret l'Américain se maquillait ainsi ?

Peut-être Mlle de Laffont et Dutertre auraient pu le dire, s'ils avaient voulu parler. Mais, pénétrés de l'importance du secret, ils le gardaient jalousement.

Quoi qu'il en soit, Berthe Dutertre, sa mère et Gaston de Montclair ne semblèrent plus se soucier beaucoup de John Teddy, après quelques jours de vaine curiosité.

Seule, Geneviève parut instinctivement attirée vers lui.

De son côté, d'ailleurs, John Teddy paraissait rechercher la compagnie de l'aveugle et de sa belle lectrice.

Il demeurait souvent auprès des deux femmes, assis sur la terrasse, ou les accompagnant dans leurs promenades lentes, en fumant un cigare odorant.

Et sa gravité, la sobriété de son langage, sa réserve bienveillante, jointes à l'élévation de ses pensées charmaient ses deux auditrices préférées.

Il contribua même à calmer l'impatience de Geneviève, à dissiper un peu la tristesse ressentie par l'orpheline qui, depuis une semaine, attendait vainement une lettre de Jacques Garnier et se plaignait de cette absence de nouvelles.

Pour la première fois, en effet, depuis son exil volontaire au Chili, le jeune directeur avait omis d'écrire à son amie d'enfance.

Or, celle qui voulait se considérer comme sa fiancée, tendrement aimée, cherchait une cause à cette omission volontaire sans aucun doute.

Elle s'ouvrit, d'ailleurs, des tristes appréhensions qui peu à peu hantaient son esprit et son cœur, à sa protectrice physiquement aveugle, mais au cerveau si clairvoyant.

Celle-ci, touchée de la confiance et du chagrin de la pauvre fille, d'autre part, remuée comme elle de pressentiments désastreux peut-être pour l'avenir de sa protégée, prit une généreuse résolution secrète.

Elle consulta séparément son cousin Dutertre, puis John Teddy et, leur avis étant conforme au sien, elle écrivit à son notaire pour le prier de rendre exécutables ses intentions.

Cette exécution assurée, elle retint Geneviève un soir dans sa chambre, jusqu'à ce que tous les habitants de la villa fussent couchés.

— Ma chère enfant, lui dit-elle alors, l'expression de votre légitime chagrin, les craintes dont vous m'avez fait part, en ce qui concerne les intentions futures de M. Garnier, m'ont profondément touchée.

« Si ces craintes se réalisaient, et si un jour je venais à disparaître, vous resteriez seule dans la vie, sans moyens d'existence assurés.

— Oh ! je travaillerai toujours, mademoiselle.

— Je le crois. Mais je tiens à constater que plus nous vivons ensemble, mieux je vous connais, et plus j'apprécie votre dévouement, la noblesse naturelle de votre âme.

« En un mot Geneviève, mon affection pour vous s'accroît de jour en jour. Or, je tiens à vous donner par avance une preuve matérielle, indestructible, de cette affection et de ma sollicitude.

Puis, comme l'orpheline considérait l'aveugle sans la comprendre, mais avec un étonnement

... elle vit celle-ci prendre dans son corsage un papier plié en quatre et le lui tendre.

— Lisez, dit l'excellente femme, souriante, et l'air mystérieux.

Geneviève déplia lentement le papier et le lut avec attention. Alors ses yeux s'agrandirent à mesure qu'elle avançait, son joli visage pâlit, ses lèvres, ses mains tremblèrent sous l'impression nerveuse d'une émotion profonde.

Cet acte notarié était une donation de Mlle de Laffont, en faveur de Geneviève.

La généreuse aveugle dotait la jeune fille d'une rente annuelle et viagère de trois mille francs. Cette rente serait due et versée à l'orpheline, immédiatement après le décès de sa bienfaitrice.

— Oh! mademoiselle, mademoiselle! s'écria Geneviève suffoquée de joie, en tombant aux genoux de Mlle de Laffont, quelle infinie bonté!

— Comment pourrai-je reconnaître jamais un tel bienfait!

— En m'aimant chaque jour un peu plus, ma douce Geneviève.

— Oui! oui, oui, je vous aime profondément et je vous vénère comme on vénère les saintes!...

Et l'orpheline pleurait de joie, de reconnaissance, le front appuyé sur les deux genoux de l'aveugle.

— Embrassez-moi, fit doucement celle-ci pour couper court à l'émoi trop intense qui les pénétrait toutes deux.

La belle jeune fille se jeta éperdument dans les bras tendus de sa bienfaitrice. Et, tremblante, égarée par le bonheur, par la gratitude, elle l'étreignit avec une sorte de ferveur filiale, baisant son front d'ivoire à plusieurs reprises.

— Mon enfant, mon enfant! balbutiait l'aveugle émue.

Puis elles se séparèrent doucement comme à regret.

Et bientôt le sommeil des justes s'appesantit sur leurs âmes délicates et radieuses.

VIII

EN FUITE !

Trois jours plus tard, Mlle de Laffont, cédant aux conseils de son cousin Dutertre, ne craignit pas d'annoncer officiellement, au déjeuner qui réunissait tous les hôtes de la villa, quelles dispositions elle avait prises en faveur de Geneviève.

Cette grosse nouvelle produisit des impressions très diverses.

Gaston de Montclair approuva discrètement, tout en lançant un regard expressif à l'orpheline.

Mme Dutertre fit une moue dédaigneuse, enveloppant la bénéficiaire d'une expression de pitié hautaine. Cette désapprobation muette était prudente et habile, puisque celle qui en était la cause ne pouvait la voir.

Quant à Berthe Dutertre, elle ne sut pas contenir à temps son mécontentement jaloux.

— Ceci vient justifier, s'écria-t-elle véhémente, certaines paroles qui me valurent dernièrement une leçon.

« Certes, Mlle Geneviève peut être fière du résul-

tat de ses soins si habiles, si... qu'appréciable!.

— Je ne vous ai pas demandé votre avis, Mlle Berthe, riposta l'aveugle, sévère pour la première fois. Celui de votre père me suffisait.

« Les femmes de mon âge ne prennent généralement pas conseil des jeunes filles, pour régler leurs affaires.

— Ma cousine, vous m'outragez!.. cria Berthe furieuse.

— Je crois que vous faites erreur, mademoiselle, intervint soudain John Teddy, d'une voix posée, mais tranchante.

« Mlle de Laffont vous donne simplement un très sage avis d'expérience.

— Dites plutôt une leçon, mon cher Teddy, appuya Dutertre, sévère à son tour.

— Ainsi tout le monde est contre moi, pour cette fille! s'écria de nouveau l'orgueilleuse héritière de l'industriel, en désignant insolemment Geneviève du doigt.

L'orpheline pâlit de colère contenue, une larme vint à ses paupières.

Elle allait répondre, durement peut-être, lorsqu'un coup d'œil expressif de l'Américain la contraignit moralement à se contenir encore.

Et comme, au milieu du silence lourd, Berthe Dutertre se levait pour quitter la table, son père fut debout en même temps qu'elle.

— Où vas-tu? demanda-t-il d'un ton bref.

— Je me retire, mon père, pour ne pas être insultée de nouveau, dans votre maison.

— Reste; je te l'ordonne!

— Non, c'est impossible.

L'industriel s'approcha vivement de sa fille.

Son regard, habituellement doux, était empreint d'une autorité absolue; ses mains tremblaient un peu, sous le coup d'une colère difficilement réprimée.

Il saisit Berthe par la main, et ses yeux rivés sur les siens, il ordonna durement:

— Tu vas immédiatement faire des excuses à Mlle de Laffont, notre cousine, qui, à ma prière, voudra bien te pardonner ton absurde langage.

— Jamais! s'entêta Berthe.

— C'est donc moi, ton père, qui présente à notre cousine, mes excuses profondes, en lui exprimant en même temps tous mes regrets de ta conduite incompréhensible et maladroite.

« J'ajoute que, dorénavant, et jusqu'à ce que tu aies fait amende honorable, tu prendras tes repas dans ta chambre.

— Moi..., moi!... balbutia Berthe, cruellement humiliée par cette sentence paternelle.

Elle n'en put dire davantage.

Une crise de larmes d'impuissance et de rage la secoua toute. Elle sortit de la salle à manger, en titubant.

Mme Dutertre allait la suivre, hautaine et les sourcils froncés, lorsque l'industriel reprit gravement:

— J'espère bien, chère amie, que tu ne vas pas oublier les devoirs de maîtresse de maison, pour une colère de gamine!

— D'ailleurs, dit à son tour Mlle de Laffont redevenue très calme, je suis toute disposée à oublier l'incartade de Berthe.

« Elle est encore si jeune! On ne peut lui demander vraiment d'être très raisonnable. Il faut seulement lui apprendre à maîtriser son premier

... s'il est mauvais. C'est une ...euse, trop habituée à faire ses volontés.

« Ne parlons donc plus de cet incident regrettable mais de peu d'importance. En réalité, son opinion m'est tout à fait indifférente.

— À la bonne heure, approuva John Teddy, causons d'autre chose.

Et dans le but de détourner immédiatement l'entretien, l'Américain commença de conter une anecdote japonaise amusante, d'une saveur toute particulière.

Chacun rit de bon cœur, oubliant Berthe et son mouvement de mauvaise humeur.

Seule, Geneviève demeura chagrine, embarrassée sous les regards de Mme Dutertre.

Cinq ou six jours s'écoulèrent ensuite, sans incident notable.

Mais un matin, une nouvelle douloureuse émut les habitants de la villa.

Mlle de Laffont, atteinte, depuis l'avant-veille déjà, de malaises inexplicables, fut contrainte de garder la chambre.

Un fort accès de fièvre la retenait au lit, très souffrante.

Naturellement, Geneviève se constitua de suite la garde-malade de sa bienfaitrice.

Et sur les conseils de John Teddy, qui semblait posséder quelques connaissances générales en médecine, elle administra certains remèdes destinés à enrayer l'étrange maladie naissante.

Cependant l'état de la riche aveugle ne s'améliora point. Tout au contraire, il s'aggrava rapidement en quelques jours.

Un amaigrissement continu se produisit, le visage de la malade devint terreux, se marbra de taches violacées ; des nausées fréquentes la secouèrent douloureusement.

Cédant alors aux objurgations de Geneviève, la malheureuse femme fit appeler un médecin de la localité.

La consultation eut lieu en présence de Dutertre, de John Teddy et de Geneviève, tout naturellement.

Après un long et minutieux examen, le praticien déclara bien haut que l'état tout accidentel de Mlle de Laffont ne présentait aucun caractère de gravité.

— Je n'ai même pas à rédiger une ordonnance pour le moment, dit-il.

« Quelques cachets de phénacétine, additionnée d'un peu de sulfate de quinine, suffiront à couper cette fièvre, je l'espère ;

— D'ailleurs, je reviendrai dans quelques jours.

Et prenant congé de l'aveugle, le docteur, se tournant vers Geneviève, lui recommanda :

— Mademoiselle, ne quittez pas Mlle de Laffont en ce moment, je vous prie.

« Parfois les fiévreux subissent des excitations passagères qui leur font accomplir des mouvements inconsidérés, dangereux pour eux-mêmes.

— Oh ! soyez tranquille, docteur, je veille sur ma bienfaitrice.

Sur ces mots, le praticien se retira, reconduit par Dutertre et John Teddy.

Les trois hommes descendirent ensemble les degrés du grand perron, causant de choses banales.

Et, comme machinalement tenté par les verdures du parc, le médecin contourna la grande pelouse, s'engagea dans une allée très ombreuse.

Après avoir parcouru cinq ou six mètres, il s'arrêta tout à coup pour faire face aux deux hommes qui l'accompagnaient.

Ceux-ci s'arrêtèrent brusquement à leur tour, très surpris de l'attitude nouvelle du médecin.

— Tiens, tiens, fit John Teddy, vous avez quelque chose de particulier à nous dire, docteur ?

— Vous avez deviné juste, Monsieur.

— Est-ce grave ? demanda Dutertre.

— Passablement. Vous en jugerez bientôt. Mais, tout d'abord, une question, Messieurs.

« La personne qui soigne Mlle de Laffont est-elle de la famille ?

— Non, répondit l'industriel. C'est sa lectrice...

— Ah ! vraiment !... Donc une salariée ?

Et le docteur fit une pause, réfléchissant activement.

— Il faut cependant dire, fit John Teddy avec un regard expressif à Dutertre, que si cette jeune fille n'est pas de la famille, non plus que moi, d'ailleurs, elle est ici très considérée.

— Tout à fait exact, approuva l'industriel.

— En somme, reprit le médecin d'un air plutôt hésitant, vous avez toute confiance en elle ?

— Oh ! pleine confiance.

— Pourtant, messieurs, j'ai constaté de très graves symptômes dans l'état de la malade livrée à ses soins.

Puis baissant la voix subitement, le praticien ajouta :

— Mlle de Laffont est empoisonnée !

— Est-ce possible ? s'écria Dutertre stupéfait.

— Empoisonnée ? répéta John Teddy, non moins surpris.

— J'en ai la presque certitude, Messieurs, reprit le docteur.

« Aussi vais-je vous prier de m'aider à découvrir la vérité.

Puis se penchant aux oreilles de ses deux interlocuteurs atterrés, le praticien leur donna quelques instructions secrètes d'une voix étouffée.

Ensuite, il rédigea, sur une feuille de calepin tirée de sa poche, une courte ordonnance :

— Je reviendrai demain, conclut-il.

Et soudain son regard se fixa d'une manière expressive vers l'entrée de l'allée.

Dutertre et John Teddy, comme suggestionnés par ce regard aigu, se retournèrent en même temps.

Ils aperçurent Berthe Dutertre.

La jeune fille venait à eux, souriante, curieuse aussi peut-être.

— Ce parc est vraiment splendide, fit à haute voix le docteur, dans le but de donner le change à l'élégante promeneuse.

— Eh bien, Messieurs, que faites-vous donc ? interrogea celle-ci, de son air le plus aimable.

« On dirait que vous conspirez ?...

— Ma chère enfant, M. Teddy nous faisait un cours d'arboriculture, répartit Dutertre d'une voix posée.

— Et nous l'écoutions avec un réel intérêt, Mademoiselle, ajouta le docteur.

« Cependant, poursuivit-il, je dois penser à mes visites ; il faut que je me sauve à mon regret.

« Au revoir, Messieurs !

Puis s'inclinant devant la fille de l'industriel, le praticien se dirigea hâtivement vers la grille de sortie.

Dutertre, Berthe et l'Américain revinrent à pas lents vers la villa.

la journée s'écoula, très calme d'apparence.

Le lendemain, vers huit heures, au moment même où Geneviève apportait une tasse de tisane à sa bienfaitrice, comme elle le faisait chaque matin, elle se heurta tout à coup, dans un couloir sombre, contre une personne baissée.

Le choc fit tomber la tasse, qui se brisa en plusieurs morceaux.

En même temps, le personnage baissé se releva brusquement, puis se retourna.

Geneviève interdite, reconnut John Teddy.

— Mille pardons, ma chère demoiselle !... s'excusa l'Américain, paraissant vraiment confus.

« Je suis un maladroit !

Tout en parlant, celui que Berthe avait si plaisamment surnommé : « L'Homme masqué » dardait sur la belle lectrice un regard profond, inquisiteur, au travers de ses lunettes bleutées.

— Aviez-vous perdu quelque chose ? demanda Geneviève, préoccupée surtout de l'attitude bizarre dans laquelle se tenait l'Américain, au moment où elle s'était heurtée à lui.

— Oui, oui, en effet, ma chère demoiselle.

« Oh ! un objet sans importance, un simple bouton de chemise en or. Mais il n'est peut-être pas tombé là où je m'obstinais à le chercher.

Tout en parlant, l'Américain ramassait à terre les débris de la tasse brisée.

L'un d'eux contenait encore du liquide ; il le cacha, sans que Geneviève s'en aperçut.

Puis il se releva, affectant un désappointement soucieux.

— Bah ! fit-il, n'en parlons plus. Pensons plutôt à la tisane de Mlle de Laffont qui doit attendre avec impatience.

— Il faut en refaire une infusion, voilà tout, repartit Geneviève ; ce ne sera pas long.

— Alors permettez-moi de réparer moi-même ma sottise.

Et souriant, affectant un air malicieux et empressé, John Teddy poursuivit :

— Au surplus, je ne suis pas fâché de vous montrer mon savoir. Je vais avec vous à l'office et c'est moi qui vais procéder à la confection.

— Oh ! vous donner cette peine ! repartit Geneviève confuse.

— Cela m'amusera, tout en m'instruisant.

— Dans ce cas, M. Teddy, faites comme il vous plaira.

Et la jeune fille retourna vers l'office, suivie de très près par son interlocuteur.

L'infusion, soigneusement préparée par Teddy, sur les conseils de Geneviève, fut aussitôt portée à Mlle de Laffont.

La malade, mise au courant de l'incident, déclara la tisane meilleure que de coutume.

Et, chose étrange, la malheureuse aveugle parut, ce jour-là, ressentir de moins fréquentes nausées. Sa fièvre même diminua d'intensité.

Le praticien, lors de sa visite, la trouva moins affectée, plus calme, et moins livide.

Le lendemain matin, nouvel accident bizarre.

Ce fut Dutertre lui-même qui, à la porte de l'office, où il semblait arriver en coup de vent, faillit renverser Geneviève.

Comme la veille, la tasse se brisa et l'industriel, à l'instar de l'Américain, voulut ramasser les débris de porcelaine.

Il fallut de nouveau recommencer l'infusion calmante.

Et lorsque le déjeuner réunit à la table tous les hôtes de la villa, John Teddy fit remarquer plaisamment l'étrangeté du hasard qui établissait indiscutablement à ses yeux, que Dutertre était aussi maladroit que lui-même.

Aussitôt Berthe Dutertre prit la parole d'un ton acerbe :

— Mlle Geneviève est encore la plus maladroite de vous tous, railla-t-elle méchamment.

« Ne serait-ce pas à elle de s'assurer, d'abord, que personne ne peut la heurter au passage ?

« Une tasse de tisane est-elle si lourde, si difficile à porter qu'elle ne puisse la retenir, même en ne bissant un léger choc ?

« Mais ce sont, sans doute, des préoccupations personnelles très profondes qui absorbent cette demoiselle, au point de la rendre si distraite !

« Elle fait mal son service ; ceci est évident.

— Vous êtes un peu sévère ! émit Gaston de Montclair. Et cela pour des faits de bien peu d'importance.

— Croyez-vous, mon cher ? Tout a de l'importance dans la vie !...

« Ne savez-vous pas que les petites causes engendrent de grands effets.

— Très juste, ponctua John Teddy, dans le but secret d'aviver la discussion.

— Pourtant, reprit Dutertre, M. de Montclair obéit à un mouvement généreux en défendant Geneviève.

— Oh ! timidement, riposta Berthe, et par pure galanterie, très probablement.

— Je n'ai nul besoin d'être défendue, dit crânement l'orpheline, parce que je n'ai rien à me reprocher.

— Naturellement, lança Berthe toujours agressive ; vous faites toujours très bien.

— Mademoiselle, reprit dignement l'orpheline, ma situation inférieure vis-à-vis de la vôtre, me m'oblige à vous laisser le dernier mot.

« Et, pour être certaine de ne point céder à l'envie de vous répondre à nouveau, je me retire.

Puis, sans vouloir entendre les protestations des autres assistants, la belle lectrice quitta la salle à manger.

— Elle a enfin compris son rôle, émit Mme Dutertre de sa voix aigre.

« J'ajoute que pour éviter le renouvellement, trop fréquent, des incidents désagréables dont cette fille est cause, il conviendrait de lui faire prendre ses repas à l'office.

« Elle serait au moins à sa place.

— Non, non, s'interposa vivement Dutertre. Cette mesure froisserait certainement notre cousine de Laffont, indisposée déjà contre Berthe.

« Il serait inutile et maladroit d'amplifier, d'exaspérer peut-être ces fâcheuses dispositions.

« Ainsi, qu'il ne soit plus question de ces mesures d'extrême rigueur, parfaitement injustifiées.

L'incident clos de cette façon, le repas se continua dans une atmosphère de gêne, en dépit des efforts de John Teddy et de Gaston de Montclair, également désireux de rétablir l'harmonie familiale si désagréablement troublée.

Dans l'après-midi, le comte de Montclair dut accepter une nouvelle explication de Berthe Dutertre.

Cette fois, la jeune fille menaça son soupirant de rompre tous projets d'avenir, s'il devait continuer à soutenir la cause de cette méprisable Geneviève.

à quoi l'intéressait cette fille ?... La préférait-
il à elle-même ?

Gaston, mis au pied du mur, devint lâche par
intérêt personnel. Il déclara nettement vouloir
abandonner désormais l'orpheline à ses seuls
moyens.

Ainsi il se livrait entièrement à celle qu'il n'aimait guère, mais dont il convoitait la fortune.

Il refoulait en son cœur amolli, et pourtant blessé, l'amour sincère qui pouvait le régénérer, et
dont il attendait peut-être des joies inconnues jusqu'alors.

Cependant, les incidents des tasses brisées, si fu-
tiles en apparence, avaient éveillé la curiosité de
tous, par suite de certaines déductions subtiles.

Des bruits fâcheux couraient maintenant, sous
le manteau, sur le compte de Geneviève. Et ces
bruits prirent bientôt une consistance plus grande,
lorsque, trois jours plus tard, un valet de chambre
nouveau fut introduit par Dutertre dans la domesticité de la villa.

Ce nouveau serviteur, bien qu'affecté tout à fait
officiellement au service de John Teddy, apparut
plutôt à tous comme une sorte de surveillant occulte, chargé de contrôler la conduite de Geneviève.

La pauvre jeune fille s'aperçut très vite de cette
particularité. Elle s'en attrista profondément, sans
pouvoir découvrir en son esprit loyal la raison des
suspicions dont elle était l'objet.

Que se passait-il donc ; que pouvait-on redouter
d'elle ?

Durant plusieurs jours, elle se mit l'esprit à la
torture, sans rien trouver de plausible.

S'adresser à Mlle de Laffont et lui confier ses
angoisses ?...

Certes, elle l'aurait pu faire, en toute autre circonstance.

Mais la crainte de troubler la quiétude de sa bienfaitrice, gravement malade, la retint.

D'ailleurs, le lendemain soir, où elle avait discuté
en soi cette alternative, Dutertre, lui-même, vint
l'informer d'une organisation nouvelle.

Dorénavant Firmin, le valet de chambre de John
Teddy, se trouvant insuffisamment occupé, la se-
conderait dans ses occupations de garde-malade.

Il se chargeait notamment de la confection des
tisanes et de la distribution des potions médici-
nales.

Fort étonnée de cette mesure, et secrètement pei-
née de ce qui semblait impliquer une aggravation
du manque de confiance dont elle était l'objet, l'orpheline s'en fut trouver Mlle de Laffont sur-le-
champ.

— Mademoiselle, lui demanda-t-elle, respectueuse, vous ne savez peut-être pas que l'on vient de
me donner un ordre, vous concernant indirectement.

— Lequel ? fit la malade, laconique à dessein.

— Celui de ne plus vous soigner moi-même.

— Vous vous trompez, Geneviève, je suis au courant de cette modification.

— Et vous l'approuvez ?

En posant cette question, Geneviève pâlit, devint
tremblante.

— Sans doute, fit simplement Mlle de Laffont.

— Mais c'est impossible !...

« Quel est donc le motif de cette sorte de disgrâce ?...

— Oh ! le mot disgrâce est exagéré.

— Cependant, me priver de vous témoigner ma

reconnaissance et mon affection respectueuse, c'est
prendre à mon égard une sorte de mesure coerci-
tive qui me peine affreusement.

— Non, non, Geneviève, ce n'est pas cela.

— Alors quoi, mademoiselle ? Expliquez-le-moi,
je vous en supplie ?

— Oh ! c'est beaucoup plus simple ; il n'y a pas
de quoi vous émouvoir à ce point.

« Mon cousin Dutertre et M. John Teddy ont cru
remarquer que vous paraissiez très fatiguée.

« Vous avez passé quelques longues soirées à
mon chevet.

— Et je suis prête à en passer encore.

— N'importe ; je vous traduis les impressions
identiques de ces messieurs.

« A leurs prières, toutes bienveillantes, j'ai voulu
vous éviter un excès de fatigue fort compréhensible.

« Il ne faut pas compromettre votre santé.

— Oh ! ceci aussi est exagéré, mademoiselle.

— Oui, je sais, vous êtes vaillante. Mais les forces humaines ont cependant des limites.

« Et puisque j'en ai décidé ainsi, vous vous repo-
serez un peu, durant quelques jours. Nous verrons
ensuite.

— C'est bien, mademoiselle, je me retire, conclut
Geneviève d'un accent douloureux, où sourdait une
secrète humiliation.

Elle comprenait que sa bienfaitrice désirait ne
point causer plus longtemps.

Deux ou trois jours plus tard, elle put constater
une amélioration sensible dans l'état de Mlle de
Laffont.

Et cette amélioration coïncidait étrangement
avec son éloignement de la malade.

Revirement bizarre, inexplicable, dont la consta-
tation intrigua la belle lectrice au plus haut point.

A quel sortilège attribuer ce changement ?...

D'autre part, elle se sentait maintenant enveloppée d'une atmosphère de surveillance discrète, de
mystère de plus en plus incompréhensible. Elle devint anxieuse, chagrine et irritable.

Au surplus, ses angoisses s'amplifiaient encore
du manque absolu de nouvelles de Jacques Garnier
ou de sa mère.

Depuis plus de deux mois, elle ne recevait plus
aucune lettre.

Pourtant, le jeune directeur écrivait toujours régulièrement à son patron.

Or, celui-ci avidement questionné par Geneviève,
affirmait que, dans la correspondance récemment
reçue, il n'était fait, par Jacques, aucune allusion
à l'existence de l'orpheline.

Ainsi, elle était délaissée, oubliée même par celui qu'elle aimait si ardemment ; par celui qui lui
avait juré sa foi, donné son cœur ?...

Quelle fatalité pesait donc sur elle ?... Quels
sombres événements la menaçaient ?

Dévorée d'inquiétude, de douleur et d'anxiété,
elle errait maintenant assez souvent le soir, dès
la nuit tombée, dans les allées silencieuses du
parc.

Et dans ces promenades solitaires, elle laissait
couler librement, dans l'ombre, les larmes brûlantes qui rongeaient son cœur meurtri.

Elle regardait, comme pour les implorer, les
étoiles célestes qu'elle avait tant aimées dans sa
prime enfance. Elle semblait attendre d'elles la
lumière qui dissiperait les ténèbres de son âme
brisée.

soir comme elle venait de se laisser toucher par la chaleur, sur un banc rustique, assez près de l'habitation, elle entendit tout à coup, derrière un épais massif, une voix étouffée prononcer son nom.

Elle se pencha, prêta l'oreille avec la plus grande attention, et put entendre le dialogue suivant :

— Oui, mon cher comte, disait Berthe Dutertre, oui, j'en suis certaine à présent, cette fille empoisonnait lentement Mlle de Laffont.

— Oh ! si cela est vrai, c'est horrible ! repartit Gaston de Montclair.

« Mais à votre avis, dans quel but cette jeune fille commettrait-elle ce crime ?

— Vous êtes simple, mon cher.

« Ne sait-elle pas que ma trop confiante cousine lui a fait tout récemment une donation importante.

— En effet.

— Or, cette donation ne sera exécutable qu'après la mort de ma cousine ; c'est-à-dire dans pas mal d'années, peut-être.

— Naturellement.

— Eh bien, le moyen pratique pour cette Geneviève d'en jouir le plus tôt possible, c'est de hâter la mort de sa bienfaitrice ; comprenez-vous ?

— J'avoue que cette déduction apparaît d'une rigoureuse logique, fit M. de Montclair, dont l'accent trahissait la surprise.

« Mais l'accusation est si grave, si épouvantable qu'il conviendrait, avant de la formuler nettement, de se procurer des preuves.

— Des preuves ?...

— Irréfutables.

— Eh bien, je vais vous en donner, mon cher.

En entendant ces derniers mots, Geneviève éprouva d'abord une défaillance passagère.

Le coup était trop rude et trop imprévu. Son cœur battait dans sa poitrine à la rompre, ses mains tremblèrent, une sueur glacée s'étendit sur son visage, une sorte de vertige la saisit.

Elle fut sur le point de crier, d'appeler au secours d'abord. Puis elle voulut clamer hautement son innocence.

Fort heureusement elle contint ce premier mouvement d'indignation et de révolte, car il eût été inutile, et plutôt nuisible.

Elle se roidit de toutes ses forces contre l'émotion qui la torturait.

Elle voulut entendre jusqu'au bout, boire le calice jusqu'à la lie !

— Oui, continuait Berthe Dutertre, la voix sifflante de haine, nous avons d'abord pensé comme vous à l'impossibilité d'une pareille lâcheté.

« En dépit des avertissements pourtant précis du médecin, nous aurions voulu douter encore, c'était trop ignoble !

« Mais il fallut se rendre à l'évidence.

« Rappelez-vous les deux accidents survenus du jour au lendemain à l'office.

— Des accidents ?..

— Oui, les deux tasses brisées, par suite de rencontres imprévues.

— Singulier hasard, en effet.

— Non, car ces rencontres étaient préparées par mon père et par John Teddy.

— Ah ! fort bien, je comprends.

— C'est à la suite de ces accidents volontaires que l'on put retrouver au fond des tasses brisées.

« On en fit alors l'analyse, et l'on découvrit à peine des traces d'atropine.

— Poison mortel ! ponctua Gaston de Montclair, effrayé.

— Justement, mon cher.

« Vous comprenez maintenant qu'il ne nous était plus possible, après cela, de conserver le moindre doute sur la tentative criminelle de cette fille.

— En effet ceci paraît indubitable.

« Mais, dans ce cas, pourquoi n'a-t-on pas fait arrêter cette malheureuse ?

— Nous avons voulu la soumettre à une épreuve.

— Comment cela ?

— En nous assurant d'abord que ses mains criminelles étant écartées des soins à donner à notre bienfaitrice, celle-ci s'acheminerait rapidement vers une guérison, si vivement souhaitée par nous tous.

— C'est d'ailleurs ce qui paraît se produire, n'est-ce pas ?

— Naturellement.

« Depuis que les tisanes sont préparées par l'inspecteur de la police qui, soi-disant, est entré au service de John Teddy, il n'y a plus de poison.

— Oui, oui, fort bien, je comprends tout à présent.

« Ainsi ce valet de chambre est bien un policier.

— Pardieu ! c'est un fait avéré.

— Mais je ne vois pas, dans tout ceci, l'épreuve à laquelle vous voulez soumettre la coupable présumée.

— Voici : c'est aux fins de préparer le dénoûment proche et nécessaire.

« D'ici deux ou trois jours, Firmin se dira fatigué ; il obtiendra la permission de cesser son service.

« On rendra pleine confiance, en apparence, à cette ignoble Geneviève.

« Elle confectionnera de nouveau les tisanes, administrera les potions.

« Et Firmin lui en demandera même pour son usage personnel.

— Le malheureux veut donc s'empoisonner ?

— Oh ! tout au plus risque-t-il un petit malaise, en admettant qu'il boive le contenu de la tasse.

— C'est pousser le zèle un peu loin.

— Je crois plutôt qu'il veut saisir le liquide comme pièce à conviction.

— Très habile, peut-être.

« C'est égal, je n'aurais jamais pu croire que cette belle fille fût une misérable !...

Ce furent les dernières phrases que Geneviève entendit.

Elle demeura atterrée, comme paralysée, incapable de tenter le moindre mouvement.

Les deux promeneurs nocturnes s'éloignaient, en effet. Leurs voix devenaient imperceptibles pour la jeune fille.

Ils se dirigeaient lentement vers l'habitation.

— J'espère, disait Berthe Dutertre, que vous ne penserez plus à cette ignoble créature dont la beauté vous avait ensorcelé ?

— Baste, jeta Gaston de Montclair d'un ton détaché, il y a déjà longtemps que je n'y pense plus.

— Oh ! si je pouvais vous croire, murmura-t-elle, en lançant un regard brûlant à son

— Voici quelqu'un ! Je ne voudrais pas être com-... vite !

... jeune fille se jeta derrière un massif ... le comte la suivit.

... instant, deux hommes causant à voix ..., débouchaient à l'entrée de l'allée.

... passèrent devant les deux jeunes gens en-...ques dans le massif, sans se douter de leur ...

... entièrement absorbés par un ...ieux entretien.

— ... décidément, Langlois, je ne puis me ré-... croire que cette jeune fille soit coupable, ... l'un d'eux.

— L'autre personnage, c'est-à-dire Firmin, le poil-... valet de chambre, répliqua :

— Pourtant toutes les présomptions les plus ... pèsent sur elle.

— Ce sont presque des preuves.

— Pour vous, Langlois, non pas moi.

— Mon esprit logique se refuse absolument aux ... Il n'admet que des faits vérifiés, ...bles.

— Mais, Monsieur, il ne peut y avoir de fait pal-...ble en l'espèce ; sauf les tisanes suspectes.

— Pardon, mon ami, preuve la coupable la main de ..., c'est-à-dire dans les tisanes, et laisse ...ton de poison. Alors je la déclarerai devant ...bles.

— Jusque-là, le doute doit profiter à l'accusée.

— En admettant votre théorie, Monsieur, qui ... serait la vraie coupable ?... Car enfin il en ... a un, il existe, ceci est indiscutable.

— Certes. Mais c'est justement là que git pour ... le véritable mystère, l'énigme douloureuse ; ... apparente, peut-être...

... en discutant ainsi, les deux hommes s'éloi-...

... on de Montclair et Berthe Dutertre sortirent ...eux alors de leur cachette.

... jeune fille, après s'être assurée d'un coup d'œil ...ment qu'ils étaient bien seuls, posa de suite ... question à son soupirant :

— Avez-vous bien remarqué ces deux person-...?

— Oui, suffisamment.

— Les avez-vous reconnus ?

— J'en ai reconnu un seul.

— Comme moi, s'écria Berthe.

— Et lequel avez-vous identifié ?

— Firmin, autrement dit Langlois, l'inspecteur ...reté.

— Parfait. Et vous n'aviez jamais vu l'autre ... cet instant, n'est-ce pas ?

— Jamais, déclara nettement le comte de Mont-...

— Avez-vous pu cependant examiner ses traits ?

— Autant qu'il m'était possible, en si peu de ...

— ... trouvez-vous qu'il ressemble ?

— Peut-être à John Teddy ?

— Au moins dans l'ensemble. Car il est assez dif-... de s'imaginer l'Américain autrement que ... vu de lunettes bleutées et porteur de ... cheveux.

— Eh bien, mon cher comte, nous avons eu ... la même impression bizarre.

— Ainsi, j'ai cru reconnaître John Teddy...

... passaient pendant ... à voix ... ami ... se maquiller constamment pour vivre chez nous.

— ... n'est pas facile à deviner ...

« Il est certain que John Teddy, ... lui ... obéir à des raisons impérieuses, inéluctables.

— Cet homme cache un secret, très probable-ment, fit Berthe, songeuse.

— Et ça doit être un secret terrible.

— Peut-être ? fit Gaston désorienté par tant d'événements successifs.

— Ainsi, remarquez une fois de plus, mon cher ami, combien j'ai le sens de la divination.

« N'ai-je pas, dès l'abord, qualifié ce John Ted-dy : l'Homme masqué ?

— En effet ; vous aviez eu la prescience de son déguisement.

— Comment s'assurer de ce que nous supposons ? reprit Berthe d'un ton agacé ; je voudrais être sûre.

— Nous y réfléchirons ensemble, nous cherche-rons un moyen habile, nous l'espionnerons.

— C'est cela, nous essaierons de voir ... dans ... sa chambre.

— Pour le moment, tenons notre découverte ca-chée, ce sera plus prudent, conclut Gaston de Mont-clair, très vivement impressionné.

Puis, comme les deux compagnons allaient tou-cher à la villa, ils se séparèrent prudemment à l'avance

Berthe, légère comme une sylphide, se glissa la première dans l'habitation.

Trois minutes plus tard, le comte de Montclair réintégrait sa chambre à son tour, et se couchait, l'esprit hanté de réflexions anxieuses.

Pendant ce temps, Geneviève, demeurée d'abord anéantie sur son banc, s'était ressaisie peu à peu.

Sous l'effort de son cerveau, obsédé par de som-bres et multiples pensées, des plis se creusaient à son front si pur. Tous ses traits crispés en une ex-pression de colère et de noble révolte dénaturaient sa physionomie d'ordinaire si belle et si douce.

Elle revint à pas lents vers la villa, marchant d'une allure d'automate, sans rien voir, toute à ses angoisses, à sa douleur et à des projets qui ve-naient d'éclore en elle.

Elle pénétra sans bruit dans la somptueuse de-meure, où tous les habitants reposaient mainte-nant.

Elle entra dans sa chambre, fouilla un à un les tiroirs de ses meubles, y prit quelques modestes bijoux, — les seuls qu'elle possédât — puis un vieux portemonnaie contenant ses économies, en enfoui... le tout dans sa poche.

Ensuite, elle se mit à sa table, atteignit une feuille de papier à lettre et d'une main fébrile, com-mença d'écrire la lettre suivante :

A Mademoiselle de Laffont,

Lorsque vous lirez ces lignes, Mademoiselle et chère bienfaitrice, j'aurai quitté pour toujours la villa de vos parents et votre service même.

Objet de soupçons infâmes, que vous-même semblez partager, il ne me serait plus possible de vivre dans une maison où je me sens entourée d'en-nemis, tout au moins d'accusateurs.

Ma douleur est immense, mes regrets de vous quitter sont infinis, car je ressentais pour vous l'af-fection la plus profonde, la plus respectueuse.

Mais ma dignité personnelle, le sentiment de mon

...science absolue, me créent le devoir cruel de re-
noncer à toutes vos bontés ; à toutes sans excep-
tion !...

Je ne saurais rien accepter de celle qui, un seul
instant, a pu me croire coupable.

Adieu, mademoiselle ; croyez, quoi qu'il m'ar-
rive, à ma reconnaissance indestructible et à toute
ma respectueuse affection.

« GENEVIÈVE. »

Cette courte épître terminée, l'infortunée jeune
fille la mit sous une enveloppe qu'elle plaça bien
en évidence sur sa table.

Puis se couvrant la tête d'une écharpe noire,
elle sortit de sa chambre à pas de loup, laissant
la porte grande ouverte.

Elle descendit par l'escalier de service sur la
pointe des pieds, quitta la maison, et marcha résolument vers une porte basse, située à l'entrée
du potager.

Cette porte, fermée seulement par un verrou
intérieur, lui permettait de s'enfuir.

Quelques minutes plus tard, elle se trouvait
dehors, dans un chemin creux qui bordait tout un
côté de la propriété.

Alors un peu apeurée par le grand silence de
la campagne, par les ombres mystérieuses des
arbres dans la nuit, elle se mit à courir comme
une folle vers la ville prochaine.

En un quart d'heure de course rapide, elle atteignit la gare et se laissa tomber haletante, livide, le cœur battant, sur une banquette.

Enfin, vers onze heures et demie, elle s'embar-
qua dans un express qui filait directement sur
Paris.

En quelques minutes, elle venait de briser son
existence.

Elle partait pour l'inconnu redoutable, comme
poussée par une force invincible, sans savoir
comment elle pourrait vivre dans l'immense ville,
où elle ne connaissait plus personne.

Tous ses rêves d'avenir, de bonheur étaient
abolis ; tous ceux qu'elle aimait l'oubliaient ou la
repoussaient. Et, à son tour, elle voulait les oublier, dût-elle en souffrir éternellement.

Désormais, elle était seule au monde.

IX

LE CRIME DE LA RUE SECRÉTAN

En débarquant à Paris, vers une heure du matin, Geneviève éprouva l'effet d'une réaction lente,
produite par le déplacement, autant que par la
longueur du trajet en chemin de fer.

Elle put alors réfléchir, envisager sa pénible
situation avec plus de netteté.

L'exaspération des premiers moments, totalement tombée, faisait place maintenant à un découragement profond et anxieux.

Où allait-elle se réfugier, à cette heure tardive,
dans l'immense ville qu'elle connaissait mal.

Quel gîte sûr, et peu coûteux, devait-elle choisir ?

Son pécule, assez maigre, lui imposait la plus
stricte économie.

Elle devait prévoir des jours sans travail immédiat ; des jours tristes, durant lesquels il faudrait
vivre sur son petit avoir.

Certes, les hôtels ne manquaient pas aux alentours de la gare de l'Est. Mais ces établissements
constamment achalandés par le va-et-vient des
voyageurs, devaient être trop chers pour ses
moyens.

Il convenait de chercher plus loin, en remontant
vers les quartiers excentriques.

Bravement, la pauvre fille remonta le faubourg
Saint-Martin, se dirigeant vers le rond point de
la Villette.

Elle atteignit bientôt le canal, marchant très
vite, un peu effrayée maintenant par la rencon-
tre de rares passants, dont les mines patibulaires
ne présageaient rien de bon.

Elle traversa la place du Combat, s'engagea
presque hardiment dans la rue Secrétan, à la recherche d'une enseigne lumineuse lui indiquant
le refuge cherché.

Comme elle arrivait à la hauteur de la rue des
Pyrénées, elle s'arrêta brusquement, clouée sur
place par une terreur soudaine, tout instinctive.

Deux individus, d'allures louches, venaient à
elle directement, en courant presque, et sans faire
le moindre bruit.

Elle fit un effort pour fuir.

Ses jambes, paralysées par un effroi insur-
montable, se dérobèrent sous elle.

Elle ouvrit la bouche pour appeler au secours,
angoissée par un pressentiment affreux.

Au même instant, les deux sinistres individus
la rejoignirent. Un foulard s'abattit brutalement
sur sa tête, la bâillonna en une seconde.

Sa voix râla, s'éteignit dans sa gorge étranglée.

En même temps un choc violent dans la poitrine — un coup de tête sans doute — l'envoya
rouler pantelante sur la chaussée.

Elle demeura inerte, anéantie par cette brusque
attaque criminelle, pourtant pressentie.

Mais par une sorte de hasard physiologique
assez étrange, elle ne perdit pas un seul instant la
notion des choses ; son cerveau demeurait lucide.

Elle sentit des mains ignobles fouiller avec
avidité ses vêtements, retourner ses poches, lui
enlever son porte-monnaie, lui arracher les deux
bagues de peu de valeur qu'elle portait aux doigts.

Elle put entendre même cet étrange et rapide
colloque :

— Eh, dis donc, la Panthère, elle a du pèze (de
l'argent), la donzelle ?

— Je te crois, mon vieux Foulard, et des petits
bijoux, pas en toc.

— Bath !... C'est la noce pour demain, avec la
môme Chichi.

— Bien opéré, Foulard de mon cœur, tu tra-
vailles comme un ange !

Le bandit à qui s'adressait ce compliment cynique repartit, les dents serrées :

— Maintenant arrange-la au surin ! Comme ça
elle ne chambrera pas dans l'oreille du quart d'œil
(le commissaire de police).

Aussitôt le sinistre malfaiteur, dénommé la Panthère, leva son bras armé d'un long couteau à
cran d'arrêt.

À cet instant précis, Geneviève essaya de se
lever et put entendre encore cette phrase dite
d'une voix effarée par l'un des bandits :

... v'là les hirondelles.

... le couteau s'abattit sur Geneviève, un ... au hasard.

... pauvre fille sentit un choc violent dans le flanc droit, une douleur aiguë, soudaine, la péné... et elle s'évanouit.

Cependant les deux agresseurs s'enfuyaient sans perdre une seconde.

Ils couraient de toute la vitesse de leurs jambes ... vers la rue de Meaux.

Ils se jetèrent bientôt, haletants comme des bêtes traquées, dans une sorte de ruelle étroite, puis s'engouffrèrent dans un corridor de ténèbres et disparurent presque instantanément.

Or, ceux qu'ils venaient de qualifier « les hirondelles », c'est-à-dire les agents cyclistes, arrivaient, à la même minute devant le corps inanimé de Geneviève.

Lestement ils sautèrent à bas de leurs machines roulantes, se penchèrent curieux avides de savoir.

— Pristi, une belle fille ! déclara l'un d'eux en se redressant.

— Du quartier ? questionna un autre agent.

— Une habituée des bars, très probablement, ajouta le troisième. C'est un règlement de comptes !

— Non, non, mes amis, je connais toutes les ... par ici.

Celle-là est une étrangère, une honnête femme sûrement.

— Est-elle blessée ?

— Je ne sais pas, nous allons voir.

« En tout cas dévalisée sûrement : toutes ses poches sont retournées.

— Ah ! bigre, reprit le troisième agent qui s'était baissé de nouveau, c'est un crime !

« Je viens de sentir là, sur le côté droit, de l'humidité chaude ; du sang probablement.

— Alors vite, à la pharmacie, les copains !...

Aussitôt deux des agents relevèrent la malheureuse victime inerte, tandis que le troisième s'élançait vers la boutique d'un pharmacien proche, et sonnait longuement à plusieurs reprises.

Un quart d'heure plus tard, les paupières closes de Geneviève se soulevèrent faiblement.

La pauvre fille jeta autour d'elle un regard encore empreint de terreur et d'égarement.

— Où suis-je ? demanda-t-elle à demi inconsciente.

— En sûreté, mon enfant, lui répondit avec douceur un homme d'un certain âge, le pharmacien.

— N'ayez plus peur, mademoiselle, ajouta l'un des agents, on veille sur vous.

Et la malheureuse fille, s'apercevant tout à coup qu'elle était à moitié dévêtue, demanda à ceux qui l'entouraient :

— Qu'ai-je donc ?

— Une petite blessure dans le côté droit, expliqua le pharmacien ; ça n'est pas grave.

« Au surplus, je viens de vous panser provisoirement.

— Blessée... blessée ?... balbutia Geneviève, livide d'angoisse, et se souvenant tout à coup de l'horrible scène.

— Oui, mais heureusement vous aviez un corset sur lequel s'est amorti le coup. Sans cela...

Le pharmacien n'acheva pas ; mais la suite de la phrase devait se deviner sans peine.

Elle signifiait : Sans cela vous auriez été tuée.

Un long tressaillement secoua la blessée.

— Prenez patience, mademoiselle, lui dit un agent compatissant. Nous venons de demander une voiture d'ambulance, on va vous conduire immédiatement à l'hôpital.

— A l'hôpital, moi ? Ah ! mon Dieu, quel malheur !...

— Oh ! ça ne sera rien, on vous soignera bien, on vous guérira.

« Mais, tenez, en attendant la voiture, donnez-nous donc quelques petits renseignements préliminaires, ça pourrait servir tout de suite.

« Comment vous nommez-vous ?

— Geneviève.

— Nom de famille ?

— Je n'en ai pas, monsieur.

— Tiens, tiens, c'est bizarre, ça, remarqua l'agent qui crut à un mensonge.

« Enfin, n'importe. Quelle profession ?

— Domestique.

— Chez qui ?

— Sans place.

— Bon, pas de chance alors, ma pauvre fille !

« Et le nom de votre dernier patron ?

— M. Darrois, à Meaux, dit Geneviève à tout hasard.

Elle voulait se réserver de réfléchir avant de révéler la vérité.

Elle songeait à Mlle de Laffont, aux soupçons odieux qui pesaient sur elle.

— Vous habitez Paris.

— Non, monsieur. Je venais d'y arriver ce soir.

— Alors vous connaissez sans doute quelqu'un dans le quartier ?...

— Personne !

— Encore plus étrange !

« Enfin, que faisiez-vous par ici à une heure aussi avancée ?

— Je cherchais un hôtel pas trop cher, pour passer la nuit.

A cette phrase de l'interrogatoire, le pharmacien intervint avec une certaine autorité.

— Je vous en prie, messieurs, ne la faites pas trop parler, recommanda-t-il. On la questionnera plus tard, dans quelques jours.

— D'ailleurs, voici l'ambulance, ajouta l'un des agents, en entendant ronfler devant la porte le moteur d'une voiture automobile qui venait de stopper.

Au même instant, trois coups de trompe, stridents, troublèrent le silence de la nuit.

— Voilà, on y va, cria l'un des agents au chauffeur.

Et comme une infirmière apparaissait dans l'encadrement de la porte, il ajouta :

— Par ici, ma petite dame.

« S'agit d'une jeune particulière qui vient de recevoir un mauvais coup de surin !

— Une rixe ? questionna l'infirmière.

— Crois pas. Une attaque nocturne plutôt.

« Enfin on ne sait pas ; le commissaire se débrouillera.

— Ah ! pauvre fille ! murmura l'infirmière en examinant la blessée.

« Apportez-la vite.

En quelques secondes, Geneviève fut transportée dans la voiture, étendue sur le matelas élastique où elle eut une courte syncope.

Puis l'auto démarra, partit en vitesse.

Dix minutes plus tard, le véhicule pénétrait dans la cour de l'hôpital Lariboisière.

Geneviève, déjà en proie à une fièvre croissante, fut portée sans retard dans la salle Nélaton, couchée dans le lit n° 23, et bientôt l'interne de garde fit son apparition.

Or, le jour même, où, après tant d'épreuves morales et physiques, peut-être imméritées, l'orpheline échouait sur un lit de souffrances, Jacques Garnier recevait à Santiago du Chili une longue lettre de Dutertre.

Lettre épouvantable et douloureuse s'il en fut, car elle apportait au jeune directeur la confirmation de soupçons infamants, contenus déjà dans une première missive relative à la conduite de Geneviève.

Ce premier avertissement, sournoisement méchant, avait été adressé, sous forme de lettre à tournure aimable, par Berthe Dutertre.

La coquette ne craignait pas en outre d'accuser l'orpheline d'une intrigue galante avec le comte de Montclair.

A la lecture des pénibles détails donnés cette fois par l'industriel, sur la misérable lectrice de Mlle de Laffont, Jacques Garnier ne put retenir des larmes de désespoir.

Le doute demeuré dans son esprit n'était plus possible.

— La malheureuse ! murmura-t-il ; elle est bien perdue !...

— De qui veux-tu parler ? questionna Mme Garnier, soudain anxieuse, en remarquant la physionomie décomposée de son fils.

— Ah ! mère chérie, ne l'as-tu pas deviné ?

— S'agit-il de Geneviève ?

— Hélas ! oui, Geneviève !... Geneviève que j'aimais tant, que je croyais si profondément honnête.

— Serait-elle partie avec M. de Montclair, comme le faisait pressentir le singulier avertissement de Mlle Dutertre ? questionna la veuve dont l'anxiété croissait à mesure.

— Ah ! si ce n'était que cela ! C'est pire encore ; c'est épouvantable et désolant !

« Non seulement Geneviève a trahi ma confiance, ma foi, notre affection, en écoutant les propos amoureux d'un noble désœuvré, mais elle vient de s'abaisser jusqu'au crime.

— Un crime ?

— Oui. Elle est maintenant déshonorée, perdue à jamais pour moi, pour nous !

— Qu'a-t-elle fait, mon Dieu ?...

— Elle a tenté d'empoisonner sa bienfaitrice, Mlle de Laffont, en se servant d'atropine.

— C'est impossible !

— Tiens, vois, M. Dutertre me dit dans cette lettre que les premiers soupçons de la famille se sont confirmés, appuyés sur des preuves.

« En ce moment, Geneviève est soumise, sans pouvoir s'en douter, à une surveillance toute particulière ; surveillance qui doit aboutir fatalement à son arrestation prochaine.

— C'est effrayant ! fit Mme Garnier, atterrée.

« Cette fille charmante, en qui nous avions si grande confiance, cette enfant élevée en partie par moi... Et que je considérais presque comme ma propre fille !

« Ah ! la vie est bien cruelle avec ses déceptions imprévues, ses surprises redoutables.

— Geneviève ! pauvre enfant égarée !... Geneviève, malheureuse Geneviève !...

La veuve, douloureusement touchée au plus pur de son affection, n'en put dire davantage, laissa couler, elle aussi, sur son visage pâli, des larmes amères.

— A quoi bon vouloir rentrer en France, à présent ? émit Jacques d'un accent déchiré.

« Ici, loin d'elle, je l'oublierai peut-être !...

« Ah ! mes chers projets, mon amour ! Quel terrible chagrin !... C'est toute ma vie brisée !

Et profondément remué, l'âme atrocement déchirée par la souffrance morale, le jeune directeur se laissa tomber avec accablement sur un siège proche.

— Mon Jacques, mon fils chéri, console-toi ! balbutia la veuve, entourant de ses deux bras le malheureux désespéré.

« Ta mère te reste... Tu es jeune, tu as encore devant toi de longues années... Un brillant avenir t'est promis ; ne désespère pas, je t'en supplie !

« Le temps efface bien des souffrances, tu oublieras cette malheureuse !...

Et la mère et le fils, également déchirés par l'incommensurable douleur qui les poignait, demeurèrent tendrement enlacés, mêlant leurs larmes en une longue étreinte muette.

Ainsi les manœuvres de la coquette Berthe Dutertre atteignaient sûrement le but poursuivi par sa jalousie, par sa haine.

Geneviève, coupable ou non, devait être irrémédiablement déshonorée, privée de toutes ses affections, rejetée hors de la société.

L'œuvre terrible de la vengeance s'accomplissait ! La rivale abhorrée n'existait plus, moralement au moins.

Or, le lendemain matin de cette nuit tragique où l'orpheline en fuite avait été victime d'une tentative d'assassinat, le policier Langlois, dit Firmin, s'arrêta surpris devant la porte grande ouverte de la chambre occupée par la jeune lectrice.

— Tiens, tiens, murmura-t-il, l'oiselle s'est dénichée de bonne heure !

« Se serait-elle, par hasard, glissée dans l'office ?...

Tout en monologuant, il jetait, par habitude professionnelle, un long coup d'œil scrutateur dans la pièce.

— Qu'est-ce que cela ? reprit-il surpris, en s'avançant prudemment.

Puis d'une main preste, il saisit la lettre placée bien en évidence sur la table-guéridon.

— Une lettre ?... A Mademoiselle de Laffont... C'est assez bizarre !... Serait-ce une confession.

Et tout en examinant l'écriture ferme et décidée de la jeune fille, il se demanda perplexe :

— Faut-il la remettre directement, ou bien informer M. Teddy d'abord ?...

« Après tout, je suis à son service de toutes façons. Il convient donc de le renseigner le premier.

Et, son incertitude ayant pris fin, il s'en fut trouver l'Américain.

Celui-ci, installé dans la salle à manger, devant une tasse de thé garnie de rôties beurrées, mangeait tranquillement.

Il se trouvait seul dans la pièce et réfléchissait au problème qu'il venait essayer de résoudre en France.

Néanmoins, le pseudo-Firmin, redoutant l'indiscrétion des véritables domestiques qui, d'une minute à l'autre, pouvaient entrer, émit cette phrase respectueuse :

— Je voudrais prendre les ordres de monsieur.

…vement ou changement à opérer dans sa chambre ?

Et comme l'Américain, très surpris, le regardait [...]ment, il eut un coup d'œil expressif en montrant discrètement la lettre.

— Confidentiel, murmura-t-il en même temps d'une voix étouffée.

— Deux secondes, répartit John Teddy sur le même ton, en achevant à la hâte son petit déjeuner.

Un instant après, il rejoignait Firmin dans sa chambre, fermait soigneusement la porte et apprenait avec stupeur la découverte du policier.

— Je ne puis, dit-il, décacheter cette lettre avant Mlle de Laffont. Ce serait un procédé trop indélicat pour être excusable.

« Mais nous ne serons pas longtemps cependant à en connaître le contenu ; même si ce n'est pas moi qui suis chargé de la lire.

« D'une façon ou de l'autre, conclut-il, avec un regard significatif, nous serons renseignés.

— Compris, répartit Firmin laconique. On la subtilisera.

— Allons, ajouta seulement l'Américain, en manière d'approbation.

Les deux hommes se dirigèrent ensemble vers la chambre de Mlle de Laffont.

Le pseudo-Firmin, qui la servait, frappa d'une façon particulière.

— Entrez ! cria l'aveugle.

Et comme elle entendit distinctement deux pas différents résonner dans la pièce, elle demanda de suite :

— Qui donc est avec vous, Firmin ?

— C'est M. John Teddy, mademoiselle.

— Ah ! très bien. Qu'y a-t-il de nouveau ?

— Une communication toute personnelle, fit l'Américain.

« Une lettre trouvée dans la chambre de votre lectrice, et spécialement écrite à votre intention.

— Une lettre cachetée ?

— Oui, ma chère demoiselle.

« Voulez-vous que je fasse appeler mon ami Dutertre pour vous la lire ?

— Non, non, lisez vous-même, si vous le voulez bien. Je ne puis rien avoir de caché pour vous.

— Retirez-vous, Firmin, ordonna John Teddy au pseudo-valet de chambre, pour affecter la discrétion.

Celui-ci obéit, en apparence du moins. Car, bien certain que l'aveugle ne pouvait soupçonner sa présence, il fit seulement un simulacre de départ, en refermant la porte.

Aussitôt, l'Américain fit à Mlle de Laffont la lecture de la lettre d'adieu laissée par Geneviève.

Un cri de stupeur, angoissé, jaillit des lèvres de la malade.

— Partie ! s'écria-t-elle, partie pour toujours !...

Puis après un instant de silence lourd, employé à se ressaisir un peu, elle reprit :

— Où peut-elle être allée, la pauvre fille ?...

« Que pensez-vous de cette fuite, John Teddy ?

— Ma foi, chère amie, j'en suis aussi stupéfait et troublé que vous-même. C'est tellement inattendu !...

« J'ai besoin de réfléchir pour essayer de deviner à quel mobile véritable Geneviève a pu obéir, en prenant cette décision radicale.

« Elle affirme, dans cette lettre son innocence absolue, qu'en faut-il croire ?...

— Ah ! ce doute est affreux ! répartit l'aveugle.

« Il y a dans cette tentative criminelle dont je suis la victime, un mystère qui m'épouvante !

« Mais, dites-moi, Teddy, rechercherez-vous cette malheureuse fille ?

— C'est très probable ; c'est même indispensable.

« Car, maintenant, il faut à tout prix savoir la vérité, déchiffrer cette douloureuse énigme.

« D'ailleurs, je vais conférer de cet événement avec Dutertre, avant son départ pour Paris.

« Je reviendrai vous en parler tout à l'heure.

— Allez, mon ami, allez !...

Aussitôt l'Américain sorti de la pièce, faisant passer sans bruit devant lui le policier Langlois.

— Allez prier Dutertre de nous rejoindre dans le parc, près de la grille, lui dit-il ensuite.

Un instant plus tard, l'industriel rejoignait John Teddy. Celui-ci, dans une courte promenade circulaire, s'était assuré que cette partie du parc était absolument déserte.

Aussitôt il informa l'arrivant du fait étrange qui venait de se produire.

Dutertre, stupéfié lui aussi, demeura silencieux d'abord, s'efforçant de se ressaisir, de comprendre.

Enfin, il demanda :

— Quelle est votre opinion, Teddy ?

— Mon cher, je suis assez disposé à tenir l'affirmation d'innocence de Geneviève pour très sincère.

— Et vous Langlois ? questionna encore l'industriel.

— Je pense tout le contraire, répondit le policier d'une voix assurée.

« A mon avis, la fuite de cette fille semblerait plutôt affirmer sa culpabilité. C'est, à mon sens, un aveu.

« Si elle a disparu, c'est très probablement par crainte d'un châtiment prochain, considéré par elle comme inévitable.

— Oui, fit Dutertre, ceci paraît assez judicieux.

« Du moins ce serait conforme aux instinctifs mouvements des criminels découverts, ou sur le point de l'être.

— Cette fuite ne prouve rien du tout, répéta John Teddy, sinon une légitime révolte de fierté, d'indignation.

— Mon ami, vous êtes égaré par un sentiment personnel, répliqua l'industriel.

« Sentiment qui explique et excuse d'ailleurs très suffisamment votre attitude.

— Erreur, mon cher Dutertre, car le sentiment auquel vous faites allusion ne repose lui-même que sur des hypothèses.

« Il n'est pas assez puissant, et s'est établi sur des bases trop incertaines encore pour oblitérer mon jugement, jusqu'à présent du moins.

« A ce propos, d'ailleurs, la fuite de Geneviève me détermine à l'exécution de projets récemment élaborés.

« Je me rendrai dès demain à Paris, où, sans aucun doute, je serai forcé de séjourner durant quelques jours.

« M. Langlois m'accompagnera.

— Volontiers, acquiesça le policier souriant.

— J'ai l'intention, poursuivit l'Américain, de reprendre mes premières recherches commencées à Vincennes.

...s n'avaient pas donné le résultat attendu, ...mais je ne les avais pas poussées à bout.

— Ainsi donc, vous abandonnez ici toute surveillance ? demanda Dutertre insidieux.

— Personnellement, oui.

« Mais si vous le croyez utile, cher ami, vous pourrez continuer discrètement la tâche poursuivie jusqu'ici par M. Langlois et moi-même.

« C'est peut-être nécessaire ?...

« Vous persistez donc à supposer d'autres culpabilités ? questionna le policier surpris de l'insistance déguisée de l'Américain.

— Je ne sais, je cherche toujours.

« Je vous le répète, Langlois, aucune preuve formelle indiscutable n'est acquise contre Geneviève.

— Mais qui donc alors pourrait être incriminé ?

— Eh ! sait-on jamais ?

« Il y a plusieurs serviteurs à la villa. Etes-vous plus sûr que moi-même de leur honnêteté parfaite ?

— Certainement non, avoua Dutertre. On ne peut être sûr de personne.

— Alors ?

— Eh bien, vous avez raison, je continuerai la surveillance ; au moins pour notre satisfaction morale.

« Dois-je informer tout le monde de la fuite de Geneviève ?

— Certainement.

« Il serait même habile de présenter cette fuite comme une sorte d'aveu. Ce serait endormir toutes les défiances possibles et, par suite, provoquer peut-être des imprudences.

« De même j'annoncerai mon départ définitif, car je vous l'ai dit, j'ai formé des projets nouveaux et j'ai hâte de les mettre à exécution.

— Fort bien, approuva l'industriel, voilà qui est entendu.

« Maintenant je file, sans cela je manquerais mon train. Or, il ne faut pas oublier les affaires.

Dutertre parti, John Teddy et le pseudo Firmin remontèrent vers l'habitation.

Ils commencèrent à préparer leurs bagages pour le départ du lendemain.

Ce départ imprévu, officiellement annoncé au déjeuner, ne fut pas sans surprendre les habitants de la villa.

D'autant plus qu'il semblait coïncider étrangement avec la fuite de Geneviève, bientôt ébruitée à dessein.

L'Américain prétexta pourtant des raisons d'affaires pressantes, des combinaisons d'intérêts tout à fait personnelles qui l'obligeaient à un long voyage dans le Midi.

Il ne parut pas, d'ailleurs, que les dames Dutertre, non plus que Gaston de Montclair regrettassent beaucoup son éloignement.

Tous trois le trouvaient un peu bizarre, plutôt énigmatique, et parfois gênant en différentes circonstances.

Cet « homme masqué » comme le dénommait Berthe Dutertre, n'était pas extrêmement sympathique.

Ceci à cause de son franc parler, de ses habitudes un peu sans-gêne, et de l'indiscrète curiosité dont il avait maintes fois fourni des preuves non dissimulées.

Seule, Mlle ... ... fut mise secrètement au courant du véritable motif qui déterminait le ... part de John Teddy.

La malheureuse aveugle, ainsi délaissée subitement, d'abord par l'orpheline qu'elle affectionnait encore, en dépit de très graves présomptions criminelles, ensuite par l'étranger, déplorait franchement l'éloignement de celui-ci.

Des liens mystérieux semblaient la relier étroitement aux affaires de l'Américain, en qui sa confiance était extrême.

Désormais, elle allait demeurer seule, livrée sans appui, aux soins intéressés, mais peu sincères des dames Dutertre.

Elle souhaita de se rétablir très vite, afin de pouvoir quitter à son tour la somptueuse villa, où, moralement, elle allait vivre si tristement.

Le lendemain matin, John Teddy et son pseudo valet de chambre prirent congé de la famille Dutertre.

— Ouf ! le voilà parti ! soupira Berthe en voyant disparaître l'automobile qui conduisait l'Américain vers la gare.

Elle ajouta, se tournant vers Gaston de Montclair qui l'écoutait :

— Il me semble que je sors d'un cauchemar pénible.

— J'avoue, approuva le comte, en exhalant un soupir, que l'existence commençait à devenir ici beaucoup moins agréable qu'auparavant.

« Cet « homme masqué » nous a gênés plus d'une fois.

— Dites toujours, et partout !

— Nous allons donc, ma chère, pouvoir reprendre nos doux entretiens, nos longues et délicieuses promenades.

— Avec quel plaisir ! amplifia Berthe, en lançant au comte un regard provocant.

« Voyez-vous, mon ami, j'ai soif de vous entendre m'exprimer des mots galants, des choses charmantes comme vous savez les dire, lorsque vous voulez en prendre la peine.

— Ma chère, vous êtes adorable ! repartit galamment Gaston. Et c'est pour moi tout plaisir de vous dire ce que vous méritez si bien.

— A quand la noce ? jeta en riant l'orgueilleuse coquette, amusée et flattée.

— Mais bientôt, je l'espère.

« Encore deux petits mois de patience, et j'aurai définitivement réglé les quelques difficultés dont je vous ai parlé déjà.

— Alors vous n'aurez plus qu'à m'aimer.

— A vous adorer, comtesse ! répliqua Gaston, avec un sourire entendu.

Et d'un geste dont il affecta la spontanéité, il saisit la main fine de Berthe, la porta jusqu'à ses lèvres et y déposa un long baiser.

Une joie véritable, une lumière de triomphe orgueilleux brilla dans les yeux bleus de la jolie fille de l'industriel.

Elle conçut l'assurance d'avoir enfin conquis définitivement une couronne comtale. C'était une belle victoire, habilement remportée.

L'avenir lui apparaissait radieux, tout illuminé des satisfactions brillantes de la vanité satisfaite.

Comtesse de Montclair ; ...quel honneur !

Ainsi qu'on l'a deviné, John Teddy devait avoir un puissant intérêt à retrouver les traces de Geneviève, puis ensuite à éclaircir le mystère de sa véritable personnalité.

La fuite de la malheureuse jeune fille l'avait plongé dans un abîme de perplexités.

Le crime odieux dont elle était accusée trouvait difficilement créance en son esprit avisé, accoutumé aux longues et judicieuses réflexions.

Il se souvenait encore de l'entretien qu'il avait eu à Santiago du Chili, avec Jacques Garnier, ce matin où le jeune ingénieur français était venu le voir à l'hôtel Saint-Jacques de Compostelle.

Toutes les phases de cette longue conversation revenaient à sa mémoire.

Aucun des détails relatifs à Geneviève, à son caractère, à sa droiture coutumière, à sa vaillance d'âme, à l'amour même dont elle était alors l'objet de la part de Jacques Garnier ne lui échappait.

Comment une telle créature pouvait-elle s'être rendue coupable d'un crime ignoble ?

Ceci lui paraissait invraisemblable, inadmissible.

Mais alors, pourquoi sa fuite ?

Incapable de trouver une solution satisfaisante à ses réflexions, John Teddy s'efforça d'en interrompre le cours.

Dès son arrivée à Paris et pour se conformer à certains projets secrètement conçus, il vint se loger dans un hôtel très modeste de la rue Amelot, aux environs de la place de la Bastille.

Après un court entretien avec le pseudo Firmin, redevenu l'inspecteur Langlois, il laissa partir ce dernier, lui accordant toute liberté pour ce jour-là.

Le policier n'était pas fâché de pouvoir se rendre chez lui, pour y embrasser sa femme et sa petite fille, dont il était séparé depuis un mois.

Quant à l'Américain, il employa son après-midi à différents achats dans des magasins de confection.

Il se munit notamment d'un complet bon marché.

La couleur du drap bleu-verdâtre, la coupe défectueuse du vêtement lui donnèrent toutes les apparences d'un étranger plutôt pauvre, et assez mal habillé.

Déjà, dès son entrée dans Paris, il s'était métamorphosé physiquement.

Dans le fiacre qui l'amenait, en compagnie de Langlois, de la gare de l'Est à l'hôtel de la rue Amelot, il s'était débarrassé de sa perruque, de sa barbe blanche et de ses lunettes bleutées.

Il était ainsi redevenu le véritable John Teddy connu de Jacques Garnier à Santiago, et de Dutertre, lors de son arrivée à Paris. Le lendemain, il quitta de bonne heure l'hôtel où il logeait, et, à pied, remonta le faubourg Saint-Antoine, jusqu'à la place de la Nation.

Il s'engagea sur le cours de Vincennes, marchant très lentement, s'arrêtant de temps à autre pour pénétrer chez certains boutiquiers, plus spécialement des boulangers, des fruitiers, des épiciers.

À chacun de ces commerçants, adroitement et poliment préparés par une phrase préliminaire, il posait enfin la même question :

— N'auriez-vous pas connu autrefois, dans votre quartier, une brave femme qui faisait des ménages et qui se nommait Mme Dugoureau ?

La plupart du temps, la réponse était négative.

Cependant deux ou trois des boutiquiers interrogés, et dont l'établissement datait de très longtemps, parurent se souvenir du nom évoqué.

Mais aucun d'eux ne put dire ce qu'était devenue la femme dont John Teddy parlait.

On ne l'avait pas revue depuis des années.

— D'ailleurs, fit le dernier de ces commerçants, un épicier qui touchait à la soixantaine — elle est peut-être morte, la mère Dugoureau.

« C'était une malheureuse qui se « saoulait » comme un portefaix, sauf votre respect, monsieur.

Elle a dû finir un jour dans le ruisseau, et peut-être a-t-on transporté son cadavre à la Morgue, d'où elle a dû être transférée au « champ de navets », sans que personne le sache.

— N'avait-elle point de famille ?

— Je ne le crois pas.

— Cependant, insista John Teddy, elle devait avoir avec elle une petite fille ?

— Je ne me souviens pas. Je l'ai toujours vue seule.

« Mais je parle en ce moment de choses anciennes qui datent de dix ans au moins.

— Savez-vous où elle demeurait ?

— Pas au juste. Ou du moins, si je l'ai su, je l'ai complètement oublié.

— Dommage ! Je recherche cette femme pour de puissantes raisons d'intérêts, à son avantage d'ailleurs.

« Enfin, monsieur, conclut John Teddy, si, par hasard, en questionnant vos clients, vous pouviez recueillir quelques renseignements, je vous en serais très reconnaissant.

« Je reviendrai après-demain vous voir.

— À votre disposition, monsieur, fit le vieil épicier en reconduisant poliment son visiteur déçu.

John Teddy s'en retourna découragé par l'insuccès de cette première enquête.

Retrouverait-il jamais la pauvre femme dont il cherchait la trace ?

Parviendrait-il à éclaircir les doutes troublants qui hantaient son esprit ?

Pour atteindre le but mystérieux qu'il se proposait, il fallait de toute nécessité qu'il découvrît la femme Dugoureau, ou qu'il recueillît sur son existence, durant les dix dernières années écoulées, des renseignements certains.

Tâche difficile que, sans doute, il ne parviendrait pas à accomplir sans le concours précieux et efficace de l'inspecteur Langlois.

Il reprit, pensif, le chemin de son domicile provisoire, rue Amelot, désormais convaincu que le hasard — ce maître incontesté — pourrait, seul peut-être, l'aider à découvrir le mystère dont il voulait soulever le voile épais.

Le lendemain matin, suivant une convention arrêtée précédemment, il vit arriver, vers neuf heures, le policier costumé en ouvrier couvreur.

Bourgeron bleu, large pantalon de velours à côtes, gros souliers, casquette grise.

Il le mit immédiatement au courant de sa première enquête, faite la veille, sans résultats appréciables d'ailleurs.

Pourtant Langlois remarqua judicieusement que les souvenirs de l'épicier n'étaient point à négliger.

C'était un premier jalon sur la piste à suivre, un

point de départ, bien fragile, en réalité, cependant tangible.

Aucun indice ne lui paraissait négligeable pour des recherches aussi obscures.

Il fit ensuite part à John Teddy de sa façon personnelle de procéder, et après une courte discussion qui les mit enfin d'accord, les deux hommes se rendirent à la place de la Bastille.

Ils prirent, là, le tramway Louvre-Vincennes, descendirent à la place de la Nation et s'engagèrent lentement, par le large cours, vers la porte de Vincennes.

— Attention, monsieur, recommanda Langlois à son compagnon, il faut entrer dès maintenant dans la peau des rôles adoptés.

« La plus grande circonspection s'impose sous les apparences d'une familiarité et d'un laisser-aller indispensables.

— Compris et entendu, répliqua John Teddy, vous avez la direction de l'expédition.

Puis ils marchèrent affectant des allures tranquilles de promeneurs désœuvrés, cependant très attentifs tous deux à dévisager les passants rencontrés.

Les femmes, jeunes ou vieilles, attiraient surtout leurs regards inquisiteurs.

— Je crois, fit bientôt l'inspecteur Langlois en s'arrêtant, que nous perdons notre temps, monsieur?

— Peut-être, acquiesça John Teddy. Mais comment procéder autrement ?

— Le plus simple, reprit le policier, serait, à mon humble avis, d'entrer chez les marchands de vins, et de nous y renseigner adroitement.

— L'ennui, répliqua l'Américain, avec une moue significative, c'est que ce moyen pratique va nous obliger à l'absorption de mixtures plus ou moins falsifiées.

— Pas du tout, monsieur. On est obligé de payer les consommations, mais non de les boire.

— C'est juste ; et vraiment si simple que je n'y songeais pas.

Mais avant tout, une petite recommandation, Langlois.

— Laquelle ?...

— Ne m'appelez pas « monsieur » à tout instant.

— Cependant, la politesse ; je n'oserais...

— Eh bien, dites « patron », c'est aussi poli et tout de même plus familier. C'est mieux dans la note.

— Remarque très juste, et aussi simple que de ne pas avaler des alcools frelatés.

« Eh bien, tenez, patron, voici justement un petit bistro, pas très chic ; entrons-y tout de suite.

— Allons !

Les deux hommes pénétrèrent aussitôt dans une boutique sombre, étroite, assez mal tenue, et se plantèrent devant le comptoir de zinc, en cet instant dépourvu de clients.

— Deux mêlés-cass !... commanda le policier d'une voix grasse de faubourien.

Une grosse femme, affalée derrière le comptoir, s'empressa de servir les consommations demandées.

Langlois choqua bruyamment son verre contre celui de John Teddy.

— A la vôtre, patron !

Puis brusquement, en reposant son verre à peine effleuré de ses lèvres, il dit à la débitante :

— Y a-t-il longtemps que vous avez vu la mère Dugoureau ?

— Dugoureau ? répéta la grosse femme surprise. Connais pas du tout.

« Qu'est-ce qu'elle fait ?

— Femme de ménage, affirma John Teddy.

— Non, j'ai pas ça dans mes clientes.

Langlois, l'air désappointé, jeta six sous sur le comptoir.

— Au revoir ! cria-t-il, en sortant aussitôt suivi de l'Américain.

Vingt mètres plus loin, nouvelle entrée dans un débit de vins et liqueurs, aussi peu luxueux et alléchant que le premier.

La seule différence c'est que ce débit n'était pas désert.

Dans le fond de la salle, deux individus et une femme, tous trois jeunes, se tenaient assis autour d'une table de bois blanc.

Sur cette table, un litre de vin blanc, des ronds de saucisson dans une assiette, et du pain.

Les trois consommateurs mangeaient avec un appétit remarquable, tout en s'entretenant à voix basse.

— Deux vins blancs ! commande l'inspecteur de police, exagérant la grossièreté de son accent.

Il ajouta, se tournant vers John Teddy :

— Dites donc, patron, si qu'on s'asseoirait un brin, puisqu'on n'est pas pressé ?

— C'est pas de refus, approuva l'Américain, affectant lui aussi la vulgarité.

Les deux consommateurs prirent place de chaque côté d'une petite table ronde.

Le policier se plaça de façon à voir les consommateurs placés au fond de la salle.

Et, d'un regard fin de professionnel, coulé sous ses paupières mi-closes, il examina soigneusement les trois clients remarqués dès son entrée dans le débit.

John Teddy, suivant probablement un plan concerté d'avance, lui parlait pendant ce temps, de travaux de couverture à exécuter :

Toit à recouvrir, zinc, soudures, gouttières, etc., il ne manquait rien.

De temps en temps, Langlois hochait la tête, répondait par quelques expressions techniques.

— Bien, patron... ; oui, patron. Seulement faudra vérifier les chevrons.

Et il continuait habilement l'examen des consommateurs.

Les deux hommes étaient jeunes, vingt ans à peine. Ils semblaient appartenir à la classe dangereuse des rôdeurs de barrière. La femme, très jeune aussi, de mise particulière, et assez jolie, d'ailleurs, ne valait guère mieux.

Quelques bribes de phrases, saisies au vol, attirèrent plus spécialement l'attention du policier.

Il entendit notamment ceci :

— Mon vieux Fouinard, t'es le plus bath des poteaux ! Avec toi, ça marche toujours...

Et encore :

— Ce qu'on les a roulées, les hirondelles, l'autre soir, à la Villmuche !...

« C'est Chichi qu'a rigolé, le lendemain !

— Sûr que ça m'a fait plaisir, approuva la jeune femme.

En même temps, Langlois remarquait que la compagne des louches individus portait à la main gauche deux bagues d'assez bon goût.

— On dirait vraiment de l'or, songea-t-il, étonné.

Et, dans sa mémoire excellente, il nota un à un

les détails banals en apparence, mais cependant intéressants pour un policier.

Puis comme le patron du débit s'était approché de ses singuliers clients, il l'entendit recommander à l'un d'eux :

— Dis donc, la Panthère, tu ferais pas mal de dire à ta mère de me payer les trois litres qu'elle me doit ?

— En v'là tout de même une licheuse, cette sacrée mère du Goulot ! s'écria la jeune femme en riant aux éclats.

— Sûr, appuya celui qu'on appelait Fouinard, elle a le gosier en pente ! C'est une vraie pompe aspirante !

Au nom de « du Goulot », John Teddy et Langlois avaient dressé les oreilles, tout en échangeant un rapide regard de surprise réciproque.

— On pourrait tout de même se reposer ici, hein, patron, émit le policier d'un ton suggestif, puisque les matériaux ne sont pas arrivés ?

— Si on veut, approuva John Teddy. D'ailleurs, l'ouvrage ne presse pas, on a le temps et j'ai la flemme.

— Un piquet ? commanda aussitôt Langlois, d'une voix traînante.

Le débitant apporta de suite un tapis maculé de taches, un jeu de cartes crasseux.

Les deux compagnons entamèrent aussitôt une partie, indifférents en apparence, aux clients installés dans le fond de la salle.

Pourtant, Langlois écoutait toujours.

Un quart d'heure plus tard, les consommateurs se levèrent, réglèrent leur dépense et sortirent du débit en se dandinant. Ils paraissaient repus et gais.

— Quinte et quatorze ! clama Langlois, en abattant ses cartes.

— J'ai gagné, patron. C'est vous qui régalez !...

Il ajouta tout bas :

— Ces gaillards-là ont dû faire un mauvais coup.

— Avec plaisir, mon vieux, riposta Teddy.

En même temps, il jeta un franc sur la table.

Le marchand de vins rendit l'appoint.

— A propos, fit Langlois tout à coup, elle se soûle donc toujours, cette satanée mère du Goulot !

— Ah ! la, la, m'en parlez pas, monsieur, répartit le débitant d'un ton affligé.

« Si seulement elle payait ce qu'elle boit !

— Est-ce qu'elle paie seulement son terme ? demanda en riant John Teddy.

— Je crois que oui. Après ça, vous savez, ça lui coûte pas bien cher, sa vieille roulotte...

— Naturellement, fit Langlois, essayant vainement de comprendre de quelle roulotte il s'agissait.

« C'est égal, elle a un nom bien approprié à ses aptitudes, c'te vieille-là.

— Et à son nom véritable aussi, répartit le débitant.

— C'est vrai.

— Ça n'était pas difficile de faire du Goulot avec Dugoureau.

— Pour sûr ; j'y pensais pas.

Et le policier lança sur John Teddy un regard triomphant.

— Alors, reprit-il en même temps, la roulotte tient toujours ?

— Ah ! je crois bien ; c'est solide, vous savez, ces machines-là. Et puis, ça ne bouge pas de place, alors ça n'a pas de fatigue.

— Y a pas de vingt ans que c'est installé dans ces terrains-là...

prudemment, tant que pas...

— Qu'est-ce que vous voulez, le propriétaire ne peut pas construire, c'est sur la zone des fortifications.

— Sûrement, le gouvernement lui permettrait pas.

« Allons, au revoir, mon vieux.

« Venez-vous, patron ?

Et brusquement Langlois sortit du débit. John Teddy le suivit aussitôt, silencieux et pensif.

Les deux hommes firent quelques pas sur le cours, sans prononcer une parole.

— Eh bien, fit enfin le policier, après s'être assuré que nul passant ne pouvait l'entendre, ça y est, cette fois, nous la tenons !

— Pas encore, émit Teddy d'un air de doute.

— Bast' ! dans un quart d'heure, nous l'aurons dénichée, sans erreur.

« Une roulotte sur la zone des fortifs ; c'est pas difficile à trouver.

« Marchons, si vous le voulez bien, en ayant l'œil.

Effectivement, les deux compagnons continuèrent leur route, sans se presser, examinant les alentours.

— Tenez, patron, je parie quatre sous que voilà notre affaire, jeta tout à coup l'inspecteur.

Et, du doigt, il désigna une roulotte lamentable, vermoulue, dévernie par les intempéries et les années, installée sur le côté droit du cours, dans une sorte d'enclos treillagé.

Pas de porte, à cet enclos ; un trou dans le treillage constituait l'ouverture : entrée et sortie.

— Allons ! fit l'Américain, la physionomie devenue soudain soucieuse et grave.

Ils pénétrèrent dans l'enclos, aperçurent une vieille femme énorme et d'aspect sordide, accroupie sur les marches de la roulotte, à éplucher un chou.

— C'est bien à madame Dugoureau que nous avons l'honneur ?... commença Langlois, en tirant sa casquette.

— Hein, de quoi, des phrases ? fit la grosse femme interpellée, tout en considérant avec une expression de surprise, plutôt résistante, ses deux interlocuteurs.

— Non, pas de phrases, intervint John Teddy. De la politesse seulement ; c'est élémentaire.

« Mais nous avons affaire à vous, madame.

— Et dans votre intérêt, plaça Langlois, en regardant fixement la grosse femme.

— Voulez-vous nous accorder dix minutes d'entretien ? reprit l'Américain d'un accent insinuant.

— Tout de même, si vous payez un litron !

— Je vous donnerai de quoi en prendre deux ou trois à notre santé.

— Alors, raboulez tout de suite. Après ça, vous grimperez dans ma turne.

— Saturne, souffla Langlois, souriant, est-ce de Vénus !

John Teddy sourit, lui aussi de cette facétie facile, en dépit de ses préoccupations anxieuses.

Il tira de son gousset de gilet une pièce de deux francs, la glissa dans la main sale de la mère Dugoureau.

— Tron, et celle-ci, v'là la consultation payée. Montez !

Et faisant passer ses visiteurs les premiers, elle les poussa dans son misérable logis roulant.

— A présent, fit-elle, en se tassant sur une chaise boiteuse, dépaillée, débagoulez-moi votre affaire, je vous ouïs, comme dit mon garçon qu'est académie...

— Madame, commença John Teddy, je viens, par procuration, vous demander des nouvelles d'une enfant, une petite fille qui vous a été confiée, il y a seize ans, par un nommé Charles Guillot.

— Oh! là! là! C'te vieille histoire! fit la grosse femme, stupéfaite de ce début.

— Bien, si vous voulez retrouver la petite, vous pouvez courir après.

— Vous ne savez donc pas où elle est?

— Ah! sûr que non. Y a pus de douze ans qu'elle a fichu le camp, un soir d'hiver.

— Toute seule?

— Ça, j'en sais rien, vous lui demanderez quand vous la verrez.

— Mais n'étiez-vous pas payée pour l'élever, pour la garder? remarqua John Teddy sévèrement.

— Ben, oui, c'est possible. Seulement quoi, j'allais tout de même pas l'attacher à mes jupons pour éviter de l'égarer, c'te môme!

— Vous deviez veiller sur elle, pourtant. Vous étiez payée pour cela.

— Hein, de quoi? s'écria l'ignoble mégère en se levant brusquement.

« Qui donc que vous êtes, vous, pour venir vous mêler de mes affaires, après ce temps-là?

— Je vous l'ai dit, je suis le représentant de Charles Guillot.

— Donnez-moi des preuves de ce que vous dites?

— Je ferai mieux, si vous consentez à me révéler la vérité, à me dire enfin où se trouve la fille de mon ami? Je vous paierai votre révélation un bon prix.

— Combien?

— Cent francs!

— Hein, cent francs, tout de suite comme ça? exclama la grosse femme, soudain calmée.

— Oui, immédiatement.

— Ben, zut, alors, vous êtes donc un prince? Et véritablement stupéfaite, la mère Dugoureau s'inclina avec une sorte de respect.

— Vous êtes un richard, vous, poursuivit-elle.

« Quel dommage, tout de même, que je puisse pas gagner le fafiot bleu!...

J'en aurais bu des litres à votre santé!...

« Mais vrai de vrai, mon bon monsieur, je sais rien, rien du tout! Et je le regrette, allez.

— Vous n'avez jamais revu cette enfant? insista Langlois.

— Jamais, je vous le jure!

Et la mère Dugoureau leva la main, comme pour attester de sa sincérité.

— Seulement, je vas vous donner le seul renseignement que je me rappelle. Ça peut des fois vous aider à la retrouver, cette pauvre mignonne.

« Quand elle a été partie, j'ai appris par un mastroquet de mes amis, qu'elle s'était fait la paire avec un vieux qu'habitait Vincennes dans ce temps-là.

— Quel âge avait-elle, à cette époque?

— Six ans, à peu près.

— Pourquoi ne l'avez-vous pas recherchée?

— Ben, je vas vous dire. On m'avait collé dans le tuyau de l'oreille que son père était claqué au Japon. La preuve, c'est qu'il m'écrivait plus.

« Alors, comme ce pauvre homme, dans ces conditions-là, ne pouvait pas m'envoyer de galette, et comme j'étais dans la purée noire, j'ai préféré laisser la petite à la bonne poire qui m'en avait débarrassée.

« Et puis, d'abord, comme ça, la gosse était plus sûre de manger son content.

« C'était pour son bien, c'te pauvre enfant!

— C'est tout ce que vous savez? demanda John Teddy d'un accent sévère.

— Oui, tout, mon prince, malheureusement, je vous le jure!

— Dans ce cas, allons-nous en! fit l'Américain tristement.

En même temps il se leva, descendit les degrés de bois vermoulu de la roulotte, et, suivi par Langlois, il quitta l'enclos, sans dire un mot de plus.

En se retrouvant sur le cours de Vincennes avec le policier, il remarqua d'un accent amer:

— Il n'y a rien à tirer de cette misérable femme. Nous allons procéder autrement.

— Comment ça, patron?

— En faisant rechercher Geneviève par votre administration.

— Vous allez donc voir le chef?

— Oui, aujourd'hui même. Je veux savoir à tout prix.

Puis, chemin faisant, l'Américain reprit tout à coup:

— Vous chercherez de votre côté, Langlois. Et tout à fait pour mon compte personnel; vous me comprenez?

— Oui, très bien.

— Si vous retrouvez Geneviève vous-même, il y a trois cents francs de gratification.

— Ça colle, patron! Vous êtes vraiment la générosité même. C'est un plaisir de travailler pour vous.

« Et, dans ce cas, permettez que je vous quitte immédiatement. J'ai besoin de commencer mon enquête par le premier point, et sans tarder.

— Allez mon brave. Mais venez ce soir à l'hôtel me rendre compte, n'est-ce pas?

— Entendu, patron. A ce soir!

Et Langlois sauta prestement dans un tramway du Louvre qui passait sur le cours.

A la station du Châtelet, il descendit, pénétra dans un restaurant proche, y déjeuna sommairement en dix minutes, puis reprit un autre tramway, à destination de la gare de l'Est.

Vingt minutes plus tard, il sautait dans le train de Châlons-sur-Marne. Enfin, vers trois heures de l'après-midi, il débarquait à La Ferté-sous-Jouarre.

Là, il interrogea successivement, avec une minutie intelligente, tous les employés de la gare.

Il apprit ainsi que, trois jours plus tôt, vers onze heures du soir, celle qu'il recherchait était montée dans l'express de Paris.

Ce point acquis, il reprit un train vers cinq heures, toucha la capitale à six heures quarante, et continua là son enquête, en interrogeant les employés de l'octroi.

Grâce à un signalement détaillé, il acquit assez vite la conviction que Geneviève était passée dans la nuit indiquée.

Il sut même qu'elle s'était engagée dans le faubourg Saint-Martin, en le remontant.

Un des employés, qui habitait rue des Écluses et quittait son service au moment de l'arrivée du train de nuit, avait cheminé près de la jeune fille, durant une partie de son trajet.

— Elle se dirigeait vers la Villette, dit-il.

— Merci, c'est un petit tuyau, affirma Langlois reconnaissant.

Et prenant aussitôt une voiture, il se fit conduire rue Amelot, à l'hôtel où John Teddy l'attendait avec une impatience soucieuse.

… quelques mois, disait l'Américain au courant
de ses premières opérations.

— Je suis sur la piste, affirma-t-il, je la retrouverai.

— Espérons-le, mon brave.

« D'ailleurs, j'ai vu tantôt le chef de la Sûreté. Et
de ce côté, les recherches officielles vont commencer dès demain.

— Bien, très bien, patron, c'est donc à moi de
dégoter les collègues et d'arriver bon premier, si
je veux bénéficier de la gratification.

« Par conséquent, ce soir même, je retourne au
travail. Justement, je suis camouflé en ouvrier, ça
me servira.

« Au revoir, patron ; à demain, à midi.

Et, de nouveau, l'infatigable Langlois disparut,
prestement.

Vers neuf heures du soir, il pénétrait dans un bar
situé à l'entrée de la rue d'Allemagne.

Il titubait légèrement, comme un homme étourdi.

L'établissement, particulièrement fréquenté par
des femmes de bas étage et par leurs compagnons
habituels, regorgeait de clients.

Langlois se glissa tant bien que mal à travers
les groupes. Il parvint à se hisser sur un tabouret
libre, au fond de la salle, d'où il pouvait tout voir.

Puis, la voix pâteuse, hoquetante, il commanda :

— Eh ! gar… garçon, un caf… café…, bien
chaud !

Autour de lui, des filles sourirent, le regardèrent
longuement, audacieusement provocantes.

Il sourit, lui aussi… ; il interpella même l'une
d'elles :

— Je paie… un verre, la gosse !… T'es tout à
fait gen… gentille !

— Garçon, une fine ! cria aussitôt la jeune
femme.

Puis la conversation s'engagea de suite.

Langlois tenait des propos bêtement galants. La
fille, amusée, bavardait de sa voix grasse.

A un certain moment, elle glissa, insinuante :

— Tiens, tu ne sais pas, mon vieux Dupoivrot !
Si que j'étais un type chic, et que tu tiennes à faire
ma connaissance, tu m'offrirais un souvenir de toi.

— Tiens, tiens ; tu veux voir un sou… venir…
de moi ?

Et Langlois, rééditant une vieille facétie popu-
laire, tira gravement de sa poche un sou…

— Le vois-tu… ; le vois-tu venir ?… fit-il en riant
d'un rire épais.

— Je comprends pas, ajouta ingénument son interlocutrice, un moment déroutée.

— Comment, comment ; tu ne vois pas… le
sou… venir ?

« Allons, prends-le, la môme ; tu ne l'as pas volé,
pour ce que t'es bête !…

La fille rit aux éclats, franchement, sans la moindre idée de se vexer.

— T'es rigolo ! affirma-t-elle, tout en empochant
la pièce de bronze. Et, d'abord, y a pas de petits
profits !

Comme elle achevait, ses yeux fureteurs avisèrent
un nouveau client qui venait de pénétrer dans le
bar. Il portait sous le bras une petite boîte carrée,
en faux maroquin, ornée de coins de cuivre.

— Tiens, v'là Fontana ! crièrent en riant quelques
voix éraillées.

« Allons, qu'est-ce qui veut des beaux bijoux en
toc ! Qu'est-ce qui m'étrenne, ce soir ?…

— Moi ! moi ! cria la compagne de Langlois, re-
piquée par ici.

Le camelot s'approcha, ouvrit son écrin, le présenta galamment, en commerçant avisé.

Il y avait là des bracelets, des chaînes de cou, des
bagues, des pendentifs ; le tout en cuivre ou en
argent.

L'habile camelot fit miroiter sa marchandise étin-
celante aux yeux éblouis de la fille.

— Oh ! vrai, c'est rien bath ! s'exclama celle-ci.

Puis elle enveloppa Langlois d'un regard langou-
reux, quémandeur :

— Dis, chéri, paie-moi une bague ?

— Pourquoi faire…, ma belle ? demanda le policier.

— C'est pour épater la môme Chichi !

A ce nom qui lui rappelait brusquement les singuliers clients du petit débit du cours de Vincennes,
Langlois eut un léger tressaillement, vite dissimulé.

— Qui ça…, bégaya-t-il, la mô… la môme Chichi ?…

— Une de la Nation, qui vient souvent le soir par
ici.

— Si loin ?

— Oui ; paraît qu'elle gobe le quartier. Seulement, son copain Fouinard l'accompagne.

— Vraiment ?… Et pourquoi… veux-tu… épater la môme… Chichi ?…

— Parce que, depuis deux jours, elle nous la fait
à la pose, avec ses bijoux.

— Des bagues ?… demanda Langlois, affectant
un air naïf.

Il se souvenait d'avoir remarqué des bijoux aux
doigts de celle dont lui parlait sa compagne de ren-
contre.

— Oui, mon vieux, des bagues…, et pas du toc,
tu sais.

— C'est Foui… Fouinard qui lui a payé ça ?…

— Du moins, elle l'a dit.

« Mais pour moi, ça ne prend pas, mon vieux Dupoivrot ! Ça doit venir plutôt d'un bon coup.

— Un bon coup ? Je ne comprends pas ?

— Parce que ça, c'est des bijoux de femme du
monde ! Saisis-tu ?…

A ces mots, le policier dissimula l'acuité de son
regard.

— Eh ben, choisis, dit-il simplement, en se penchant curieux, vers l'écrin.

Puis il mit dans la main du camelot une pièce de
un franc.

— Gardez la monnaie, fit-il d'un air digne et généreux.

Ensuite, il se remit debout, péniblement, et dit à
sa compagne :

— Faut que je m'en aille ; j'habite la… bu… butte
Montmartre. Et je voudrais pas rentrer trop tard !
Ma femme me ferait une scène !

« Seulement, je te reverrai, la belle, si tu viens
tous les soirs ici.

— Pour sûr, mon vieux ; c'est mes galeries.

— Comment que tu t'appelles ?

— Carmen.

— Un joli nom d'espagnole !

« Alors à la revoyure, ma chérie !

Et Langlois, titubant plus que jamais, sortit du
bar, sans se presser.

Il reprit bientôt le faubourg Saint-Martin, descendit jusqu'à la gare de l'Est.

Puis désireux de réfléchir posément, il vint s'at-

… soudain. Il récapitulait … et en apparence déroutés, … but de ses recherches.

Peu à peu, il les coordonnait.

D'une part, il paraissait certain que Geneviève … le soir de la Ferté-sous-Jouarre, était partie … avec l'intention arrêtée de se rendre à la Villette.

Ce départ était donc prémédité. Et, de plus, elle … quelqu'un dans ce quartier excentrique. Mais qui ? Des honnêtes gens ou des malfai-teurs ?

… qu'elle s'était rendue coupable d'une tenta-tive d'empoisonnement, quoi d'étonnant à lui sup-… de fâcheuses relations ?

… se voyant sur le point d'être arrêtée, … avait pris la résolution de se soustraire … recherches, en changeant de personnalité et … Conséquence ?

Point capital à éclaircir.

… mais ainsi déguisé, d'un ordre différent … reliaient facilement entre eux.

La Panthère, le Fouinard et la nommée Chichi, … au cours de Vincennes, étaient des habi-… de la Villette. C'était établi.

… Ils vivaient comme d'un monde spécial. C'était suf-… à déterminer leurs louches professions.

Or, la nommée Chichi possédait depuis trois jours des bijoux vrais, des bagues qui lui avaient été … soi-disant par son ami le Fouinard ? … mais, dans le monde de la pègre, on supposait que ces bijoux provenaient d'un bon coup, autre …

En outre, la Panthère devait être, selon les gens … entendus à Vincennes, le fils de la mère Du-… reau, la femme qui, justement, avait élevé l'en-… recherché partout. Enfin.

Enfin, Geneviève possédait aussi, le policier se … convenait fort bien, deux bagues assez jolies.

Quelles connexions peuvent exister entre tou-… ces coïncidences ?

L'individu surnommé « la Panthère » paraissait … devoir constituer le lien vraisemblable … ces différents détails. Lien ténu, à la vérité, et … existence semblant encore difficile à établir.

Pourtant, c'était là qu'il fallait chercher. Langlois … entendait, par habitude professionnelle et par … déduction.

… de réfléchir, et l'esprit fatigué par l'échá-… dage de diverses hypothèses, il demanda enfin … journal du soir.

Il commençait de le parcourir assez distraite-… lorsque ses yeux tombèrent tout à coup sur … une rubrique, sollicitant vivement son attention :

« MYSTÉRIEUX ASSASSINAT À LA VILLETTE »

Tout de suite très intéressé, il lut lentement, avec … attention extrême, ce qui suit :

« Avant-hier, vers une heure du matin, les agents … cyclistes, en tournée dans le dix-neuvième arron-… dissement, ont ramassé, rue Secrétan, au coin … de la rue Bolivar, une jeune femme assassinée, … mais vivante encore.

« Cette femme, plutôt jolie, transportée d'urgence … à l'hôpital Lariboisière et sommairement inter-… rogée, n'a pu ou n'a pas voulu donner son nom … de famille.

… de Meaux … … passé à Paris.

« À la sûreté, on hésite à la croire. M. … demande si l'on se trouve vraiment … d'un crime commis pour le vol, ou si … ne serait pas plutôt une femme d'un mari … ciel, victime d'une vengeance particulière.

« L'enquête est menée, d'ailleurs, par deux ins-… pecteurs, réputés pour leur finesse, et les cou-… bles ne tarderont pas à tomber entre les mains de … la justice. »

— Tiens, tiens, tiens ! murmura Langlois sur trois tons différents.

« Un crime, rue Secrétan ; donc à la Villette.

« Une jeune femme jolie, arrivant sans … de Meaux ; domestique sans place … n'ayant pas … nom de famille ?

« Et le coup du Fouinard, les bagues de la nommée Chichi, les bijoux de femme au nombre …

« Nom d'une pipe, ça se corse !…

« Et ça paraît s'éclaircir singulièrement », … suivre de près.

L'inspecteur de police interrompit brusquement son monologue, sous le coup d'une résolution su-… bite.

Puis, appelant le garçon d'une voix brève auto-… ritaire, il régla rapidement sa consommation … partit d'un pas pressé vers le boulevard Magenta.

Un quart d'heure plus tard, il sonnait à la porte de l'hôpital Lariboisière et pénétrait chez le con-… cierge.

Le fonctionnaire ensommeillé demanda d'abord d'un ton bourru :

— Qu'est-ce que vous voulez ?

Sans répondre à la question, Langlois tira métho-… diquement de sa poche une carte spéciale, la plaça sous les yeux de son interlocuteur.

— Ah ! bien, très bien, fit le concierge, portant la main à son képi, par politesse.

« Alors, quoi pour votre service ?

— Un tout petit renseignement seulement, du moins pour ce soir.

— Lequel ?

— On vous a amené ici, il y a deux jours, ou plutôt deux nuits, une femme assassinée à la Vil-… lette, n'est-ce pas ?

— Oui, je m'en souviens, il était près de deux heures du matin.

— Bon. Dans quelle salle l'a-t-on placée ?

— Salle Nélaton, je crois.

« Pour être sûr, faudrait voir l'économe.

— Je le verrai demain, affirma Langlois. Et sous quel nom est inscrite cette femme ?

— Un prénom, seulement ?

— Lequel ?

— Attendez un peu que je me rappelle, reprit le concierge, faisant de visibles efforts de mé-… moire.

« Voyons : Marthe… Gabrielle… Marie ?…

« Ma foi, je ne m'en souviens pas du tout.

— Ce ne serait pas Geneviève, par hasard ? fit insidieusement le policier.

— Si, si, c'est ça, c'est bien ça ; Geneviève.

— J'en étais sûr ! s'écria Langlois exultant.

« Ainsi, ça y est, cette fois, ça y est bien !…

— Quoi ? demanda le concierge, surpris de l'exal-… tation de son interlocuteur.

— ... pardonnez-moi de vous avoir dé...

Lentement, le policier ôtait sa main au ...der, mais que la pressa cependant.

— ... revoir, cria-t-il encore joyeux.

...dement, il disparut.

— Oui, ça y est, ça y est bien, répétait-il tout ... dans la rue déserte et sombre.

... j'ai gagné les trois falots bleus promis ... patron !

... comme il arrivait au boulevard de Stras..., il sauta dans un tramway et s'en fut direc... chez lui, afin de prendre un repos bien ga-

XI

À la Ferté-sous-Jouarre, les premiers moments ... stupeur causée par la fuite de...

... Du moins, l'aurait-on pu croire, car ni ..., ni Mlle de Laffont n'étaient vraiment pas ...

... que la société de la riche ... à un ... Pour un jour, l'excellente femme demeurait dou... ...ment frappée par la perte si soudaine et ... d'une affection qui lui venait déjà tant ...

Et si l'industriel, de son côté, se sentait soulagé par la fin d'une sorte de cauchemar angoissant, il ...trait pourtant aussi la disparition de l'orphe...

... d'abord, et de justice ... Aussi parce que de secrets motifs semblaient l'at...cher à la pauvre fille, si étonnamment et si gra...ment compromise.

Quant au comte de Montclair, il se montrait par...ment dispos et libre d'esprit, en la compagnie ... la coquette dont il convoitait la fortune et la ...

Décidément conquis par la grâce naturelle, la beauté de Geneviève, il se résolvait difficilement, malgré toutes les présomptions accumulées, à ... jeune fille coupable.

... comme éclairé par son amour croissant, il ...ait ... le mondain léger, devenir plus grave, ... réfléchi. En soi, il cherchait obstinément la ... d'un effroyable mystère pressenti.

... venait de rencontrer Berthe Du... au parc. Toujours galant par nécessité, ... non sans une tendre sollicitude,

— Vous concernant ?...

— Non, pas moi, mais celle qui vous a ...pire un si joli caprice.

— De qui parlez-vous ? fit Gaston ...

— Eh ! parbleu, de cette misérable Gen... que le diable emporte !...

— Ah ! c'est d'elle ? Et qu'avez-vous donc ... Est-elle retrouvée ?...

— Oh ! non, je ne le crois pas. Ce serait ... dans le moindre de mes amis ; j'aurais ... m'en être informé.

Autrement intéressantes sont les nouvelles ... tout en le concernant, vous touchent très ...tement mon père ou moi.

— Vraiment ! De quelle façon ?

— Je vais vous expliquer cela, mon cher ami.

« Vous savez que ma cousine de Laffont avait la sottise de faire à cette misérable fille une don... ...ant bien importante.

— Oui, trois mille francs de rente payables au ... cher dès le décès de la donatrice.

— C'est bien ça ?

« C'est ce reste ... qui détermina, sans doute, cette malheureuse à essayer de hâter ... de sa bienfaitrice, afin de devenir rentière le ... vite possible.

— C'est du moins l'hypothèse admise ..., rectifia M. de Montclair ; mais ce n'est ... hypothèse.

— Indiscutable !

« Cependant, passons sur ce détail ... maintenant supprimé, fort heureusement.

— Supprimé ? Que voulez-vous dire ?

« Eh ! Ma cousine de Laffont, obéissant ... des conseils de sagesse, à des considérations ...esse si logiques, a prié son notaire ... donation récemment faite.

— C'était à prévoir. Cependant je ne vous ... tout au moins pour vous, au motif de ...

— Comment, vous ne devinez pas combien me touche, et vous aussi peut-être, par ... flexe ?

... loin de Montclair, paraissant toujours ... reux au fond de mieux pénétrer la mentalité ... l'étrange fille.

... Ce sera facile, grâce à votre état ... Ma cousine de Laffont est très riche, ... pas d'enfant, pas de ... ni même de ... plus proches que mon père et moi-même.

— Ah ! bien, je vous vois ...

— N'est-ce pas, c'est simple et clair.

« N'est-il point naturel que j'aie songé à tirer parti de cette parenté ? au ...

— Sans doute. Et je m'explique ... présent votre respect, votre sollicitude parfois ...cile, à l'égard de Mlle de Laffont.

« Aussi bien, d'ailleurs, que votre animosité ...tre la pauvre fille pour qui, ...ment ... votre cousine éprouvait une ... affection.

— Mais, mon cher, mon animosité n'était ... justifiée ?

tère.

« Cette fille, en réussissant à capter la confiance de ma cousine m'avait porté un préjudice énorme, puisqu'elle devait me priver, dans l'avenir, d'un revenu de trois mille francs.

— Revenu seulement espéré, remarqua Gaston de Montclair, et non point acquis de droit.

— Sans doute. Néanmoins, j'ai beaucoup de chances, je le répète, de posséder un jour la fortune de Mlle de Laffont ; ce n'est point à dédaigner.

« Or, cela doit vous intéresser autant que moi, si, comme nous le désirons tous les deux, nos destinées doivent devenir communes bientôt.

— Vous êtes décidément une femme de tête, dit le comte de Montclair affectant une sorte d'admiration toujours naïve.

— N'est-ce pas ?

Et la jolie coquette poursuivit, avec une lueur de triomphe dans ses yeux bleus :

— Maintenant, le terrain est complètement débarrassé.

Puis elle entraîna doucement son soupirant vers une allée très ombreuse, s'efforçant, par des minauderies exagérées, à provoquer les compliments galants, dont sa vanité demeurait toujours si friande.

Elle avait omis à dessein d'informer Gaston d'une action personnelle, très perfide, accomplie par elle, la veille au soir.

Ceci dans le but d'achever la déchéance morale de Geneviève, devenue sa rivale détestée en toutes choses.

Elle avait écrit secrètement à Jacques Garnier, l'informant avec une minutie de détails certainement inutiles, mais cruels, de la fuite de Geneviève, enfin convaincue du crime d'empoisonnement.

La jalousie féminine, la haine, la cupidité transformaient l'orgueilleuse fille de Dutertre en une misérable créature de délation et de vengeance.

Or, à l'heure même où elle se réjouissait d'avoir enfin achevé l'orpheline, celle-ci voyait arriver, près de son lit de souffrance, trois hommes correctement vêtus, à la mine grave.

L'un d'eux lui déclina immédiatement leurs qualités respectives.

C'était le sous-chef de la Sûreté, accompagné de deux inspecteurs principaux.

Il commença d'interroger la blessée sur son identité, sur sa profession, son domicile.

Geneviève avait eu le temps de réfléchir, durant deux longs jours et deux nuits d'insomnie.

Et, pour obéir à d'importantes et secrètes considérations morales, elle avait résolu en soi de ne rien révéler d'elle-même, ni des détails de la tragique aventure dont elle était victime.

Comme à l'agent de la rue Secrétan, elle avoua seulement son prénom :

— Je me nomme Geneviève.

Puis elle réédita ses mensonges :

Elle était domestique sans place, arrivant de Meaux ; lorsqu'elle avait été attaquée, elle cherchait un hôtel à bon marché.

— Ainsi, demanda le sous-chef de la Sûreté, vous ne connaissez nullement votre ou vos agresseurs ?

— Non, monsieur, pas du tout.

— On vous a donc surprise par derrière ou sur le côté, sans que vous puissiez le prévoir, ni appeler à l'aide ?

— Pas tout à fait, monsieur.

J'ai aperçu seulement, comme dans un éclair, deux hommes s'élancer vers moi.

— Les reconnaîtriez-vous au besoin ? Pourriez-vous nous en donner un signalement succinct ?

— Non, monsieur, cela me serait tout à fait impossible.

« D'abord, il faisait nuit noire. Et puis, j'ai été assaillie si vite et bâillonnée si rapidement que la frayeur m'a fait perdre l'esprit et l'usage de mes sens.

— Ils vous ont frappée tout de suite ?

— Non, ils m'ont dévalisée d'abord, après m'avoir jetée sur le sol, où je restai étourdie.

— N'ont-ils échangé aucune remarque, aucun propos suspect tout en vous frappant ?

— Peut-être, mais je n'ai rien compris à leurs mots étranges et surtout je n'ai rien retenu.

— Que vous a-t-on pris en réalité ?

— Des bijoux : deux bagues en or d'une valeur moyenne.

— Et de l'argent aussi ?

— Oui. Soixante francs environ ; toutes mes économies !

— Ainsi vous ne pouvez nous donner aucun renseignement utile à nous faire retrouver la piste de vos assassins ?

— Aucun autre, monsieur.

— C'est bien ; nous les chercherons. D'ailleurs, nous reviendrons vous voir.

« Permettez-moi cependant un salutaire avertissement, avant de vous quitter.

« Si, pour une raison quelconque, encore ignorée de nous, vous vouliez tromper la justice, en ne lui confiant pas ce que vous savez peut-être, vous pourriez être gravement compromise, songez-y.

— Comment cela ?

— Parce que nous aurions le droit de penser que, même victime, vous avez intérêt à entraver les recherches, afin de permettre à vos agresseurs de se mettre en sûreté.

« Réfléchissez et prenez garde !

Sur ces objurgations menaçantes, le sous-chef de la Sûreté quitta la salle Nélaton, suivi de ses deux inspecteurs.

— Nous la reverrons, dit-il, en traversant la cour de l'hôpital.

— Certainement, approuva l'un des policiers, elle est ici pour trois semaines au moins ; donc nous avons tout le temps.

— Ne flairez-vous pas une sorte de mystère ? interrogea le magistrat.

— En effet, repartit celui des deux inspecteurs demeuré jusque-là silencieux. Cette petite femme-là en sait plus long qu'elle n'en dit ; ça se devine facilement.

« Il s'agira simplement de la « cuisiner en douceur ».

« Nous nous en chargeons, chef.

Tout en causant ainsi, les policiers rejoignirent l'automobile qui les avait amenés. Ils s'y installèrent sans hâte, avec la méthode inhérente à leur profession.

Puis la voiture démarra et disparut bientôt au coin du boulevard Magenta.

Un quart d'heure plus tard, deux autres personnages pénétraient dans la salle Nélaton, et s'approchaient du lit où gisait Geneviève.

— M. John Teddy ! s'écria l'orpheline stupéfaite en reconnaissant l'Américain.

« Firmin !... ajouta-t-elle, braquant un regard

— ... à tour sur chacun
... hommes.
... el, l'Américain se tenait devant elle. Mais
l'Américain masqué, c'est-à-dire tel qu'elle
... toujours vu dans la villa Dutertre.
— ... nar, c'était bien elle, fit-il en se tournant
vers son compagnon.
— Vous ne vous étiez pas trompé, Langlois.
... bleu !
— ... n, vous avez bien travaillé, je vous félicite.
— Merci du compliment, patron. D'ailleurs,
... la presque certitude d'avoir mis dans le
... u premier coup. Question de flair...
... quel, vous êtes très habile.
— ... s pas de flatteries inutiles... Maintenant,
... lons causer avec cette malheureuse enfant.
Se retournant vers Geneviève, John Teddy
... vit :
— Geneviève, nous vous avons retrouvée facile-
... vous le constatez. Et je dois vous avouer, de
... que j'étais revenu à Paris, dès le lendemain
... fuite, uniquement pour vous rechercher.
— Dans quel but, monsieur Teddy ?
— ... rce que j'aurais voulu pouvoir me consti-
... défenseur ; si vraiment vous êtes inno-
... omme vous l'avez écrit à votre protectrice,
... e dont on vous accusait chez M. Dutertre.
— ... t cela, je l'affirme.
— ... ns ce cas, pourquoi vous être enfuie ?
— ... trop malheureuse, moralement.
— ... vous aviez franchement sollicité mon ap-
... vous l'aurais donné tout entier.
— ... lleurs, qu'allez-vous faire à La Villette, et
... expliquez-vous que, dès le soir de votre
... vous ayez été victime de deux bandits ?
— ... vous connaissez les noms certainement,
... Langlois, très affirmatif à dessein.
— ... t, monsieur Firmin, vous vous trompez,
... Geneviève, en rougissant malgré sa vo-

— ... us donc, je suis certain de ce que j'avance.
... rez-vous, si vous l'osez, que vous ignorez la
... re et le Fouinard ?
... produisant cette nouvelle affirmation auda-
... inspecteur de police darda sur la blessée
... regard aigu, pénétrant comme une lame.
... personne, se trouble visiblement.
— ... ui donc a pu vous apprendre ceci ?... bal-
... elle, égarée.
— ... Mes recherches personnelles.
— ... norez-vous mon état ?
— ... as ! je le devine à présent.
— ... us, avouez ?
— ... Hélas ! oui, c'est vrai, j'ai surpris par un
... extraordinaire les noms de mes deux assas-
... Malgré leur attaque et le bâillon, je n'avais
... u connaissance.
— ... ourtant, j'ai refusé de livrer tout à l'heure
... à M. le sous-chef de la Sûreté qui est venu
...
— ... omment le sous-chef est venu déjà ?... s'ex-
... Langlois, stupéfait à son tour et ressaisi tout
... soudainement, par ses préoccupations per-

— ... avec deux inspecteurs.
— ... que savaient ces messieurs, avant de vous
... interrogée ?
— ... en encore.
— ... t vous les avez renseignés ?
— ... u tout.

— Ah ! je respire ! lança involontairement Langlois, comme soulagé d'un poids immense. Et
sincèrement, je vous remercie !
« Puisque c'est moi qui ai découvert le pot aux
roses, je tiens au mérite de ma découverte.
— Et surtout à la prime, souffla tout bas John
Teddy.
— Dame, quoi de plus juste, patron ?
— Vous avez raison, mon ami. Cette récompense
vous est bien due.
« Mais puisque nous sommes sûrs, dès maintenant, des points importants de l'affaire, revenons à
la situation de Geneviève.
Puis se tournant de nouveau vers l'orpheline,
l'Américain reprit, d'un accent contrarié :
— Je ne sais pour quelles raisons personnelles,
peut-être puissantes, vous dissimulez ainsi la vé-
rité à la justice.
« Je ne vous demande point de me confier ces raisons sur l'heure, car vous avez le droit indéniable
de vous taire.
En tout cas, il vous est loisible de réfléchir.
Mais je viens vous dire ceci en mon nom personnel :
Vous avez certainement dû vous apercevoir, durant notre séjour commun à La Ferté-sous-Jouarre,
de la sympathie que vous m'aviez inspirée ?
— Oui, peut-être. Et même j'en étais heureuse.
— Eh bien ! je m'autorise de cette sympathie
pour vous adresser une proposition à laquelle je
serais très heureux à mon tour de vous entendre
souscrire.
Je suis très riche, vous le savez. Je n'ai pas de
famille ; par conséquent, je suis parfaitement libre
de toutes mes actions. Personne ne pourrait songer
à les blâmer ou à les contrecarrer.
Je vous offre donc de vous faire sortir immédiatement de cet hôpital, où la promiscuité d'autres malades peut vous être désagréable.
— Certes, ce n'est ni gai, ni agréable.
— Je vous installerai, si vous le voulez, dans un
domicile particulier ; je vous ferai soigner par un
médecin à mes gages.
Vous serez entourée de tout le confort possible.
— Inutile d'aller plus loin, M. Teddy, interrompit
vivement la blessée, dans une sorte de révolte de
tout son esprit.
— Pourquoi donc ?
— Je ne saurais accepter vos offres séduisantes,
trop peu déguisées.
Si bas que je paraisse tombée, après l'odieuse
accusation formulée contre moi, j'ai cependant conservé toute ma dignité, toute ma fierté.
La proposition que vous voulez bien me faire me
placerait dans une situation spéciale qu'il ne me
convient pas de qualifier.
— Me soupçonnez-vous d'arrière-pensées mauvaises ?... se récria l'Américain stupéfait.
— Je ne sais au juste. Je ne veux pas approfondir
davantage, je vous le répète... Je refuse nettement,
voilà tout.
Ces derniers mots, prononcés d'une voix très
ferme, impliquaient une résolution irréductible.
John Teddy le sentit à l'accent, le comprit à l'expression hautaine du regard de l'orpheline indignée.
Il jugea inutile d'insister, au moins ce jour-là.
— Je comprends vos scrupules, dit-il, si erronés
qu'ils soient, car vous ignorez le véritable mobile
de mon étrange conduite.

Je ne vous demanderai plus qu'une chose, en invoquant au nom de notre ancienne sympathie.

— Laquelle, monsieur ?

— L'autorisation de venir vous voir, de venir prendre de vos nouvelles chaque jour ?

— A quoi bon ?

— Je vous en conjure, ne me jugez pas sur les apparences. Laissez-moi revenir.

— Si vous le voulez.

Geneviève dit cela d'un ton parfaitement indifférent.

— Bien, mon enfant, merci de tout mon cœur. Vous reconnaîtrez mieux, plus tard, la pureté de mes intentions.

Au revoir, à bientôt !

Et John Teddy s'éloigna, grave et pensif, la tête baissée.

Langlois, demeuré silencieux durant toute la fin de la scène, fit cette remarque, en se retrouvant dehors :

— Drôle de nature, cette fille-là !

— Ce n'est pas tout le monde. Elle a de la fierté, de la volonté à en revendre.

— En effet, approuva l'Américain ; c'est un caractère trempé.

— Dommage qu'elle ait commis cette gaffe sur la personne de sa bienfaitrice, reprit le policier.

— Gaffe à laquelle je m'obstine à ne pas croire, répliqua vivement John Teddy.

— Pourtant ?...

— Ne nous pressons pas de conclure, mon brave Langlois. Le temps nous apportera peut-être des éclaircissements inattendus.

Pour le moment, je crois qu'il faut limiter notre action aux recherches qui me tiennent tant au cœur.

Lorsque nous aurons groupé tous les éléments nécessaires, j'essaierai de reconstituer la vérité, c'est-à-dire le passé, afin de pouvoir révéler hautement le présent.

Allons d'abord à la mairie du 4e arrondissement.

Langlois approuva d'un seul mot. Il ne lui appartenait pas de discuter les intentions de l'homme généreux qui l'employait.

Au moment où les deux compagnons débouchaient sur le boulevard Magenta, l'Américain héla un fiacre automobile, il y prit place lestement, en compagnie du fidèle policier.

Aussitôt après le départ de ses étranges visiteurs, Geneviève s'était plongée dans des réflexions profondes et ardues.

Une anxiété croissante s'emparait peu à peu de son esprit.

Les visites successives du sous-chef de la Sûreté, puis de John Teddy l'inquiétaient au plus haut point.

Bien qu'il n'eût pas été question, au cours de l'interrogatoire des policiers, de l'affaire de la Ferté-sous-Jouarre, la pauvre fille pressentait qu'elle serait bientôt sans doute inculpée de tentative criminelle. Par suite, retenue de ce chef à la disposition de la justice.

Le pseudo-Firmin, compagnon de l'Américain, lui inspirait aussi, d'ailleurs, la plus grande méfiance à cet égard.

Elle devinait en lui un policier des plus habiles, employant, croyait-elle, de savants détours pour atteindre le même but redouté.

La terrible accusation portée contre elle par les hôtes de la villa Dutertre devenait maintenant une obsession douloureuse qui oblitérait son jugement.

Le sentiment de ce péril toujours plus petit l'effrayait. Elle redoutait, dans un prochain, de dégradantes, de cruelles conséquences à peu près inévitables. Et le désespoir s'emparait d'elle.

Ah ! comment pourrait-elle échapper à cette sorte d'impitoyable fatalité s'acharnant sur elle ?...

Où pourrait-elle s'enfuir, comment réussir à disparaître, à faire perdre sa trace ?...

Elle songea longtemps, échafaudant mille projets tous irréalisables...

Ses angoisses grandissantes l'affolaient, lui faisaient perdre la juste appréciation des événements.

Elle songeait au suicide, à la mort, délivrance suprême !...

Elle se voyait arrêtée, jetée en prison préventive, traînée devant la cour d'assises, condamnée peut-être ?...

A cette horrible pensée, des frissons d'effroi, de dégoût, de honte, la secouaient toute.

Ah ! si elle avait pu quitter, sur l'heure, l'hôpital où le malheur et la souffrance l'avaient pour ainsi dire enchaînée ?...

Mais c'était impossible. Il fallait maintenant qu'elle gravît son calvaire jusqu'au bout.

Ses douloureuses réflexions furent interrompues par l'arrivée du médecin, commençant sa visite quotidienne, suivie de son cortège d'élèves.

Le praticien visita soigneusement la blessure de l'orpheline. Puis il refit le pansement et se retira l'air satisfait.

— Ça va tout à fait bien, déclara-t-il à voix haute. Dans huit jours, cette femme pourra quitter la maison. Il ne peut survenir aucune complication maintenant. Passons à d'autres.

Et souriant, il s'en fut au lit voisin, où gisait une vieille femme.

Une heure plus tard, Geneviève interpella l'infirmière qui lui apportait la tisane réglementaire.

C'était une petite femme, brune, maigre, d'apparence souffreteuse et pauvre.

— Seriez-vous contente de gagner un billet de cent francs, lui demanda-t-elle à voix basse.

— Cent francs ! s'exclama imprudemment l'infirmière surprise, et comme si elle avait mal entendu.

— Oui, cent francs, répéta Geneviève.

Mais, je vous en prie, parlons tout bas ; j'ai une proposition à vous faire.

— Une proposition ?... De quelle nature ?...

Et l'infirmière se pencha, feignant d'arranger avec soin le lit et les oreillers de la blessée.

— Je voudrais quitter l'hôpital au plus tôt, fit celle-ci d'une voix étouffée.

— Quand donc ?

— Ce soir même, si je pouvais.

— Impossible, le docteur n'a pas signé votre feuille. Vous l'avez entendu, il vous garde huit jours encore.

— C'est trop long. Je voudrais partir tout de suite. De très graves intérêts m'appellent au dehors, une affaire d'argent et de mariage.

Si vous pouviez me fournir les moyens de m'enfuir, je vous donnerais les cent francs promis.

L'offre était alléchante pour l'infirmière, pauvre en effet, et chargée de famille.

Cependant elle parut douter de la sincérité de la malade.

— Où est l'argent ? demanda-t-elle, avide.

— Ici, dans la doublure de mon corsage.

[...] puisqu'on [...] encore [...] mes effets à l'économat.

— C'est juste, dit l'infirmière, je les ai oubliés.

Et se baissant aussitôt, elle prit sous la table de nuit de la blessée un ballot de vêtements soigneusement pliés.

Elle y trouva tout de suite un corsage de lainage qu'elle tendit à Geneviève, en disant seulement, incrédule :

— Voyons ?

— Vos ciseaux ? demanda l'orpheline.

Puis, rapidement, elle décousit un côté de la doublure et en sortit deux billets de banque.

Elle avait eu l'idée de cette précaution, lorsqu'elle était résolue à s'enfuir de la villa Dutertre.

De sorte que ce petit trésor avait échappé à la rapacité criminelle de la Panthère et du Fouinard.

— Comment faire ? murmura l'infirmière encore [heureuse] et pourtant vivement tentée.

— Qui est de garde ce soir ? questionna la blessée.

— C'est moi, justement.

— Eh bien, vous est-il impossible de me laisser partir, quand tout le monde dormira ?

— Ce n'est pas le plus difficile, mais ensuite il vous faudra franchir les portes de l'hôpital.

— Faut-il forcément passer par la grande porte, par la loge du concierge ?

— Sans doute, à moins de connaître les autres.

L'infirmière s'interrompit, perplexe, anxieuse.

— Je risque de perdre ma place, dit-elle enfin. On m'accusera certainement d'un manque de surveillance.

— Ne pouvez-vous être appelée au dehors du dortoir veillée, ou tout au moins obligée de vous absenter ?

— Si, cela nous arrive parfois.

— Le traitement d'un malade peut nous forcer à nous rendre au laboratoire, dans la soirée, pour y chercher un médicament.

— Eh bien, vous vous arrangerez pour justifier de ces courtes absences.

— J'en profiterai si vous trouvez le moyen de m'in[diquer] une sortie possible.

— D'ailleurs, rien ne vous empêchera, en rentrant [quelques] minutes plus tard, de constater tout haut mon [absence], de [crier], d'appeler à l'aide.

— Oui, oui, fit l'infirmière en hochant la tête, [songeuse].

— Enfin, je verrai, je réfléchirai.

— Tantôt, peut-être, je vous rendrai réponse.

Sur cette promesse vague, l'infirmière s'éloigna, troublée, laissant Geneviève fébrile et anxieuse.

Réussirait-elle ?...

Vers trois heures de l'après-midi, l'infirmière reparut, s'approcha du lit, l'air mystérieux.

— Il y a un moyen, dit-elle d'une voix rapide et [basse].

— Lequel ? Dites vite.

— Voici :

— J'ai pu m'emparer d'une clé qui ouvre une petite [porte] basse, située derrière la salle des morts. [Cette] porte donne directement sur le boulevard de [la Santé].

— Bien, c'est mon affaire.

— Si vous persistez dans votre projet, vous pourrez aisément filer par là. Vous n'aurez qu'à ou[vrir] [...] vous en aller, en refermant la porte au[...] et à jeter la clé n'importe où.

[...] comprends. Mais où se trouve [la salle] des morts, et comment pourrai-je m'y rendre ?

— Cette salle se trouve derrière les derniers pavillons. En sortant de celui-ci, vous tournerez à gauche par les jardins, vous irez jusqu'au fond des bâtiments et vous tournerez encore à gauche.

« Vous apercevrez alors une petite cour pavée bordée par un mur assez haut qui sépare l'hôpital du boulevard. Quant à la porte, vous n'aurez aucune peine à la découvrir.

— Bien, merci, vous ne savez pas quel important service vous allez me rendre.

« Peut-être, plus tard, pourrai-je vous prouver à nouveau ma reconnaissance.

« Où est la clé ?

— Le billet promis ? repartit l'infirmière encore défiante, en tendant discrètement la main.

Elle la referma prestement sur le précieux papier, adroitement glissé par Geneviève.

Puis d'un nouveau geste menu, presque imperceptible, elle cacha sous le traversin de la blessée une lourde clé. Ensuite elle tapota un peu les oreillers, puis s'éloigna.

Geneviève ferma les yeux, comme pour dormir.

En réalité, elle songeait à la délivrance prochaine, à des projets mystérieusement conçus qu'elle rêvait de mettre à exécution sans délai.

Elle attendit ainsi avec une impatience fiévreuse, écoutant sonner les heures trop lentes à son gré.

Dès huit heures du soir, l'infirmière vint s'installer à son poste de garde, tout au fond de la salle, faiblement éclairée par des veilleuses.

La plupart des grands rideaux blancs, encadrant les lits des malades, étaient tirés.

Dans le silence impressionnant de cette maison de souffrances, on entendait seulement le bruit léger de quelques respirations oppressées.

Geneviève se leva sans faire aucun bruit, s'habilla tant bien que mal derrière ses rideaux fermés. Puis elle attendit, frémissante, sans se soucier de la légère douleur ressentie dans son flanc droit.

Enfin, comme le dernier coup de neuf heures venait de sonner à la grande horloge, l'infirmière se leva, sortit de la salle sur la pointe des pieds.

Elle devait à cette heure même administrer une potion calmante à un malade en danger de mort.

Elle venait à peine de disparaître quand Geneviève, courbée en deux, se glissa avec d'infinies précautions le long des lits silencieux.

Elle atteignit la porte, laissée entr'ouverte à dessein, descendit en hâte deux étages et se trouva bientôt dehors, dans le jardin de l'hôpital.

Elle serrait dans sa main tremblante la lourde clé, instrument indispensable de sa délivrance.

Elle se rappela les indications de l'infirmière, [longea], rapide et légère, les hautes murailles des pavillons, atteignit la cour pavée.

Un silence lourd, poignant, régnait dans cette enceinte enténébrée où, tout près de là, dans un long pavillon étroit et bas, des morts, pour la plupart autopsiés, reposaient dans l'éternité.

Geneviève frissonna longuement en songeant à ces détails macabres.

Elle s'arrêta un instant, haletante, comme indécise à accomplir jusqu'au bout son acte téméraire.

Allait-elle rebrousser chemin ?...

elle se ressaisit d'un effort de volonté, chercha rapidement dans l'obscurité la porte indiquée.

Elle la trouva sans trop de difficultés, mit la clé dans la serrure, fit tourner le pêne deux fois sans bruit, puis ouvrit le vantail. Ensuite, elle referma la porte en dehors, comme il avait été convenu, et prit la clé dans sa main.

Devant elle, le boulevard de la Chapelle, encore assez animé, lui permettait la fuite certaine.

Elle allait s'élancer, courir éperdument au dehors, lorsque les silhouettes de deux gardiens de la paix, arrêtés non loin, la glacèrent d'effroi.

Mais la réflexion prudente lui vint presque instantanément, suggérant à son esprit troublé la meilleure façon d'agir.

Elle se détacha de l'ombre, marcha résolument et tranquille en apparence, mais secrètement angoissée jusqu'aux moelles, dans la direction du faubourg Saint-Denis.

En passant sur le pont du chemin de fer du Nord, elle lança la clé sur les voies.

Tout à coup il lui sembla qu'elle entendait courir plusieurs personnes derrière elle.

Alors, avec la conviction angoissante qu'elle était découverte, poursuivie, elle courut se jeter dans un fiacre stationné de l'autre côté du boulevard.

Et, plus morte que vive, haletante, le cœur battant, elle trouva le courage suprême de crier au cocher :

— Gare Saint-Lazare... vite... très pressée !

Puis, tandis que le cheval, fouetté à tour de bras, prenait le galop de charge, elle s'affala sans connaissance sur les coussins, à bout de forces et d'énergie.

XII

PRISONNIÈRE !

A l'hôpital Lariboisière, des rumeurs, des allées et venues inusitées troublèrent tout à coup le repos des malades de la salle Nélaton, vers neuf heures vingt du soir.

L'astucieuse infirmière venait de rentrer et jouait son rôle en conscience, comme une artiste consommée.

Pâle de stupeur voulue, elle venait de constater, dès sa rentrée dans la vaste pièce, l'inexplicable disparition du numéro 23.

Elle cria, comme affolée, se précipita en trombe dans les escaliers, chez le concierge, chez l'interne de garde. Et les informant, tour à tour, les étourdissant en même temps par des suppositions pressées, incohérentes, elle mit tout le personnel en révolution.

Bientôt suivie par le médecin et le fonctionnaire, par des infirmiers et des infirmières, elle entraîna tout ce monde dans la salle Nélaton.

Les constatations et les recherches commencèrent aussitôt. On visita successivemnet les salles voisines, l'office, le laboratoire, les galeries, les jardins, les cours — y compris celle des morts — les moindres recoins, sans découvrir la plus petite trace de la disparue.

L'infirmière semblait en proie à une exaltation douloureuse.

Elle se lamentait tout haut, paraissait redouter la perte de son emploi, criait sur tous les [illegible] qu'elle était innocente, tout en affirmant, en vantant sa vigilance.

Elle justifiait, d'ailleurs, sa courte absence, par les prescriptions formelles du médecin en chef, prescriptions qui l'avaient obligée à se rendre à la pharmacie, à neuf heures.

Enfin, après un laps de temps assez long, passé en vaines investigations, tout rentra dans l'ordre et le silence.

Le directeur de l'hôpital, informé dès la première heure, le lendemain matin, manda l'infirmière à son cabinet.

Il l'interrogea minutieusement, sévèrement, puis la renvoya dans son service, après une brève admonestation, seule sanction possible en cette occurrence.

Il avait dû se rendre à l'évidence, constater, sans pouvoir en douter, l'innocence absolue de la pauvre femme, atterrée.

Ensuite, il prévint par téléphone le chef de la Sûreté ; enfin, il dut recevoir, une heure plus tard, la visite de John Teddy.

L'Américain venait d'apprendre, à son tour, la fuite de sa protégée. Il sollicitait des renseignements.

Les explications, forcément peu précises du haut fonctionnaire, le laissèrent anxieux et perplexe.

L'acte téméraire et imprévu, si audacieusement accompli par Geneviève, le déroutait complètement, renversait toutes ses idées généreuses sur l'orpheline.

— Serait-elle vraiment coupable ? murmurait-il amèrement en quittant l'hôpital.

Il était désolé de cette fuite inexplicable.

Il pénétra bientôt dans un café voisin, demanda la cabine téléphonique et se mit aussitôt en communication avec l'inspecteur Langlois.

En moins d'une heure, les deux hommes furent réunis dans la chambre occupée par l'Américain à l'hôtel de la rue Amelot, où ils eurent un entretien fort animé.

— Que faire à présent ? disait John Teddy, désorienté.

« Où chercher cette malheureuse fille ? Nous n'avons aucun indice.

Langlois qui, depuis un moment, réfléchissait activement, sans parler, releva la tête avec une lenteur calculée.

— J'en tiens toujours pour mes idées, déclara-t-il. A mon avis, la seule piste que nous puissions suivre maintenant est celle de la Panthère et du Fouinard.

— Quelle corrélation ?...

— Pour moi, celle qui vous préoccupe à si juste titre doit connaître plus qu'elle ne l'avoue, ces deux malandrins.

— Hélas ! soupira tristement John Teddy, j'arrive presque à partager cette pénible conviction.

— D'abord, poursuivit Langlois, en suivant cette piste, je n'accomplirai pas un travail inutile, car je puis faire d'une pierre deux coups !

— Comment cela ?

— Mais en provoquant l'arrestation de ces bandits, j'assure le châtiment de leur tentative criminelle. Ceci satisfait la société, la justice et vous-même, tout en vengeant la victime.

— C'est juste.

— Ensuite, j'espère que tenant ces gredins sous les verrous, je réussirai à les faire parler, je

...al à nous révéler, s'ils le savent, toutefois, le ...ge choisi par Geneviève. Celle-ci est une autre ...upable dont il faut s'assurer, coûte que coûte.

« Il faut qu'elle soit retenue, interrogée sur l'affaire de La Ferté-sous-Jouarre.

— Ah ! pourquoi n'a-t-on pas agi autrement envers cette pauvre fille ?

— Malheureusement, reprit Langlois poursuivant son idée, depuis l'article paru dans les journaux, relativement au crime de la rue Secrétan, la Panthère, le Fouinard, et même la môme Chichi, demeurent introuvables.

— Cependant, je ne désespère pas encore de les retrouver ; j'ai mes idées pour ça... Et je les garde !

« Où pourrai-je vous téléphoner en cas de besoin ?

— Eh bien, ici même, au bureau de l'hôtel ; on me préviendra facilement.

— Entendu, patron, et à vous revoir bientôt. Je vais me mettre à l'ouvrage, sans tarder.

Sur cette assurance, le policier prit congé de l'Américain.

Celui-ci, demeuré seul, écrivit une longue lettre à Dutertre, afin de l'informer de la succession des événements extraordinaires qui se déroulaient. Puis il partit pour se rendre rue de Londres, chez un notaire connu, chargé depuis peu du soin de ses affaires.

Or, ce matin même où le policier et l'Américain se rencontraient ainsi rue Amelot, Geneviève, descendue la veille dans un hôtel de la rue d'Amsterdam, quittait ce domicile provisoire.

Elle allait essayer de réaliser les mystérieux projets conçus durant son court séjour à l'hôpital.

Elle descendit de tramway à la barrière de Vincennes et, un peu pâlie par la souffrance, par la fatigue, elle s'engagea sur le cours, marchant lentement dans la direction de Saint-Mandé.

Elle pénétra tour à tour chez divers boutiquiers, demandant à chacun d'eux s'il n'avait pas connu jadis Mme Dugoureau ?

Comme John Teddy et Langlois, elle eut enfin la chance de trouver les renseignements si avidement cherchés.

En peu de temps, elle découvrit l'enclos où s'érigeait le pittoresque domicile de la mère Dugoureau. Hardiment, elle y pénétra.

Mais elle eut beau frapper à la porte de la roulotte, appeler la propriétaire, rien ne bougea.

Geneviève, dépitée, mais résolue à poursuivre l'exécution de ses desseins, vint s'asseoir sur un banc du cours, face à l'enclos qu'elle surveillait avec attention.

Après une heure d'attente, elle vit enfin paraître une vieille femme, très grosse.

Celle-ci gravit lourdement les degrés du logis roulant, puis y entra comme chez elle.

Geneviève la reconnaissait à peine ; car depuis longtemps ses tristes et vagues souvenirs d'enfance s'étaient estompés. Mais elle eut l'intuition d'avoir retrouvé sa marâtre.

Elle se leva, vint frapper à la porte refermée de la roulotte.

La mère Dugoureau — ou du Goulot — entrebâilla prudemment l'huis, parut très surprise de voir une jeune femme et lui demanda d'un ton rogue :

— Quoi que vous voulez, la belle ?

— Vous parler en particulier, repartit doucement Geneviève.

— C'est bien à moi ? demanda la grosse femme, en examinant son interlocutrice d'un long regard méfiant.

— Oui, vous êtes Mme Dugoureau, n'est-ce pas ?

— Oh ! madame !.. Enfin, entrez, on va voir un peu de quoi qu'il retourne.

L'orpheline pénétra dans le taudis et, comme la propriétaire venait de refermer soigneusement la porte, elle se plaça hardiment devant elle, bien en lumière.

— Vous souvenez-vous de Geneviève ? demanda-t-elle à brûle-pourpoint.

— Geneviève ? C'te petite poison qui m'a donné tant de mal autrefois. Ah ! oui, que je m'en souviens de c'te vermine là !..

— N'en dites pas trop de mal ; c'est moi.

— Vous, vous ; pas possible !..

La foudre tombant aux pieds de la vieille mégère, ne l'eût pas autrement stupéfiée.

— Vous, répéta-t-elle encore, ahurie, en fixant sur l'orpheline des yeux égarés.

« Il y a donc si longtemps que ça ?...

— Il y a quatorze ans.

— Et vous vous êtes souvenue de moi ?

— Vous le voyez, j'ai bonne mémoire.

— Comment donc que vous m'avez retrouvée ? interrogea la grosse femme d'une voix mal assurée.

— En cherchant, tout simplement ; en me renseignant adroitement.

— Et qu'est-ce que vous me voulez ?

— Je viens vous prier de me remettre certains papiers que vous possédiez autrefois.

— Des papiers ?...

La défiance de la mère du Goulot reparut soudain. Elle hésita, puis demanda, l'air naïf :

— D'abord, qu'est-ce que vous entendez par là ?

— Je veux parler de quelques lettres, provenant très probablement de mon père ; puis d'une photographie, de lui aussi. C'est à cette dernière pièce que je tiens surtout.

— Possible, mais je ne peux pas vous rendre ou plutôt vous donner ces choses-là pour rien.

« C'est à moi et je peux avoir un intérêt à les garder.

— Quel intérêt ? fit Geneviève, ne comprenant pas.

— Ça, c'est mon affaire, ma petite. Et mes affaires, je ne les dis pas à tout le monde.

Sur ces derniers mots, la mère Dugoureau s'interrompit subitement.

Une idée bizarre, une idée canaille, mais ingénieuse, venait de lui traverser l'esprit.

Elle se souvenait de la récente visite de l'étranger se disant envoyé par Charles Guillot, et des renseignements qu'il lui avait demandés, concernant la petite fille d'autrefois, devenue la jeune femme dont la présence inopinée la stupéfiait.

Entre cette visite et l'apparition inattendue de Geneviève, il devait y avoir une corrélation d'intérêts importants.

L'homme possédait peut-être de l'argent ; et puis que celle qu'il recherchait venait, pour ainsi dire, s'offrir d'elle-même aux griffes de son ancienne marâtre, il convenait sans doute de profiter de l'occasion.

— Écoutez, dit-elle, d'une voix mielleuse destinée à inspirer confiance, je ne refuse pas, en principe, de vous remettre ce que vous me demandez.

« Seulement, faut avant ça que je consulte quelqu'un.

« Asseyez-vous un instant, je vas revenir bientôt.

achevant, la grosse femme sortit de la roulotte, laissant la porte entr'ouverte.

Geneviève confiante, s'assit, demeura pensive, regardant distraitement le misérable logis dans lequel elle revenait après quatorze années d'absence.

Une grande demi-heure s'écoula, sans qu'elle y prît garde. Elle souffrait un peu de sa blessure et se préoccupait maintenant.

Enfin la mère Dugouréau revint.

Elle pénétra très vite dans la roulotte, sans paraître penser à fermer la porte qu'elle poussa seulement un peu.

Puis elle alla fouiller dans le tiroir d'une vieille commode, en tira quelques papiers jaunis et les étala sur une table boiteuse.

— C'est-y ça que vous voulez? demanda-t-elle d'un ton paterne.

Geneviève s'approcha, tournant le dos à la porte. Puis elle se pencha, crut reconnaître sur une vieille lettre l'écriture jadis aperçue.

— Oh! regardez bien, prenez votre temps, insinua la grosse femme.

L'orpheline commença de lire quelques lignes un peu effacées.

Au même moment, par la porte entre-bâillée doucement, deux hommes jeunes, assez bien vêtus, se glissèrent sans bruit dans la roulotte.

Si légère que fût leur marche cauteleuse, elle attira brusquement l'attention de Geneviève. Elle se retourna d'un mouvement rapide.

Sa surprise fut si intense qu'elle ne trouva pas d'abord un seul mot à dire.

— Bonjour, madame, firent les deux hommes avec un ensemble parfait et d'un même accent traînant.

L'orpheline tressaillit à l'audition de ces voix rauques. Son regard aigu examina d'un coup d'œil les physionomies sournoises et astucieuses des arrivants.

Elles n'étaient pas très rassurantes.

Aussi la pauvre fille éprouva-t-elle un secret effroi. Cependant elle s'efforça de dissimuler cette première impression pénible, attendant que les attitudes s'accusassent plus franchement.

— Nous venons pour causer, reprit cauteleusement le plus âgé des deux hommes. S'agit de traiter à l'amiable.

— C'est ça, parle, Fouinard, approuva la mère Dugouréau; t'as la langue bien pendue.

« Asseyez-vous donc, ma petite, ajouta-t-elle, en avançant une chaise boiteuse à Geneviève.

— C'est inutile, répartit celle-ci, dont l'effroi venait de se renouveler à l'énonciation de ce nom sinistre: le Fouinard!

En même temps, elle vit la grosse femme fermer prestement à clé la porte de la roulotte et glisser cette clé dans sa poche.

— Pourquoi fermez-vous? demanda-t-elle, méfiante.

— Pour ne pas être dérangés! répliqua la mégère avec un sourire de mauvais augure.

— Eh bien, ouvrez; je désire m'en aller.

— Comme ça, sans régler nos petites affaires?

— Oui, j'ai réfléchi, je renonce à ce que je vous ai demandé tout à l'heure.

« En réalité, ces papiers n'ont pas de valeur pour moi.

— Mais pour nous, c'est pas la même chose, émit le Fouinard d'un air entendu. Il faut que vous et les deux petits on traite ensemble.

— Que voulez-vous dire?

— Oh! c'est tout simple. Les affaires c'est les affaires, n'est-ce pas?... Et comme elles sont rares en ce moment, faut pas les laisser échapper. C'est vrai, la Panthère?

— Sûr, affirma l'interpellé, nous faut de la galette!... Et de la vraie, gagnée honnêtement ça va sans dire...

Geneviève ne répondit rien à cette audacieuse déclaration.

Elle examinait tour à tour les deux hommes, d'un regard profond. Et son épouvante croissait de minute en minute; épouvante justifiée par ce qu'elle savait déjà de ces misérables.

Ainsi le hasard maître aveugle et tout-puissant venait de la replacer, comme fatalement, en face des deux sinistres bandits qui avaient tenté de l'assassiner, quelques jours plus tôt, en la volant.

Et c'était elle-même qui, sottement, pour la possession de quelques papiers sans importance réelle, avait provoqué ce hasard dangereux.

— En deux mots, v'là la chose, reprit le Fouinard, toujours doucereux.

« Nous sommes des pauvres ouvriers sans travail. Alors, comme vous avez besoin de papiers intéressants, qui sont entre les mains de c'te bonne maman Dugouréau, faut les payer ce qu'ils valent, pour nous aider à vivoter.

— À combien estimez-vous ces papiers?

Elle comprenait maintenant qu'il s'agissait d'une sorte de vente un peu forcée, à la vérité, mais d'une vente seulement.

— Ça vaut deux cents francs, émit tranquillement le Fouinard, pas un sou de moins.

— Et c'est pour rien, appuya la Panthère, au prix qu'est le beurre!

— Sûr que c'est pas cher, remarqua la mère Dugouréau. Y a là-dedans des papiers du paternel de madame, que ça fait pas tout le monde!...

« C'est donné, quoi!

— Je ne possède pas cette somme, repartit simplement Geneviève. Je suis pauvre, moi aussi, et sans place.

— Possible, mais vous avez un ami riche, affirma le Fouinard.

— Un ami?

— Oui, appuya Dugouréau, nous a mis au courant.

« Eh ben, c'est simple, vous allez écrire un mot à l'adresse du copain en question.

« Vous lui direz de remettre les deux cents balles au porteur; c'est simple et de bon goût.

« Ce sera toi, la Panthère, dit-il en se tournant vers son ignoble compagnon.

Il poursuivit, en dardant sur Geneviève un regard acéré, presque menaçant, en dépit des mots employés:

— Pendant que mon poteau se rendra chez votre type, sans flâner, vous attendrez la réponse avec nous. Et, vous savez, on ne s'embêtera pas; moi, je suis un rigolo!

« Ça vous va-t-il?

— Je ne sais pas du tout de qui vous voulez parler! dit Geneviève angoissée.

— Allons, allons, ma petite, rapit la mère Dugouréau, devenant soudain plus familière. Faut pas nous le faire à l'oseille, tu sais.

connais, c'est moi qui t'a élevée. T'étais déjà
rusée quand t'étais gosse. A présent, tu l'es
davantage, naturellement.

— ...lement, avec nous ça ne prend pas, ça l
Nous ne sommes pas des poires !...

— Je comprends de moins en moins.

— Berceuse, va ! Tu nous prends pour des idiots,

— Et ben, qu'est-ce que c'est alors que le type
qui est venu, y a deux jours, me parler de ton papa défunt et de tes affaires sous prétexte de ne
savoir ousque tu nichais ?...

— Il est venu... ici ?

— Mais oui... Et tout ça, tu conçois, ma petite,
des manigances manquées avec des malins
comme nous.

— Ton type et toi, vous êtes venus pour la même
[chose]... pour les paperasses, quoi !

— ...ponctua la Panthère, c'est clair comme
[l'eau] de la fontaine Wallace !

— C'est vrai, mon fieu ? Tu vois comme ta mère,

— Eh ben, puisqu'ils y tiennent tant à ces sales
papiers, faut qu'ils y mettent le prix !

— Bien parlé, approuva le Fouinard.

— Et maintenant qu'on les tient, on ne les lâche plus ! conclut-il en se levant soudain, provo-

La Panthère l'imita aussitôt.

— Allons, la Gonzelle, reprit encore le Fouinard,
écris la lettre en question, vite, et pas longue.

— Donnez-lui de l'encre et du papier, maman Dugoureau.

La mégère s'empressa d'obéir, plaçant les objets
devant Geneviève.

Mais l'orpheline se leva soudain, et les traits
contractés par une colère contenue, peut-être aussi
la frayeur, elle dit :

— Cette honteuse comédie est inutile, je ne puis
écrire à personne ; je n'ai aucun ami...

— Ah ! tu refuses ? riposta la mégère, agressive.

— ... ouvrez-moi la porte, tout de suite.

— Allons, allons, pas de chichis, jeta grossièrement le Fouinard. Vite la lettre, ou sans ça...

Il n'acheva pas, interloqué par le courage de la
vaillante jeune fille.

Geneviève se dirigeait d'un pas résolu vers l'entrée de la roulotte, devant laquelle se tenait, debout
et menaçant, la Panthère.

— Laissez-moi passer ? ordonna-t-elle, en essayant d'écarter le rôdeur.

— Vas-y ! lança le Fouinard au même instant.

Aussitôt, et avant que l'orpheline, déconcertée,
pût seulement esquisser un geste de défense, la
Panthère bondit sur elle, lui jeta un foulard sur la
bouche et la bâillonna brutalement.

Geneviève, comme galvanisée pourtant par l'instinct de la conservation se défendit, des mains et
des pieds, frappant au hasard, de toutes ses forces.

Une courte lutte, horrible, s'engagea entre elle,
le Fouinard et la Panthère.

— Attache-la ! cria tout à coup la mère Dugoureau en jetant un paquet de cordes dénouées sur
elle.

Au même instant, d'un coup de tête dans la poitrine, la Panthère renversa l'orpheline sur le plan-
cher, puis il la maintint du genou.

Le Fouinard se précipita, les cordes à la main,
et un clin d'œil, il ligota les poignets et les chevilles de la malheureuse fille.

en la prenant sous les aisselles, il la releva, la
fit asseoir sur une chaise proche.

— V'là ce que c'est que de faire la mauvaise
[tête], cana-t-il, cynique et hideux. Au lieu d'être gentille
avec les amis !...

« A présent, la belle, on va se faire la paire pour
te laisser le temps de réfléchir à nos propositions
honnêtes.

« La maman Dugoureau, ton ancienne mère nour-
rice, va te garder comme quand t'étais petite.

« On reviendra te voir ce soir, en douce.

« Si t'as réfléchi, tu marcheras dans la combinaison.

« Autrement, on te laissera jeûner un peu ; ça te
décidera peut-être à traiter.

« Allons, à revoir ; à ce soir !

— Ouvre-nous, la mère ? ordonna la Panthère.

La grosse femme obéit aussitôt, presque défé-
rente.

Les deux ignobles bandits se glissèrent tranquillement hors de la roulotte, affectant des allures
dignes.

Geneviève, livide de terreur, souffrante de sa
blessure, dont le pansement s'était dérangé dans la
lutte, demeura affalée sur la chaise, la tête renversée en arrière, pantelante, terrorisée.

La mère Dugoureau allait et venait sourdoise-
ment dans la roulotte, sans paraître prêter la moindre attention à sa prisonnière.

Cependant, au moment où le Fouinard et la Panthère sortaient prudemment de l'enclos où s'érigeait le misérable domicile de la grosse femme, un
vieil ouvrier, très pauvrement vêtu les heurta de
l'épaule comme par inadvertance.

— Faites donc attention ! émit le Fouinard, avec
un air de dignité blessée.

Et comme l'homme balbutiait des excuses vagues, d'une voix pâteuse, la Panthère dit à son
tour :

— Ne faites pas attention, mon cher, c'est un
ivrogne !

L'ouvrier titubant eut un gros rire niais.

— C'est... tout de même... vrai..., fit-il, hoque-
tant. Je suis... poivré !

« Eh ! dites donc, les frères... payez pas un... un
verre ?

En même temps, il touchait d'une main hésitante
le bras du Fouinard, l'obligeant à se retourner et à
le regarder en face.

— Ah ! non, zut !... reprit-il, t'es trop rupin... ; tu
voudrais pas trinquer avec moi.

« A revoir... prince !

Puis il décrivit un zig zag formidable, qui faillit
le jeter à terre, trébucha, se redressa péniblement.

— Quelle cuite ! grommela le Fouinard amusé,
tout en s'éloignant d'un pas pressé, pour rejoindre
son compagnon parti en avant.

Tous deux remontaient maintenant le cours de
Vincennes, dans la direction de la grande rue de
Saint-Mandé.

Arrivés au croisement des deux voies, ils tournèrent à droite, franchirent une trentaine de mètres, pénétrèrent bientôt dans le couloir sombre
d'un vieil immeuble, haut seulement de deux étages, et disparurent.

L'ivrogne qu'ils avaient rencontré un instant auparavant, se tenait accoté, dans une posture comi-
que, contre la boutique qui fait le coin de la rue de
Saint-Mandé.

Lorsque les deux bandits furent devenus invisi-
bles, il se redressa d'un seul jet.

...us en rajustant à la hâte ses pauvres vête-
..., dont le désordre semblait voulu, il marcha
rapidement vers la barrière.
Il était monté dans le tramway du Louvre, d'un
pas sûr et leste.
Six heures du soir allaient sonner, lorsque John
Teddy, demeuré dehors toute la journée, réintégra
sa chambre d'hôtel, rue Amelot. Il semblait de plus
en plus soucieux.
Décidé à explorer, le soir, un quartier excentri-
que, à la recherche de Geneviève, il venait modifier
sa mise, trop élégante à son gré.
Comme il achevait, s'apprêtant à repartir, trois
coups régulièrement espacés retentirent à sa porte.
Il ouvrit aussitôt, sans la moindre hésitation.
Le policier Langlois, correctement vêtu, pénétra
dans la pièce.
— Vous avez du nouveau ? lui demanda aussitôt
l'Américain d'une voix anxieuse.
— Oui.
— Ah ! Vous l'avez retrouvée ?
— Qui ?
— Geneviève ?...
— Vous ne pensez qu'à elle.
— Sans doute.
— Je le regrette, patron. Mais la vérité m'oblige
à vous déclarer que je ne me suis pas occupé d'elle
un seul instant.
— Alors, de quel nouveau parlez-vous ?
— Eh bien, voilà. J'ai découvert, j'en suis pres-
que sûr, le Fouinard et la Panthère les deux assas-
sins de la personne en question.
— Où ça ? fit vivement John Teddy.
— A Vincennes. Ils sortaient de la roulotte de
la mère du Goulot. Du moins, je présume que ce
sont bien les deux gredins.
« Les bandits sont vêtus proprement, sans doute
pour donner le change. Comme ils doivent craindre
pour leurs misérables personnes, depuis l'affaire de
la rue Secrétan et les notes des journaux, ils se sont
terrés à Saint-Mandé, en changeant d'allures.
— Comment avez-vous su tout cela ?
— En montant trois heures de faction sur le
cours, dans la peau d'un vieil ivrogne.
— Et que comptez-vous faire maintenant ?
— Aujourd'hui, rien peut-être ; il est un peu tard.
« A moins que le grand chef en décide autre-
ment.
— Vous allez l'informer ?
— Oui. Après mon dîner, j'irai à la grande boîte.
« Je ferai mon rapport et je prendrai les ordres,
en m'efforçant de provoquer ceux que je juge né-
cessaires.
— Voudrez-vous me permettre de vous accompa-
gner ?
— Je n'ai rien à vous refuser, patron. Vous êtes
trop bon pour moi.
— Merci.
« Et, puisqu'il en est ainsi, venez dîner avec
moi. Voulez-vous ?
— J'accepte volontiers ; d'autant mieux que j'ai
un appétit de loup !
Sur cet acquiescement, l'Américain modifia de
nouveau sa toilette, reprenant son élégance coutumière.
Puis les deux hommes s'en furent dîner, de compagnie, dans une grande brasserie du quartier de
la Bastille.
Une heure et demie plus tard, ils arrivaient à la
Préfecture de police.
Reçus après une courte attente par un brigadier
principal de la Sûreté, ils eurent ave... ...
...aire un rapide entretien. Ensuite, ...
communications téléphoniques eut lieu entre ...
glois et le domicile particulier du chef de la S...
A huit heures du soir, enfin, John Teddy ...
l'inspecteur sortaient ensemble et sautaient immédiatement dans un fiacre automobile.
Langlois glissa mystérieusement une adr...
dans l'oreille du chauffeur.
Et la voiture partit à grande vitesse, emportant les deux hommes vers un but mystérieu...

XIII

L'ARRESTATION

Ce même soir, Dutertre, après avoir ach...
son dîner en compagnie de sa femme, de sa fil...
et du comte de Montclair, avait invité ce dernier ...
passer dans son cabinet.
Le prétexte : une conversation politique, ...
mant un fin havane.
Les deux hommes entrés, l'industriel ferm...
soigneusement la porte, offrit l'excellent hava...
promis à son hôte, et commença :
— Mon cher comte, vous avez deviné ...
doute que la politique n'a rien à voir entre nou...
« Je désire simplement vous poser cer...
questions, des plus intéressantes pour vou...
pour moi ; et je vous prie instamment de vou...
bien y répondre avec la plus grande franchise.
— Je suis à vos ordres, cher ami, fit Gast...
Montclair surpris du début.
— Vous devez vous douter un peu du suje...
notre entretien ?
— Ma foi, non ; j'avoue mon peu de pers...
cité.
— Il s'agit de ma fille Berthe.
— Ah ! très bien.
« Cette déclaration me met tout de suite à l'...
vis-à-vis de vous.
— A la bonne heure, ponctua l'industriel ...
comptais d'ailleurs.
« Et, par suite, mon cher de Montclair, je pe...
qu'il est inutile de faire de très longues phras...
— Oh ! certainement.
— Il ne m'a pas été difficile de remarquer v...
galant empressement auprès de Berthe. D'au...
part, j'ai constaté qu'elle-même paraît goûte...
comme il convient, votre très agréable comp...
gnie.
— Ceci me flatte infiniment.
— Oh ! je vous en prie, pas d'inutiles ama...
lités mondaines entre nous. Parlons simplement
en hommes sérieux.
« L'expérience que vous aviez désiré fair...
après nos pourparlers premiers et secrets de ...
hiver, vous paraît-elle suffisante ?... Et sur...
concluante ?...
— Absolument.
— Vous comptez donc donner à nos proj...
suite espérée ?
— Certes.
— Dois-je considérer, en ce cas, votre en...
cement comme une demande sérieuse, ...
officielle ?
— En principe, oui.

— Au ! ces mots impliquent une restriction, n'est-ce pas ?

— Peut-être, mon cher Dutertre ; une restriction nécessaire.

— Dictée par quel motif ?

— Je vais vous l'avouer sans détours.

« Tout d'abord, je tiens à établir ceci :

« Mlle Berthe me plaît en tous points ; je serais heureux et flatté d'obtenir sa main et d'en faire une très jolie comtesse de Montclair.

« Mais...

— Il y a un « mais », interrompit vivement Dutertre. C'est-à-dire un obstacle.

— Oui, ou plutôt une petite difficulté... venant de moi seul, je m'empresse de le dire.

— De quel genre, cette difficulté ?

— Question d'argent.

— Bon, vous ne trouvez pas la dot suffisante ?

— A la rigueur, si, émit Gaston de Montclair, réprimant une lueur d'orgueil.

« Mais, je vous le répète, la difficulté vient de mon côté uniquement.

« Je suis aux prises en ce moment avec une situation un peu difficile à régler.

— Des dettes ?

— Hélas !

— Combien ?

— Trente mille francs, avoua Gaston de Montclair, en prenant un air piteux.

— Bigre ! s'exclama l'industriel devenant soucieux. A trois pour cent, ça représente neuf cents francs de revenus au moins ; c'est quelque chose.

— Oui, exactement neuf cents francs.

— A retirer de six mille, restent cinq mille en chiffres ronds.

— Vous trouvez cela un peu maigre ?

— Je l'avoue, dit crânement Dutertre.

« Enfin, si Berthe le désire très vivement, je passerai là-dessus.

« Il faut bien faire quelque chose pour le bonheur d'une enfant unique.

— Merci d'avance, vous êtes généreux comme toujours, mon cher Dutertre.

« Pourtant, de mon côté, je n'ai pas abdiqué toute délicatesse, ni toute fierté.

— J'en suis sûr.

— Aussi ne voudrais-je pas vous adresser une demande officielle, avant d'avoir réglé au mieux cet arriéré regrettable et d'avoir couvert mon déficit.

En achevant, Gaston de Montclair prit un air affecté, très noble en même temps.

— Vos scrupules sont des plus honorables, reprit l'industriel. Cependant si cela devait retarder pour un assez long temps l'exécution de nos projets communs, il faudrait peut-être passer outre.

— Non, je ne le voudrais pas.

« J'ai à cœur d'apporter à ma femme une situation nette, une couronne qui n'ait pas à s'incliner devant des réclamations de créanciers, parfois insolents.

— Mais si vous persistez dans cette attitude, cela peut nous mener loin ?

— Aussi suis-je résolu à rentrer à Paris, d'ici deux ou trois jours.

— Comment, vous allez partir ?... s'écria Dutertre surpris.

— Toujours par délicatesse, par discrétion et aussi par nécessité.

« J'ai abusé déjà de votre hospitalité, et peut-être aussi de la patience des dames Dutertre.

« Je tiens à leur laisser, à Mlle Berthe surtout, ainsi qu'à vous-même, le temps et le loisir de libres réflexions, sans pouvoir être accusé de vous avoir circonvenus.

— Vous êtes décidé, vraiment, à ce départ ?

— Tout à fait. J'aurai le regret très sincère de vous quitter, après-demain. Car si j'ai le désir, l'espoir de pouvoir combler mon déficit, comme je vous le disais, il me faut faire certaines démarches.

— C'est bien, mon cher comte, je n'insiste plus.

L'industriel prononça ces mots de conclusion d'une voix brève, presque fâchée.

Gaston de Montclair s'était levé, très digne, un peu froid.

Il sortit du cabinet d'une allure légèrement cérémonieuse.

— Il se passe quelque chose que j'ignore, murmura Dutertre, songeur.

De son côté le comte de Montclair, rentré dans la chambre qu'il occupait dans la somptueuse villa, depuis deux mois déjà, commença de mettre en ordre certains objets personnels.

Il ne paraissait nullement affecté du départ qu'il préparait.

En réalité, son attitude de tout-à-l'heure ainsi que l'annonce de son éloignement prochain résultaient de réflexions mûries depuis plusieurs jours.

Avant de s'engager définitivement du côté de Dutertre, il voulait se soustraire au contact incessant de la coquette Berthe.

Il rompait avec l'influence du milieu, afin de voir plus clair en son esprit, en son cœur même.

Le souvenir de Geneviève le hantait, le tournait à certaines heures amères, et l'incitait par fois à des résolutions viriles, plus nobles que ses précédents calculs ambitieux.

S'il pouvait réussir à retrouver la belle lectrice, à toucher son âme un peu hautaine, peut-être en ferait-il une comtesse de Montclair.

Car, en dépit de toutes les présomptions accumulées, une sorte de secret instinct lui criait que la malheureuse jeune fille n'était pas coupable.

Or, il l'aimait très sincèrement, très profondément aussi, puisqu'il souffrait de sa disparition.

Et depuis plusieurs jours, analysant les pénibles événements récents, aussi bien que les attitudes de l'orpheline, en toutes circonstances, il avait mieux compris et apprécié son caractère.

D'autre part, il soupçonnait d'étranges choses très délicates, et sur lesquelles son esprit redoutait de s'arrêter.

Donc, en admettant que Geneviève fût un jour touchée par sa persévérance et par son amour devenu respectueux, elle ne consentirait à lui appartenir que légalement. Ceci ne faisait aucun doute.

— Eh bien, après, monologuait-il en suspendant son travail de rangement, je serai pauvre, voilà tout.

« Encore, ne puis-je travailler, employer mon intelligence à quelque emploi passablement lucratif ?...

« Mon nom, mes relations me serviraient certainement.

« Et j'aurai trouvé le bonheur, goûté aux joies saines de ceux que leurs cœurs assemblent pour la vie !...

— Pourquoi pas ?...

... cinq mille francs de rente, joints à ... de Laffont pourrait donner de nouveau ... constitueraient déjà une petite ... suffisante à faire figure.

Toutes ces réflexions sages, Gaston de Mont... les avait ressassées ; il s'en était pénétré...

Cependant, ses longues habitudes de désœuvre..., son existence mondaine, élégante, inutile et ... tous ses calculs d'ambitieuse cupidité re... le dessus à certaines heures mauvaises. ...'habitude est une seconde nature !

Ce ... divorce momentané de ces funestes ..., le mondain devenait un peu machia-vélique.

Il considérait alors son éloignement de la de-meure des Laffont comme une habile manœuvre, ... à surexciter les désirs orgueilleux de ...ne, en se disant avec fatuité que la jolie fille ...'industriel déplorerait bientôt son absence.

La crainte de ne point réussir à poser sur sa ... [tête] une couronne de comtesse espérée, ... sûrement à poursuivre cette couronne ... toute l'âpreté dont elle était capable.

— De toutes façons, murmurait-il, mon départ ..., je reste maître de la situation en me faisant regretter.

Pénétré de la justesse de cette dernière appré-ciation, il se coucha, souriant, l'esprit tout à fait tranquille.

Or, tandis qu'il s'endormait d'un sommeil de ..., n'ayant pas perdu sa journée, d'autres veil-laient encore, non loin de là.

Et ces autres s'occupaient aussi de Geneviève.

Dutertre, ayant sollicité de Mlle de Laffont un ... confidentiel, se tenait en ce moment as-... auprès du lit de l'aveugle.

— Il est certain, disait-il tout haut et bas, que votre santé s'améliore de jour en jour, ma chère cousine.

— A cet égard, nous sommes donc pleinement ... maintenant.

— Reste le souci de votre existence toute parti-..., des soins assidus et sincères que réclame votre état de cécité.

— Oui, fit Mlle de Laffont, ces soucis me tour-..., m'affligent plus que je ne saurais le dire.

— ... habituée si vite aux situations, à l'intelligence, au dévouement apparent de la mal-heureuse et indigne Geneviève.

— ... le sens de longs regrets de sa ..., de son abandon criminel.

— ... la charitable, d'affectueuse proposition que vous voulez bien me faire, de vivre désormais avec vous, dans votre maison même, me touche-... elle infiniment.

— Cependant, j'ai besoin de réfléchir encore avant de souscrire.

— Que redoutez-vous ?

— Mon Dieu, je veux être très franche, mon cher Dutertre.

— Je vous en prie ?

— Sans trop de circonlocutions inutiles, et plutôt embarrassantes, j'avouerai sans détours que je ... d'être pour votre femme et votre fille une ... constante, une sorte d'intruse.

— Oh ! votre situation de fortune, les arrange-ments dont je vous ai parlé, détruisent à l'avance ...

... cette hypothèse, tout en assurant votre ... absolue, tant matérielle que morale.

— Oui, mais je n'y vois pas... je serais un ... encombrante, exigeante.

— Non, si vous avez votre service particulier.

— N'importe, il y a une question de caractère, de sympathies ou d'antipathies qui mérite consi-dération, je vous assure.

— Peut-être, fit l'industriel, hochant la tête comme s'il approuvait en soi.

— Je vous demande donc quelques jours ... pour réfléchir, poursuivit l'aveugle. Une décision prématurée confinerait à de la légèreté. Ce serait impardonnable de ma part.

« Par conséquent, je vous prie de vous ouvrir franchement à votre femme et à votre fille de votre généreux projet, comme de ... la façon de l'envisa-ger.

« Vous me direz ce qu'elles en pensent.

— C'est entendu, ma chère cousine, je les consul-terai sans retard.

— Merci. Maintenant, dites-moi si vous avez appris quelque chose, touchant la malheureuse dé-voyée dont nous parlions tout à l'heure.

— Eh bien, oui, j'ai appris des choses assez fâ-cheuses, dont je ne vous avais pas parlé plus tôt, de peur de vous affliger plus encore.

— Qu'est-ce donc ? fit Mlle de Laffont devenant anxieuse.

— Geneviève a été victime d'une tentative cri-minelle, dans des circonstances mal définies jus-qu'ici.

— Oh ! pauvre enfant !.. jeta l'aveugle, dans un élan de son affection, non éteinte, malgré tout.

— Attaquée dans une rue déserte, le soir même de son arrivée à Paris, elle a été frappée de coups de couteau, puis dévalisée par des rôdeurs.

« Relevée par des agents, elle fut transportée dans un hôpital ; à Lariboisière.

— Quel malheur !

— En effet. D'autant plus que sa malheureuse si-tuation s'est compliquée d'une manière assez étrange.

« A la suite d'un interrogatoire de justice, relatif à ses agresseurs, Geneviève s'est évadée de l'hôpi-tal.

— Évadée ?..

— Oui, le soir. Et personne n'a pu retrouver ses traces jusqu'à cette heure.

— De qui tenez-vous tous ces détails pénibles ?

— De John Teddy lui-même.

— Il vous a écrit ?

— Une longue lettre, très triste, vous devez la penser.

— Je comprends. Ah ! pauvre Teddy, combien il doit souffrir lui aussi !

Et comme une larme perlait sous les paupières inertes et toujours baissées de la vieille demoi-selle, Dutertre se leva, plus ému qu'il ne le laissait entendre.

— Ne nous appesantissons point sur ce doulou-reux sujet, dit-il, en affermissant sa voix. Le temps apportera peut-être à notre ami Teddy, comme à vous d'ailleurs, des consolations inatten-dues.

— J'ai peu d'espoir, repartit l'aveugle d'une voix mouillée de larmes. Il y a là un tel enchaînement de circonstances malheureuses.

« Allons, Dutertre, mon cher ami, je vous remer-cie d'être venu me parler de toutes ces choses, si pénibles soient-elles.

ments divers dont il se trouvait [...] lui-même directement. Mais il éprouvait des [...] sur ce [...]

Aussi ne pouvait-il se douter que, dans cette [...], ces événements produisaient d'autres impressions plus graves encore que les précé[dentes].

En effet, il était environ neuf heures, lorsque la Panthère et le Foulard sortirent de l'immeuble de la rue de Saint-Mandé, où le policier Langlois les avait vu disparaître dans l'après-midi.

Ils s'acheminèrent, sans paraître se presser, vers le cours de Vincennes, en causant bas, indifférents aux passants, assez nombreux, qui les croisaient.

En cette fin de journée d'un radieux été commençant, la plupart des habitants de Saint-Mandé se rendaient au bois proche, après leur dîner. Ils faisaient une courte promenade de santé, puis rentraient à leur logis.

[...] deux bandits, assez bien peints, passaient inaperçus parmi les promeneurs.

À quelques pas derrière eux, et les ayant presque rejoints, deux passants parlaient à voix haute, avec des accents vulgaires et traînants.

— Moi, je vous affirme, disait l'un, — que ça [...] là est une panthère !...

— Possible ! fit l'autre, je l'aurais pris pour un tigre, un petit, bien entendu.

Au mot « panthère », le fils de la mère Dingouin s'était vite retourné, involontairement, vers les deux passants bavards.

Ceux-ci n'avaient sans doute pas remarqué ce mouvement, car ils continuèrent de causer bruyamment de choses bizarres.

— Sûr, poursuivait l'un d'eux, qu'il lui arrivera des choses fâcheuses avec sa ménagerie, à c't'oiseau-là !

— Dame, vous comprenez, toutes ces histoires de [...], ça rode !...

— Surtout qu'il n'est pas très foulard ! reprit le premier, en appuyant sur les mots.

Ce nouveau terme vint frapper désagréablement, non loin, les oreilles du bandit qui s'affublait de ce surnom.

Il se retourna brusquement, sans songer à retenir son mouvement.

Comme son compagnon, il examina les deux promeneurs qui marchaient derrière lui, d'un long regard aigu, soupçonneux.

Sans doute cet examen ne lui révéla rien d'insolite, car il haussa les épaules à plusieurs reprises, et en murmurant :

— Sommes-nous gourdes tout de même, de nous [...] !

— C'est la frousse ! ajouta tout bas et vite la Panthère. Depuis que ces sales journaux ont parlé de l'affaire Secrétan.

Il reprit plus haut :

— Comme tu marches vite, mon cher Étienne ; nous ne sommes pourtant pas pressés.

— C'est juste, approuva le Foulard. Pourvu que ça ne nous mène pas à ces [...], [...] [...] ne criera pas [...]

Et [...] et en prononçant ces [...], les [...] s'étaient compris [...] ils ralentirent le pas tous deux en même [...]

Ceux qui les suivaient ne prêtaient devant eux sans prêter la moindre attention à leurs personnes, fil à leurs allures.

Ils continuaient leur bruyant entretien, noms d'animaux revenaient à chaque instant.

La Panthère et le Foulard, devenus maintenant les suiveurs, examinèrent, étudièrent les attitudes, les démarches, le langage de ces personnages.

C'étaient deux individus de quarante ans environ, très bruns de cheveux, portant toute la barbe, un peu hirsutes, vêtus simplement.

— Ça, mon petit, c'est des forains, tout simplement, glissa le Foulard d'une voix étouffée.

— Je le pensais aussi, approuva la Panthère. Des types de ménagerie, quoi !

— Seulement, tout de même, y a des [...] étranges, et parfois rigolos !

— Ainsi ces types-là ont, en moins ce tout au moins, prononcé des termes qui nous touchent directement.

— Ou, du moins, qui en avaient l'air.

— Je le crois ! la Panthère, le Foulard, le [...] forte... toute la lyre, quoi !

— Y avait de quoi tendre les esgourdes sérieusement.

— C'est bête, le trac ! conclut le Foulard. Ça vous abrutit en cinq sec !

« Tiens, v'là les deux types entrés chez le Métro des Italiens !... Ils ne s'occupent pas plus de nous que de leur première savate. »

Les rôdeurs venaient de désigner une étroite boutique dont l'enseigne portait :

« AUX ENFANTS DE L'ITALIE »

« Spécialité de Chianti et d'Asti »

La clientèle de cette maison se composait, en effet, pour la majeure partie, d'Italiens travaillant dans une usine des environs. Clientèle bruyante, nerveuse, où souvent éclataient des bagarres, des rixes.

Les deux individus venaient de pénétrer dans le débit ; ils s'étaient assis à une table ronde, près de l'entrée.

L'un d'eux commanda de suite :

— Une bouteille d'Asti, frappé !

Et le joli vin mousseux pétilla bientôt dans deux coupes d'épais cristal, presque incassable.

Les consommateurs le dégustèrent en gens qui s'y connaissent.

Puis l'un se pencha vers l'autre et lui dit à voix basse, avec un regard triomphant :

— Eh bien, croyez-vous maintenant que je me suis trompé ? N'ai-je pas bien éventé les animaux !

— Si, si, je m'incline, répartit l'interlocuteur. La double expérience fut des plus concluantes. Mais pourquoi les avoir perdus de vue ?

— Soyez tranquille ; je saurai dans trois journées où ils sont allés.

Comme il achevait, un homme vêtu en maçon pénétra dans le débit. Il passa près des deux consommateurs et s'écria tout à coup, d'un ton surpris :

— Tiens, v'là ce bon monsieur Jules ! quel hasard ! Et comment que ça va ?

...pidement, il glissa dans un souffle :

— Ça y est, les oiseaux sont au nid !

— Prenez donc un verre, mon vieux Charlot, ricana hautement celui à qui plus particulièrement il venait de s'adresser.

— C'est pas de refus... A votre santé, messieurs !

Et le nouveau venu vida d'un seul trait la coupe remplie de joli vin doré.

— Nous y allons, dans cinq minutes, lui dit alors celui des deux consommateurs qui, seul jusqu'ici avait parlé.

Le maçon souleva poliment sa casquette et sortit aussitôt du débit, en criant :

— A vous revoir, monsieur Jules, et merci !

Cependant le Fouinard et la Panthère étaient arrivés près de la roulotte de la mère Dugoureau.

Avant de pénétrer dans l'enclos, ils jetèrent de longs regards scrutateurs aux alentours.

Rien de suspect ; le cours de Vincennes semblait à peu près désert maintenant.

— Marchons, dit tout bas le Fouinard.

Ils grimpèrent sans bruit les degrés de bois vermoulus et frappèrent trois coups espacés à la porte du logis roulant.

L'huis, entre-bâillé prudemment, montra l'intérieur éclairé par une lampe à pétrole.

Les deux malandrins s'introduisirent, refermèrent la porte à clé derrière eux.

Geneviève, débâillonnée, mais les chevilles et les poignets encore ligotés, somnolait, affaissée de fatigue et de souffrance, sur une chaise basse dans le fond du taudis.

En voyant entrer ses persécuteurs, elle redressa vivement la tête, anxieuse.

— Eh bien, lui demanda le Fouinard en ricanant grossièrement, as-tu réfléchi, la môme ? En as-tu assez des ficelles ?...

La jeune fille ne répondit pas. Mais son regard profond et ardent surveillait avec une extrême attention les moindres mouvements des deux bandits.

— Eh quoi, répondras-tu ? jeta la mère Dugoureau, agacée de ce mutisme déconcertant.

— Tu n'y as donc pas causé, la mère ? demanda la Panthère, surpris.

— J'aurais dû lui faire entendre raison à c'te belle chute...

— Bast ! c'est une mijaurée ; elle fait sa fière, on ne peut pas lui arracher une parole du ventre.

— Alors, madame veut nous fâcher tout à fait ? gronda le Fouinard d'un ton menaçant.

« Va donc falloir employer les grands moyens pour te dérouiller la langue !

— Parbleu ! amplifia la Panthère, pour dresser les femmes, n'y a qu'un système de bon. C'est les tapes et les marrons !

— Pourtant, reprit le Fouinard se maîtrisant encore, c'est pas grand'chose qu'on lui demande... Seulement un bout d'écrit pour avoir deux faffiots de cent balles ; pas un radis de plus.

« Voyons, la môme, tu ferais mieux de te décider, sans faire de chichis !

« Dès qu'on aura palpé la bonne galette, on te rendra ta liberté !

— Je vous répète, dit Geneviève, d'un ton ferme, qu'il m'est impossible de faire ce que vous m'avez demandé.

« Je ne connais personne qui puisse me donner de l'argent.

« D'ailleurs, je ne vous réclame plus aucun pa-pas. La seule chose que je veuille de vous, c'est le droit de m'en aller, sans faire d'esclandre.

— Eh ben, non, cria le Fouinard, exaspéré de la résistance de sa prisonnière. Non, tu ne t'en iras pas avant d'avoir casqué !

« Et, comme dit mon poteau, je vas employer les grands moyens ; puisque tu ne veux pas céder au moment.

En achevant, il s'avança sur Geneviève, l'air menaçant, le bras levé, prêt à frapper.

La pauvre fille pâlit d'effroi. Un cri s'échappa involontairement de ses lèvres, elle baissa la tête instinctivement, peureuse, tremblante, attendant le coup.

A cet instant précis, la porte de la roulotte fut heurtée rudement.

— Hein ! qu'est-ce que c'est ?... glapit la mère Dugoureau, soudain interloquée.

La Panthère, lui aussi, parut vivement impressionné. Il tourna la tête vers la porte, les sourcils froncés, le regard trouble, soupçonneux.

Quant au Fouinard, son bras levé, prêt à frapper sa prisonnière, était retombé mollement dans le vide. En même temps, il se reculait machinalement, comme apeuré.

On frappa de nouveau, plus rudement cette fois.

Les deux bandits et la mégère devinrent immobiles instantanément ; ils demeurèrent interdits comme figés sur place par une terreur instinctive.

Un silence lourd plana, troublé seulement par leurs souffles oppressés.

Une voix retentit du dehors, forte, autoritaire :

— Au nom de la loi, ouvrez !

— Ça y est, nous sommes faits ! gémit la Panthère devenant blême.

— Pas encore, glissa le Fouinard.

Et, le plus doucement possible, il ouvrit l'une des petites fenêtres de la roulotte.

En même temps, il ordonnait tout bas à la mère Dugoureau :

— Souffle la lampe !

La vieille femme obéit, sans même essayer de comprendre.

Mais au même instant, les deux vantaux de la porte sautèrent brusquement sous une poussée violente.

Un homme apparut aussitôt dans le clair obscur de l'ouverture, le revolver au poing.

— Rallumez, cria-t-il. Et que personne ne cherche à fuir, nous sommes en force et nous tirons !

En effet, le Fouinard qui venait de se pencher au dehors, prêt à escalader la fenêtre pour s'enfuir, venait de se rejeter vivement dans l'intérieur.

Il avait pu compter cinq ou six ombres immobiles, gardant les issues.

— Fichus ! grommela-t-il, les dents serrées de rage impuissante ; c'est les flics !

La mère Dugoureau, subjuguée par l'ordre reçu, venait de rallumer docilement la lampe.

Aussitôt trois hommes firent irruption dans la roulotte, braquant des revolvers sur les bandits et sur la mégère terrifiés.

Deux exclamations de surprise jaillirent aussitôt.

Les deux personnages qui s'étaient arrêtés un instant auparavant aux « Enfants d'Italie » crièrent en même temps :

— Geneviève !

— Elle ici !..

Puis l'un d'eux, se ressaisissant le premier, ordonna durement :

e Fouinard et la Panthère ne [...]
[...]ont pas de résistance, [...], [...] ça [...]
[...]vent parler.

[...]ux, livides de peur, les deux malandrins [fran]-
[...]nt chacun à leur tour la petite porte. Cueillis
[...]tôt par des bras vigoureux, ils sentirent les
[...] policiers serrer leur poignets.

[Em]menez aussi la vieille! commanda le chef [d'ex]-
pédition.

[L]orsque la roulotte fut débarrassée de ses dan-
[gereu]x habitants, les deux hommes s'approchèrent
[de G]eneviève.

— Comment, s'exclama l'un d'eux très surpris,
[elle est] ligotée!...

— Qu'est-ce que cela signifie, murmura l'autre,
[deven]ant tout à coup perplexe.

[Aussi]tôt il débarrassa l'orpheline de ses liens,
[en] lui disant :

— Je ne vous arrête pas, mademoiselle, comme
[j'au]rais le droit de le faire si cela me plaisait.

[C]ependant vous resterez à la disposition de la
[just]ice.

— Avant d'employer vis-à-vis de vous des mesures
[de ri]gueur, nous avons besoin, monsieur et moi —
[il dé]signa son compagnon — d'avoir un entretien
[tout] particulier avec vous.

— Veuillez rester ici un instant, tandis que je vais
[don]ner quelques ordres indispensables.

— Bien, monsieur, répartit simplement Gene-
[viève,] j'attendrai.

— Amenez-vous, patron? reprit le chef de cette
[sing]ulière expédition nocturne, c'est-à-dire l'ins-
[pect]eur principal Langlois.

En même temps, il entraîna son compagnon au
[deh]ors.

[Dehors,] dans l'enclos, six agents en bourgeois
[surveill]aient les deux bandits et la grosse femme
[lig]otée.

— Ceux-là, fit Langlois, en désignant les hom-
[mes,] leur affaire est claire!

— Le crime de la rue Secrétan, le vol, le vagabon-
[dage] spécial. Tout ça, c'est mûr pour « La Nou-
[velle] »!

[Les] malandrins tressaillirent, devinrent trem-
[blants] et livides.

— Il me manque la môme Chichi, poursuivit Lan-
[g]lois, railleur, mais on la fera sûrement à la bar-
[rière du] Combat. C'est là sa galerie, n'est-ce pas
[comme] de mon bel ami!...

— Mince qu'il est renseigné, le flic, grommela la
[Pan]thère atterré.

— Oui, mon garçon, je sais tout!

Puis l'inspecteur principal se tourna vers la mère
[Du]goureau :

— Deux mots, la vieille, avant de t'envoyer au
[Dé]pôt avec ton fils et son aimable ôntesse.

— Qui est la jeune personne attachée là-haut?

— Ma fille adoptive, répartit la mégère avec
[apl]omb.

— Geneviève Guillot, alors?

— C'est ça même.

— Vous en savez tout de même rudement long,
[vous,] s'étonna la grosse femme.

— Et pourquoi était-elle ligotée? reprit Langlois.

— Pour l'empêcher de caleter, parbleu.

— Vous aviez donc intérêt à la retenir?

— Tiens, c'te bonne blague!

— Et pourquoi était-elle venue ici?

— Pour me demander des vieilles paperasses.

— Vous étiez donc toujours en relations ensem-
[ble] de même que le Fouinard et la Panthère?

[...] pour [...], on ne connaît [...]
vieille [...] au [...] embarrassé[e] [...]

— Allons, la vérité! ordonna l'inspecteur. Sans
ça, ton cas s'aggrave.

La mégère baissa d'abord la tête, sans répondre.

— Ben quoi, fit la Panthère, tu peux jaspiner, la
mère. Ce qu'on te demande, c'est pas si compro-
mettant!

La mère Dugoureau redressa un peu la tête, regarda longuement son misérable fils, comme pour
juger de sa sincérité.

Enfin, elle avoua :

— Non, tout ça c'est de la blague, du bluffage,
comme on dit dans le monde.

J'ai pas revu la gosse depuis quatorze ans qu'elle
s'était sauvée un soir.

Et le Fouinard ni la Panthère ne l'avaient jamais
vue, avant le jour d'aujourd'hui; v'là la vraie
vérité!

— Sauf rue Secrétan, rectifia Langlois.

— Ah! ça, je sais pas, c'est autre chose, c'est
pas mes affaires!

— Bon, assez causé. On éclaircira...

Puis après quelques secondes de silence réfléchi,
Langlois ordonna aux agents :

— Allez, en route pour le Dépôt, les enfants.

J'y arriverai probablement en même temps que
vous.

Les policiers entraînèrent aussitôt leurs prisonniers vers des fiacres stationnés à peu de distance.
L'inspecteur et son compagnon remontèrent alors,
sans hâte, dans la roulotte.

Geneviève, pâle et grave, les attendait, impa-
tiente de savoir quel sort lui était réservé.

— Maintenant, causons, commença Langlois.

Puis il offrit un siège à son mystérieux compagnon et en prit un pour lui-même.

— Heureusement nous ne sommes que trois, dit-
il en riant, sans cela le quatrième resterait debout.
Quel taudis!...

Puis se retournant vers son compagnon, il reprit
plus sérieux :

— Voulez-vous interroger vous-même?

— Non, non; du moins pas maintenant, répond[it]
l'inconnu.

« Commencez, vous en avez l'habitude, et, d'ailleurs, c'est votre droit, surtout en ce moment.

— Merci, fit l'inspecteur, avec une légère incli-
naison de tête.

Il se tourna vers Geneviève, la fixant d'un regard
pénétrant.

— Voyons, reprit-il, sans trop de rudesse, je
veux agir loyalement avec vous, afin de vous inci-
ter à en faire autant, et pour provoquer toute votre
confiance.

« Peut-être ne m'avez-vous pas reconnu?

— En effet, répliqua l'orpheline, sans émoi apparent.

— Eh bien, je suis Firmin, l'ex-pseudo valet de
chambre de master John Teddy. Je suis, en réalité,
M. Langlois, inspecteur principal du service de la
Sûreté.

— Je m'en doutais.

— Je viens d'arrêter, comme vous l'avez vu, vos
deux agresseurs de la rue Secrétan.

« Inutile de nous appesantir longuement sur cette
affaire parfaitement connue maintenant de la police.

« C'est donc de vous seule qu'il s'agit.

« Pourquoi vous êtes-vous enfuie de l'hôpital Lariboisière après la visite des magistrats?

— ... peut-être.

— Sur la tentative criminelle de ... sous ... ?

— Oui, monsieur, puisque l'on s'obstine à me croire coupable.

— On le croirait à moins. Mais laissons de côté, pour le moment, ce point cependant important. Procédons méthodiquement.

« Dites-nous pourquoi, le soir de votre arrivée à Paris, après votre fuite de la villa Dutertre, vous vous étiez rendue dans les dangereux parages fréquentés par le Renard, la Panthère et autres rôdeurs?

— Sans doute, vous connaissiez ces deux hommes, tout au moins la Panthère, puisqu'il est le fils de cette femme qui prétend vous avoir élevée jadis.

— Non, monsieur, je ne connaissais ni l'un ni l'autre de ces misérables.

— Vous ne pouviez ignorer l'existence du dernier cependant.

« N'avez-vous pas vécu près de lui durant votre jeunesse, lorsque vous habitiez le cours de Vincennes?

— Non, monsieur. A cette époque, la mère Dugoureau n'avait pas son fils avec elle. J'ignorais même qu'elle en eût un.

— Bon, admettons-le, provisoirement.

« Mais alors que veniez-vous faire chez cette femme... Comment l'avez-vous retrouvée, après tant d'années écoulées?

— Je l'ai cherchée, en me renseignant dans le quartier, chez des commerçants.

« Et j'étais venue pour obtenir d'elle qu'elle voulût bien me rendre des lettres et une photographie. Je savais que ces objets provenaient de mon père, j'avais eu l'occasion de les voir autrefois.

« Je fus alors victime de cette femme et de ses deux acolytes. Ils voulaient obtenir de moi, même par la violence, que j'écrivisse à une personne, d'ailleurs inconnue, mais qui, paraît-il, était venue, il y a trois jours, s'enquérir de mon passé et vérifier, pour ainsi dire, mon identité.

— Tout ceci paraît assez exact et fort plausible, remarqua Langlois, frappé par l'accent de simple sincérité de Geneviève.

— C'est aussi mon avis, appuya l'inconnu.

« Concours de circonstances extraordinaires, soit, mais des plus admissibles.

L'inspecteur de police reprit, en dardant sur l'orpheline un long regard aigu:

— Vous savez exactement quelle accusation pèse sur vous?

— Hélas! oui, Monsieur, je le sais trop.

— Des charges accablantes ont été relevées, vérifiées.

« À la villa Dutertre, vous étiez seule chargée des soins à donner à Mlle de Laffont, lorsque les premières tentatives d'empoisonnement furent commises.

« Dans les tisanes que vous prépariez et serviez vous-même à la malade, on a découvert de l'atroce poison violent, vous le savez.

— J'ai appris tout cela, à ma grande et douloureuse stupéfaction.

— Or, pour tout le monde, le mobile d'un pareil crime pouvait apparaître comme trop évident.

« Mlle de Laffont, guidée par une affection des plus constantes venait justement de vous faire une donation importante...

« Dès lors, quoi d'extraordinaire à ce que, pauvre, sans famille, sans espérance quelconque, vous eussiez été éblouie par cette perspective de devenir presque riche, en hâtant la mort de la généreuse donatrice?

— Tout ceci serait infâme! articula nettement Geneviève, qui, malgré son trouble apparent, n'était insensé.

Langlois poursuivit, impassible:

— D'autre part, vous aviez rêvé de vous voir épouser par votre ami d'enfance, M. Jacques Garnier, un garçon charmant, dont l'avenir paraît devoir être superbe.

« Sa situation est déjà très brillante d'ailleurs.

« Et vous aviez plusieurs fois exprimé à Mlle de Laffont, vos craintes de ne pouvoir parvenir à vos fins, justement à cause de votre pauvreté.

— J'avais le sentiment de mon infériorité.

— Par suite, il apparaît évident que, vivement désireuse de pouvoir apporter à votre fiancé une sorte de dot, vous ayez conçu l'idée funeste de vous approprier au plus tôt la donation qui devait vous enrichir?

— Tout ceci, Monsieur, semble logiquement déduit à première vue, répliqua Geneviève.

« Pourtant tout est faux, archi-faux! acheva-t-elle d'un accent indigné.

— Alors pourquoi vous êtes-vous enfuie, comme une véritable criminelle, de la villa Dutertre?

— Ah! pourquoi, pourquoi?... répéta l'orpheline émue, pâle de révolte et de colère contenue.

« Parce que j'avais surpris le secret des soupçons qui pesaient sur moi, de la surveillance dont j'étais l'objet. Parce que je me sentais entourée d'ennemis, d'accusateurs.

« Ma bienfaitrice elle-même, circonvenue par tous, semblait convaincue de ma culpabilité.

— Certes.

— Alors, j'ai perdu la tête, j'ai eu peur d'être arrêtée, d'être condamnée à la prison.

— Évidemment, le châtiment était inévitable.

— Aussi, déjà perturbée douloureusement par l'absence de nouvelles de celui que j'aime si ardemment, ainsi que sa excellente mère, je me suis sentie tout à coup abandonnée de tous, repoussée moralement, perdue sans retour dans l'esprit et le cœur de tous ceux pour qui je professais de l'estime, du respect, de l'affection, et même de l'amour!...

« Et je vous le répète, j'ai perdu la tête.

« Affolée de douleur, désespérée, j'ai cru pouvoir disparaître, échapper à la honte, à la fatalité dont j'allais être infailliblement la victime. J'ai même songé à mourir!

« Ah! Monsieur, songez à la faiblesse morale d'une jeune fille de vingt ans, pauvre, sans appui, sans famille, en lutte avec des gens riches, influents, décidés à la considérer comme une criminelle!

« Moi, une criminelle?... Ah! c'est odieux, horrible!

La voix de Geneviève tremblait en prononçant les derniers mots.

Des larmes perlèrent à ses longs cils, roulèrent sur ses joues pâles.

Langlois demeura muet un instant, l'examinant avec une attention profonde, cherchant un indice de fausseté, de comédie.

...attendit à étudier l'orpheline.

— Savez-vous ce qu'était votre père et ce qu'il est devenu? demanda tout à coup l'inspecteur.

— ...Monsieur. Je sais qu'il se nommait Charles Guillot. Il résidait au Japon, m'a-t-on dit, et il... mort !

« Ah ! s'il vivait encore, s'il avait pu savoir quels trésors de tendresse je lui gardais, malgré son abandon cruel d'autrefois, il serait accouru sans doute, il m'aurait défendue, soutenue !

— Ainsi, vous vous prétendez toujours innocente ?

Geneviève se dressa d'un bond, en dépit de la souffrance que lui infligeait sa blessure mal soignée.

— Oui, oui, je jure, s'écria-t-elle véhémente et solennelle, je jure sur la mémoire sacrée de mon père secrètement pleuré, sur mon amour indestructible pour Jacques Garnier, je jure que je suis innocente !

« Innocente, innocente, entendez-vous !...

« Ah ! regardez-moi donc, vous verrez bien que je ne mens pas, que toute mon âme se révolte contre une pareille accusation !

« Oui, je vous le crie de toutes les forces de mon être, je suis innocente !...

Et brusquement abattue par la violence de l'émotion, par l'excès de sa légitime colère, l'orpheline se laissa retomber lourdement sur son siège, les épaules secouées de sanglots convulsifs.

Au même instant, le mystérieux compagnon de Langlois arracha sa fausse barbe, se découvrit, puis se dressa devant la jeune fille.

— Regardez-moi, fit-il, tremblant lui aussi d'un émoi secret.

— Monsieur Teddy !... s'exclama Geneviève stupéfaite. L'Américain, l'homme masqué !...

— Eh bien, non, je ne suis pas Teddy, repartit l'inconnu d'une voix tremblante. Je suis Charles Guillot !...

— Char... Charles Guillot !... Vous..., vous..., bégaya l'orpheline, livide, l'air égaré, les mains crispées et tendues en avant.

— Oui, Charles Guillot, ton père, mon enfant !

— Ah ! papa... toi...

Et la pauvre fille, terrassée par l'imprévu de cette déclaration, se renversa en arrière, pantelante, privée de connaissance.

Charles Guillot se précipita, l'entoure de ses deux bras, la relève doucement, baisa son front glacé, ses cheveux à plusieurs reprises.

— Ma fille, ma fille ! balbutiait-il éperdu.

Langlois étudiait toujours les attitudes de Geneviève.

Celle-ci revint bientôt à elle. Alors, dans une courte scène poignante, elle exhala toute son indicible joie, mêlée à tant de chagrin amer.

Et Charles Guillot avoua ses remords, ses longues souffrances secrètes.

Puis le père et la fille s'étreignirent longuement, ardemment, indiciblement heureux tous deux de leur réunion.

— Décidément, jeta tout à coup Langlois, domptant difficilement son émotion, il n'est pas possible qu'une aussi belle et tendre créature soit une criminelle !...

— Non, non, ce n'est pas possible, appuya Charles Guillot. Ma fille est innocente, j'en suis sûr !

— Ma foi, je commence à le croire vraiment, affirma l'inspecteur, en hochant la tête.

« Mais alors, poursuivit-il, perplexe et comme ahuri, je n'y comprends plus rien, rien du tout.

« Où chercher le coupable, comment le découvrir? Toutes les bases nous manquent, tout s'écroule !

« Raisonnablement, on ne peut soupçonner aucun des Dutertre. Ils sont trop riches. Et puis non, non, rien ne justifierait un pareil acte de leur part.

— Alors qui? Le comte de Montclair, qui justement a dû quitter la villa depuis hier?

— Oh ! pas davantage, fit Charles Guillot, mondain léger est profondément bouleversé... convaincu. D'ailleurs, il n'aurait aucun ... plausible, aucun intérêt.

— Sans doute. Restent les domestiques ?

— Je ne crois pas.

— Ah ! j'y perds mon latin ! jeta Langlois furieux contre lui-même et contre les événements.

Geneviève, dont les larmes se séchaient un peu, intervint doucement :

— Monsieur Langlois, dit-elle, croyez-vous qu'il me serait possible de rentrer à la villa Dutertre?

— Peut-être, Mademoiselle. Mais quel serait votre but dans ce cas?

— Rechercher moi-même le coupable.

— Comment vous y prendriez-vous?

— Je ne sais encore. Pourtant si j'étais sur les lieux, sans que ma personnalité soit reconnue, je pressens que je parviendrais à découvrir la vérité.

— Bast ! vous seriez donc plus habile que moi !

« Après tout, c'est bien possible; les femmes sont si rusées, si fines ! Elles nous en remontreraient dix fois !

« Eh bien, nous trouverons peut-être un moyen, si vous voulez vous plier aux circonstances.

« Nous en causerons ce soir tous les trois, si M. Guillot le veut bien. Après, toutefois, que je serai passé à la préfecture pour faire mon rapport et écrouer mes prisonniers.

En achevant, le policier se leva.

— Partons de suite, reprit-il, nous gagnerons du temps.

Puis se tournant à nouveau vers Charles Guillot, il ajouta :

— Où vous retrouverai-je, cher monsieur?

— Hôtel des Champs-Élysées, où je vais me transporter immédiatement avec ma fille.

— Bon, sous quel nom?

— John Teddy, jusqu'à nouvel ordre.

— Parfait, en route !

Tenez, prenez mon bras, mademoiselle Geneviève, continua Langlois devenant déférent. Et veuillez agréer déjà toutes mes excuses premières et très profondes, pour ma grossière méprise.

— Ah ! monsieur, je suis trop heureuse pour ne pas vous pardonner volontiers...

Cinq minutes plus tard, deux fiacres automobiles filaient à toute vitesse sur Paris.

L'un emmenait Charles Guillot et sa fille vers la rue Amelot, l'autre emportait l'inspecteur principal vers la préfecture de police.

John Teddy, ou mieux Charles Guillot, ne s'arrêta que quelques instants rue Amelot : le temps d'y reprendre ses bagages.

Une heure après son départ du cours de Vin...

eux où il avait donné rendez-vous.

XIV

L'EMPOISONNEUSE

Dutertre pénétra dans le salon de sa villa, paraissant vivement préoccupé.

Sa femme et sa fille, prévenues à l'avance, entre
[...] pas, avec des allures maussades.

— Encore une conférence, sans doute, fit Berthe,
[légè]rement ironique pour les façons un peu solen
[nell]es de son père.

— [...] pas absolument, répartit ce dernier. Il
[s'agit d']un entretien seulement. Mais il peut devenir important, par suite des communications que
[je vais] vous faire.

— Nous écoutons, dit Mme Dutertre, en s'as
[seyant] d'un air las, comme résignée d'avance à
[subir] l'ennui d'avoir à traiter des questions sérieuses.

L'industriel ne parut pas remarquer cette allu
[si]on plutôt désagréable. Il y était habitué depuis
[long]temps sans doute, et n'y prêtait plus attention.

— Je vais commencer, dit-il, par vous apprendre
[une] nouvelle, non pas triste, mais tout au moins
[regrett]able.

— Bon, une tuile ! ponctua Berthe.

— La malheureuse fille qui s'est enfuie d'ici der
[nièrement] vient de disparaître d'une façon défini
[tive, dans] des conditions [...]
[...]ques.

— [Ain]si !... Elle s'est suicidée ? demanda Berthe
[impi]toyable et sans pitié.

— [...] elle [...] enfuie d'un
[hôpi]tal où elle avait été transportée, grièvement
[bless]ée, à la suite d'une agression nocturne.

— [Des] rôdeurs ont tenté d'assassiner cette pauvre
[fille,] l'ont dévalisée, laissée pour morte sur la
[chau]ssée, dans un quartier très excentrique de
[Paris.]

— Ceci devait lui arriver fatalement, émit
[Mme] Dutertre d'un accent méprisant.

— Pourquoi donc ?

— Eh ! cette fille retournait sans doute au ruis
[seau d']où elle était sortie.

— Qui peut le savoir ? rectifia l'industriel pensi
[vement.]

— N'importe, le fait est certain, c'est qu'elle
[n'exi]ste plus pour ceux qui l'ont connue.

— Fort heureusement ! ponctua Berthe, les dents
[serr]ées.

— Or, reprit Dutertre, sans s'arrêter à ces re
[mar]ques désobligeantes, cette disparition, si triste
[qu'e]lle soit, sert pourtant certains de mes projets
[secr]ets, dont je vais vous faire part à l'instant.
Elle semble, au surplus, se relier, par d'étran
[ges] coïncidences, dues sans nul doute à l'effet du
[hasard,] à l'éloignement récent de M. de Montclair.

— Je ne comprends pas du tout ? avoua Mme Du
[tertre], déconcertée.

— Un peu de patience, mon amie. Quand je vous
[aur]ai tout raconté, la situation s'éclairera d'elle-
[mê]me.

Ainsi, je dois vous apprendre, d'autre part, que
[Jac]ques Garnier est revenu hier du Chili.

M. [...] exclama [...]
[profond]ément surprise.

En même temps, un flot de soudaines [...]
pensées l'envahissait.

— Oui, mon enfant, il est depuis hier soir à un
[hô]tel, rue de Trévise, avec son excellente mère.

« Je l'expliquerai plus tard la raison de ce retour.

« Demain, ils seront ici, tous deux.

— Bon, encore des embarras ! se récria Mme Dutertre, de plus en plus agacée.

— Embarras nécessaires, ma chère amie. D'ailleurs, je dois bien à Garnier, mon plus précieux
collaborateur maintenant, quelques bons jours de
repos. D'autant que cela va peut-être, comme je le
disais tout à l'heure, servir mes projets particuliers.

« J'arrive au fait.

Sur ces mots l'industriel s'interrompit un instant,
appuyant sur sa fille un long regard scrutateur.

— Voyons, reprit-il, dis-moi, ma chère Berthe,
en toute sincérité, comment tu trouves Jacques
Garnier ?

— Mais... pas trop mal..., plutôt bien, même.

— Sous tous les rapports ?

— Oui, je ne vois rien de très défectueux.

— De telle sorte que tu ne plaindrais pas celle
que Garnier consentirait à épouser ?

— Ma foi non, pas du tout. Ce serait un mari
très sortable !...

— Voyons, voyons, s'écria Mme Dutertre énervée, que signifient toutes ces questions insidieuses,
ces détours ?

« Je n'y comprends rien, absolument rien.

— Je vais t'expliquer, ma chère amie.

« J'ai pensé, depuis quelques semaines, que Jacques Garnier pourrait faire un excellent mari pour
Berthe, un gendre parfait pour nous, et, en outre,
un associé précieux pour moi.

— Est-ce sérieux ? demanda la coquette Berthe,
sans trop s'étonner cependant, car elle avait deviné
depuis un moment.

— Tout à fait. Si toutefois vous m'approuvez
toutes les deux ?

— M. Garnier n'est pas assez riche pour Berthe,
objecta Mme Dutertre, hautaine.

— Certainement si, car s'il devenait mon gendre,
il serait du même coup mon associé.

— Combinaison habile et peut-être agréable pour
tous, émit Berthe, en esquissant un sourire d'assentiment.

— Alors, ça t'irait, mon enfant ?

— Mais oui, cher père, assez, je ne le cache pas.

— Eh bien, et M. de Montclair ? se récria Mme
Dutertre. Et ta couronne de comtesse, ma petite
Berthe, ton rang mondain, tes armoiries ?...

— Je les perdrai, chère maman, voilà tout.

— Sans plus de regrets ?

— Je ne dis pas cela. Mais on ne peut pas tout
avoir.

— M. de Montclair n'a guère que l'avantage de
sa noblesse, fit remarquer l'industriel.

« Sa situation de fortune n'est pas très brillante.

« Au point de vue moral, il est inférieur à Garnier, on ne peut le nier. Enfin, comme physique, il
ne lui est pas supérieur, non plus.

— Certes, il est moins bien, appuya Berthe, avec
conviction.

Mais M. Garnier voudra-t-il renoncer à certaines
espérances sentimentales longuement entretenues ?

être guéri. […] en toute franchise.

— […] cousine de Laffont est-elle informée de […] nouveaux ? demanda soudain Mme Du[tertre].

— Non, pas encore, chère amie. Je tenais à être […] abord sur vos opinions respectives.

— Très bien, et merci, cher père, fit Berthe, d'un […] grave et digne.

— Du moment qu'elles me sont favorables, je […] en causer avec Mlle de Laffont.

Je tiens beaucoup à ménager la légitime suscep[tibilité] de notre cousine. Ceci dans l'intérêt futur […].

— Papa, s'écria la coquette, tu deviens tout à fait diplomate; mes compliments !

— Il importe, en effet, de me préparer d'importan[tes] compensations pécuniaires, pour m'indemniser […] la perte d'une couronne de comtesse dont […] avais si agréablement rêvé.

— Parbleu, la fortune de notre cousine vaut bien quelques égards spéciaux, émit imprudemment Dutertre. Même si on ressent pour elle de l'antipa[thie].

Car, pour si honnête et si peu cupide qu'il fût, […] industriel, féru d'amour paternel et trop faible […] sa fille, avait échafaudé des calculs intéres[sés].

C'était bien humain, d'ailleurs, et d'égoïsme […] pourrait-on dire.

Il semblait donc, par son aveu, se trouver en […] communauté d'ambition et de cupidité un […] peu basse avec Berthe. Ceci risquait de le dimi[nuer] dans l'esprit de la jeune fille, assez observa[trice] et avide de posséder une grosse fortune, les […] moyens employés dussent-ils être plus ou moins […] ou délicats.

— Puisque nous sommes en parfait accord, re[prit] Dutertre, je vous rends la liberté.

Une seule recommandation pour demain : faites […] plus aimable accueil à notre nouvel hôte et à […] mère.

— Certainement, fit Berthe.

— Puisqu'il le faut, ajouta Mme Dutertre.

— Je vais, de ce pas, chez notre cousine, conclut l'industriel.

Lentement il sortit du salon, laissant les deux […] s'entretenir avec une volubilité un peu […] nerveuse des événements nouveaux qui se prépa[ra]ient.

Dutertre n'avait pas avoué que depuis longtemps […] caressait le projet dont l'exécution lui apparais[sait] réalisable maintenant.

Il avait fallu la fuite de Geneviève, le départ […] prévu, et plutôt embarrassé, du comte de Mont[…], enfin la solution soudaine de la situation déli[cate] des affaires du Chili, pour qu'il décidât de […] brusquer un peu les choses, en faisant revenir Jacques Garnier.

En effet, comme Dutertre venait de l'apprendre […]ement aux siens, Jacques Garnier et son excellente mère étaient revenus du Chili, tout ré[cem]ment.

Le jeune ingénieur avait tout mis en œuvre, d'ail[leurs], pour hâter, par une habile diplomatie, la conclusion amiable des affaires difficiles qui […] avaient retenu à Santiago.

Malgré son courage et son dédain des craintes […]rises, les événements extraordinaires où il

Il redoutait une vengeance […] des deux hommes farouches […] Pe[…] dont la malheureuse Carmen subissait la […] dangereuse et déprimante.

Au surplus, il avait été prévenu, par un billet […] la belle Chilienne, que ses misérables oncles n'at[ten]daient qu'une occasion propice de sa[tisfaire] leur rancune.

Enfin, Carmen Ribeira échappant un jour à […] surveillance de sa vieille servante, ou plutôt de […] geôlière, était accourue chez Mme Garnier.

En l'absence de Jacques, elle avait révélé na[ï]vement ce qu'elle avait pu surprendre des […] breux projets de ses oncles.

Et Mme Garnier, dont la tendresse mater[nelle] s'était vivement alarmée, n'avait pas craint […] mesure de prudence, d'avertir de cette situa[tion] menaçante le consul de France.

Celui-ci prévint immédiatement à son tour […] police de Santiago, réclamant pour son compatri[ote] des mesures de sécurité spéciales.

De sorte que Jacques Garnier, sans pouvoir […] douter, fut l'objet, chaque fois qu'il sortait le […] d'une protection occulte qui, sans doute, lui […] de très graves désagréments.

D'autre part, les frères Ribeira furent surveill[és] assez étroitement.

Mais comme ils s'étaient aperçus des mesu[res] préventives prises contre eux, ils eurent le bon esprit de s'abstenir, remettant à plus tard la satis[?] faction de leur vindicte.

Quant à la belle Carmen, sur qui Jacques Gar[nier] nier avait fait une profonde impression, elle ten[ta] vainement, à deux reprises différentes, de revoir le jeune homme.

Mais dans un entretien émouvant avec Mme Gar[nier], nier, elle obtint de celle-ci, sans l'avoir sollicité pourtant, la somme nécessaire pour quitter le Chili et venir en France.

Et ce fut le jour où elle réussit à s'enfuir de la triste maison de ses oncles, au moment même de son départ qu'elle se trouva fortuitement face à face avec Jacques.

Il y eut entre les deux jeunes gens un court ins[tant] tant d'embarras.

Pourtant la ravissante Chilienne osa formul[er] son vif désir de revoir en France, où, sans dou[te] il rentrerait bientôt, celui dont la mère favori[sa] sa délivrance.

Mais l'expression alanguie de ses grands yeux noirs trahit si visiblement les sentiments secrets dont elle était agitée que Jacques se déroba, par des réponses évasives.

— Je ne sais encore quel quartier de Paris nous habiterons à notre rentrée, mademoiselle, dit-il d'un accent compassé.

« Et sans vous dissimuler qu'il me serait pour[tant] tant agréable de vous revoir, et surtout de vous savoir plus heureuse qu'ici, je ne puis vous donner aucune indication précise.

— Je le regrette profondément, señor.

« J'aurais voulu pouvoir témoigner à votre bonne mère toute ma gratitude, et vous prouver à vous même la fidélité de mon souvenir.

— Merci pour ces excellentes pensées ! Au sur[plus], plus, le hasard est puissant, et bien que Paris soit une ville immense, peut-être aurai-je l'avantage de vous y rencontrer un jour.

... si froidement. Et comme deux larmes ... perlaient au coin de ses beaux yeux, elle ... brusquement.

... en son cœur juvénile et ardent la ... d'une blessure d'amour ?... ... que ne devait jamais le savoir.

En effet, la malheureuse jeune fille, atteinte ... grave maladie sur le paquebot qui l'amenait ... succomba, malgré des soins vigilants, ... heures avant que le navire touchât Saint-Nazaire.

... de jours après, Mme Garnier et son fils ... à leur tour pour la France, rappelés par ... tre.

Et ce dernier songeait en soi que l'horizon s'était ... de lui-même, par suite de toutes ces ... favorables à ses projets nouveaux.

Que aurore de la tranquillité se levait conforme à ... désirs paternels et à ses combinaisons ... d'ordre économique.

... bientôt après chez l'aveugle, prévenue ... sa visite.

Son entretien avec l'excellente femme dura près ... heure. Quand il sortit de chez elle, son front ... barré d'un pli soucieux.

C'est qu'en effet, il venait de rencontrer chez ... de Laffont une résistance diplomatique très ... et une réserve complète. Or il ne s'atten... pas à cette attitude inexplicable, au moins pour lui.

La vieille aveugle, mal convaincue jusqu'alors de ...

... d'abord le procédé qui consistait à enlever, pour toujours, à l'orpheline un être tendrement aimé, ... se déclara nettement contraire au projet nou... en affirmant qu'il convenait d'attendre encore ... réticences voulues et prudentes, ... crut trop bien comprendre que sa fille ... aurait pas à compter, dans l'avenir, sur la res... table fortune de la vieille demoiselle.

Il importait d'informer Mme Dutertre et Berthe ... prévisions décevantes, afin de ne point les ... se leurrer d'illusions devenues à peu près ... sables.

« Cette façon d'envisager les choses est incon... s'écria Mme Dutertre d'un accent amer. ... cette riche parente que nous avons entou... d'égards, de soins particuliers, de sollicitude, ... hériterait notre fille ? Et ceci pour le seul sou... d'une misérable ! C'est plus que de la délica... se, c'est de la bêtise !

Et toi, Dutertre, qui devrais avoir sur l'esprit de ... vieille fille une influence prépondérante, tu ... protesterais pas, tu laisserais faire ?

— Il le faut bien. Je n'ai pas le droit, ma chère ... d'imposer ma volonté.

— Notre cousine peut parfaitement disposer de ... sa fortune en faveur de qui lui plaît.

— Elle ne l'emportera pourtant pas en paradis, ... Berthe d'un ton vindicatif. Ce serait non... ridicule !...

« D'ailleurs, tout n'est pas dit encore, je l'espère ! »

Puis fixant son père dans des yeux, la jeune fille demanda d'un accent cupide :

— Cette vieille écervelée a-t-elle fait un testament ?

— Pas tout à fait, j'en ai la certitude.

— Pourtant si elle n'a pas pris de ... particulières, nous demeurons, jusqu'à ... ordre, ses plus proches héritiers ?

— Sans aucun doute. Mais Mlle de Laffont ... d'un jour à l'autre prendre les dispositions ... ciales dont tu parles. Elle a, je lui souhaite ... moins, du temps devant elle, des années ...

— Sait-on jamais ! répliqua Berthe d'un ... étrange, énigmatique.

« Qui donc peut escompter l'avenir ?...

— Oh ! certes, personne, approuva l'homme ... sans remarquer la physionomie bouleversée ... ... elle.

« D'ailleurs, comme tu le disais judicieu... tout à l'heure, rien n'est définitif. Nous ver... nous causerons encore.

« Occupons-nous maintenant de la réception ... Garnier, sans nous appesantir sur ces con... tions pénibles. »

Sur cette conclusion, les trois Dutertre se sé... rèrent, chacun d'eux remué par des senti... différents.

Dutertre regrettait, pour sa fille surtout, les ... cheuses dispositions de l'avenir. Mais il ... naissait la légitimité. Il s'inclinerait donc sans ... de rancœurs devant l'exercice des droits in... criptibles de sa parente.

Mme Dutertre, hautaine et acerbe, ... sol l'avenir de vieille folle fille lui en ... maintenant d'avoir été si longtemps la cou... sine respectée et choyée de la ville, de la ... même.

Berthe concentrait son ressentiment ... rancune confinant à la haine. Elle souhaitait ... bas à l'aveugle, considérée comme une ingrate ... pires calamités.

Ce fut au milieu de ces dispositions ... naturellement dissimulées sous les dehors ... riants de l'éducation, que se produisit, le ... main, l'arrivée de Jacques et de sa mère.

Le jeune intéressé de la maison Dutertre ... accueilli d'une façon particulièrement ... dont il se sentit flatté.

Mme Garnier, toute heureuse de pénétrer ... le riche intérieur du patron de son fils, fut ... dans la plus somptueuse chambre de la villa.

Et, dès le déjeuner, la coquette Berthe com... son manège d'adroites provocations à l'adresse ... celui que lui destinait son père.

D'ailleurs, Jacques Garnier, bien qu'il conser... dans le fond de son cœur le cruel et impér... souvenir de son amour pour Geneviève, ne ... pas être opposé aux projets ébauchés par ... triel.

La première et si douloureuse désillusion ... venait de l'atteindre l'avait mûri, en le ... plus sceptique, aussi plus égoïste.

S'il ne pouvait plus espérer trouver dans ... riage la communion d'âme, les tendresses ... gées, l'amour profond et ardent si longtemps ... il y trouverait, du moins, la fortune, le grand, ... la haute situation sociale.

Mort du cœur, exaltation de l'égoïsme et de ... bition satisfaite, bien-être pour sa chère ... nir certain et brillant !... Il y avait large com... sation !...

la plus parfaite... ...des lors entre...

Mlle de Laffont observait une réserve ...tumée, prétextant son état de santé, assez ...e encore.

...urtant, à deux reprises différentes, elle s'e... ...t longuement avec Mme Garnier, sans que ...transpirât au dehors, de ces causeries...

...en omettre, elle lui fit part des regrets ...ements dont la villa avait été le théâtre, ...ève la triste héroïne.

...es Garnier, informé par sa mère de toutes ...ouloureuses circonstances, s'en montra très ...ement affecté.

...ne craignit pas d'épancher dans le sein ma... ...el son profond chagrin, ses indicibles regrets, ...hant la perte de celle qu'il avait tant aimer...

— Mère, dit-il les larmes aux yeux, je vais souf... ...longuement, jamais je n'oublierai cette mal... ...euse Geneviève. Elle me tient au cœur par ...e souvenirs!... Son image demeurera impé... ...en mon âme, si cruellement meurtrie par ...c'est toute ma vie morale brisée, anéantie!...

— Calme... Jacques! s'écria Mme Garnier, ...contre son cœur sa poitrine palpitante. ...de te consoler, je t'en supplie?

Et surtout ne laisse voir à personne ce déchire... ...t. On te raillerait peut-être, si même l'on ne ...voulait pas d'aimer encore la malheureuse ...ue.

— Oh! rassure-toi, mère, je serai fort. ...Nul ne soupçonnera mes souffrances intimes; ...ne pénétrera jamais ce douloureux secret... ...toi seule le connaîtras. A toi seule, j'oserai par... ...encore de celle que je veux considérer désor... ...comme une morte; hélas!... comme une... ...acheva Jacques dans un sanglot ...

Un quart d'heure plus tard, la mère et le fils, ...nfortés par leur affection mutuelle montraient ...Mme Dutertre et à sa fille des visages presque ...ants.

...bien d'entre nous portent ces masques dé...

La jolie fille de l'industriel, trompée par ces ..., put se livrer à toutes les savantes roueries ...on flirt intéressé.

...Il crut bientôt avoir capté, sinon le cœur, tout ...ins déjà l'esprit de Jacques.

...Olé que se préparait ainsi, dans la somp... ...villa de la Ferté-sous-Jouarre, un avenir ..., dont tous les acteurs devaient tirer des ...ctions matérielles, l'inspecteur Langlois ne ...pas inactif à Paris.

...accomplissait à la fois sa tâche officielle de ...er et la besogne officieuse que lui avait con... ...Teddy, ou mieux: Charles Guillot. ...poursuivait la réhabilitation morale de Gene... ...e aux yeux de son père.

...Fouinard et la Panthère, savamment à cul... ...par lui, affirmaient nettement n'avoir ja... ...connu celle qu'ils avaient tentée d'assassiner ...Secrétan.

...mère Dugoureau, ou plus pittoresquement ...glot» reconnaissait de son côté, que, depuis

...des deux gauches... ...jugeait... le ...

Les dernières préventions de l'Anglais contre ... fille de Charles Guillot tombaient une à une. Aucune relation suspecte ne pou... vait lui être imputée.

Mais il restait à éclaircir la très grave affaire d'empoisonnement de la villa Dutertre; cepen... dant, tout paraissait oublié, depuis le départ de ... coupable présumée.

A cet égard, Charles Guillot, sa fille et le policier ...avaient élaboré un plan ingénieux, dont l'exécu... tion devait être prochaine.

Dans la somptueuse propriété, l'existence sem... blait prendre, peu à peu, des proportions plus gran... dioses, à mesure que les projets de Dutertre pre... naient plus de consistance.

Mme Garnier, sur les conseils de son fils et de ... Dutertre lui-même, cherchait maintenant une fem... me de chambre qui la soulageât de ses besognes particulières.

Il convenait, en effet, que la mère du futur asso... cié de l'industriel occupât un peu plus hautement son rang futur.

De son côté, Dutertre, que son chauffeur d'auto... mobile avait abandonné brusquement, cherchait par la voie des journaux spéciaux, un nouveau titulaire pour cet emploi.

Un matin, deux personnes se présentèrent en... semble à la villa. Elles furent introduites d'abord dans le cabinet de l'industriel.

C'étaient un homme et une femme de mises sim... ples, correctes, comme il convient à des serviteurs de bonne et riche maison.

Deux Anglais, le frère et la sœur, également blonds et froids, respectueux sans obséquiosité. Porteurs des plus élogieux certificats, ils se mon... trèrent cependant d'exigences très raisonnables quant aux gages.

Après de courts interrogatoires pratiqués ensuite, et simultanément par Dutertre, sa femme et Mme Garnier, les Anglais furent engagés sous deux.

En gens pratiques, et dans la prévision d'accep... tations possibles, ils avaient amené leurs modestes bagages à la Ferté-sous-Jouarre, les laissant à la consigne de la gare.

Deux heures après avoir signé leurs engage... ments respectifs, ils se trouvèrent installés à la villa et prirent possession de leurs services.

Probes, silencieux, actifs, ils conquirent les suf... frages de tous, en quelques jours.

L'homme, prénommé John, tout simplement, se révéla comme un conducteur et un mécanicien émérite et prudent.

La femme de chambre, Mary, prouva sans peine tout le style de son service discret et ordonné.

Si bien que Mlle de Laffont, entendant chaque jour décerner des éloges à ces serviteurs modèles, voulut les connaître de plus près.

Elle émit, un matin, cette singulière idée de faire une longue promenade en automobile, en la seule compagnie de Mary, la femme de chambre de Mme Garnier.

Naturellement, ce serait John qui conduirait le dangereux véhicule.

Dutertre ne pouvait songer à refuser cette fan...

accélérera peu à peu son allure.

L'auto glissait maintenant sur la belle route, ferme et lisse, qui conduit vers Château-Thierry; l'auto, guidée d'une main sûre, roulait à la [grande] vitesse, apportant à la vieille demoiselle, un peu grisée, l'impression toute spéciale du rapide, de l'air frais et pur qui fouette le visage, revivifie les poumons, accélère la circulation.

Heureux!

Les promeneurs silencieux avaient dépassé Charly, petit bourg situé sur la rive droite de la Marne; ils se dirigèrent vers Azy-Bonneil, pays de vigne pittoresque.

Comme ils arrivaient à l'orée d'un bois très ombreux, traversé par la route, l'aveugle eut tout à coup la sensation d'une fraîcheur particulière.

— Sommes-nous dans les bois? demanda-t-elle.

— Yes, Miss, fit laconiquement Mary.

— Ne pourrions-nous arrêter un peu sous ces ombrages, ce serait reposant?

— À vos ordres, Miss.

— Alors, arrivez John, mon enfant.

— Yes, tout de suite.

Et la femme de chambre ordonna d'une voix nette, incisive:

— John, mon frère, arrêtez, if you please!

Sans répondre un seul mot, le chauffeur se rangea sur le bord droit de la route et fit stopper son auto; la trépidation s'éteignit par degrés. Un instant de silence absolu s'établit ensuite.

— Il n'y a donc personne dans ces parages? questionna Mlle de Laffont d'un accent étrange.

— Personne, Miss, répartit la camériste anglaise.

— ... êtes-vous libre?

— Yes, j'y suis, fit le chauffeur.

— Alors, causons un peu, je vous prie?

— À vos ordres, Miss.

— Eh bien, mon bon John, et vous Mary, ne vous étonnez pas trop des questions bizarres peut-être que je vais vous poser.

Êtes-vous vraiment Anglais tous les deux, ainsi que frère et sœur?

À cette interrogation tout à fait imprévue, le chauffeur et la camériste tressaillirent, tout en échangeant de rapides regards expressifs.

— Yes, nous sommes Anglais, affirma John, très calme.

— C'est bizarre, je ne l'aurais pas cru, reprit Mlle de Laffont d'un ton vraiment incrédule. Vous avez tous les deux des timbres de voix qui me rappellent étrangement certaines personnes connues, et récemment disparues. Leur souvenir, je l'avoue, m'est douloureux, parce que... parce que je les regrette! acheva l'aveugle d'une voix assombrie par un secret chagrin, difficilement contenu.

— Que dites-vous, Mademoiselle? s'écria aussitôt Mary d'une voix toute changée.

— Imprudente! fit John entre ses dents.

— Allons, allons, lança Mlle de Laffont, s'exaltant tout à coup, jouons cartes sur table; vous venez de vous trahir!...

D'ailleurs, ma promenade fantaisiste n'avait d'autre but que de pouvoir causer avec vous en

drôle peut-être, de façon satisfaisante.

Mais, je vous en prie, n'élevez pas la voix, quoi qu'il advienne. Les bois comme les murs peuvent avoir des oreilles; il faut se méfier parfois.

Sur ce sage conseil, un long entretien mystérieux s'engagea vite entre les trois personnages, penchés et serrés au milieu du véhicule. Entretien dont l'importance devait être extrême, à en juger par le jeu des physionomies.

Une heure plus tard, l'automobile reprit à toute vitesse le chemin de la Ferté-sous-Jouarre.

— Eh bien, ma cousine, avez-vous été bien secouée, rafraîchie et poussiérée dans votre longue promenade? interrogea Mme Dutertre avec une pointe d'ironie méchante.

— Oui, ma chère, assez, mais pas trop, répondit l'aveugle en souriant.

Elle semblait d'excellente humeur, et ne paraissait pas deviner l'intention mauvaise de sa cousine Dutertre.

— Je suis vraiment ravie de cette course, continua-t-elle. Au point que je demanderai l'autorisation de recommencer bientôt; c'est affolant, grisant; on roule, on roule!...

— Vous irez seule encore?

— Pourquoi pas?... Du moins avec Mary, dont le silence respectueux n'est pas le moindre mérite.

— À votre aise, ma cousine, grisez-vous de grand air.

Et la femme de l'industriel, un peu dépitée, tourna les talons, affectant toujours la hautaine dignité.

— Cette vieille fille est folle! pensait-elle.

Le lendemain de ce jour, Dutertre dut faire à sa femme et à sa fille une communication qui le consternait, disait-il, au plus haut point.

— Ma cousine de Laffont va nous quitter dans quelques jours, commença-t-il.

Je crois bien qu'il faut abandonner aussi tout espoir de recueillir jamais sa fortune. Elle m'a longuement parlé de son notaire; elle m'a fait prendre qu'elle était maintenant tout à fait résolue à doter largement certaines œuvres de bienfaisance.

— Nous ne la retenons pas, fit sèchement Mme Dutertre. Et nous n'avons aucun besoin, Dieu merci, de son argent!

Berthe ne dit pas un seul mot.

Elle pâlit seulement un peu et serra les lèvres comme pour contenir l'explosion d'une colère concrète.

Quant à Jacques Garnier et à sa mère, ils déclarèrent, en toute franchise, regretter le départ prochain de l'aveugle, dont le commerce leur était vraiment sympathique.

Cependant il ne fallait pas songer à combattre la décision de l'excellente vieille demoiselle; son départ était irrévocablement fixé à la semaine suivante.

Or, il advint une chose étrange: deux jours plus tard, Mlle de Laffont retomba malade subitement. Elle dut garder le lit.

Pourtant les symptômes de cette sorte de maladie ne furent pas absolument les mêmes que la première fois.

Le médecin, que John dut aller quérir en toute hâte, causa rapidement en route avec le chauffeur.

Et, lorsqu'il fut en présence de la malade, il

comprendre à son [...] même, [...] singulière, il avoua, devant les Dutertre, [...] devoir revenir sur ses précédentes opinions.

Peut-être s'était-il grossièrement trompé, lors[qu'il] avait diagnostiqué un empoisonnement par [...]pine.

Il croyait plutôt à présent à une affection du foie.

— Vraiment, conclut-il, je n'oserais plus rien [affir]mer, en présence de ces nouveaux prodromes. Cette pauvre Mlle de Laffont est peut-être at[tein]te d'une grave maladie que ma science modeste [...]

— [Atten]dons quelques jours, si vous le voulez bien? [...] je ferai appeler ici l'un de mes célèbres [confrèr]es parisiens, dont je serais désireux de re[cueillir] l'avis éclairé.

— Attendons, acquiesça Dutertre, très frappé de [l']attitude embarrassée du praticien.

— Continuez seulement les tisanes chaudes, [ach]eva le docteur en se retirant; il faut que la ma[la]die se déclare.

Après le départ du médecin, aucune réflexion ne se produisit, et cette journée s'acheva tristement. [Les] hôtes de la villa, péniblement affectés de la [...]ne de l'aveugle, se retirèrent d'assez bonne [heu]re dans la soirée.

[Bien]tôt le lourd silence du repos plana sur la [somptu]euse demeure endormie.

[Ce]pendant, vers dix heures, la porte de l'une des [cha]mbres du second étage, spécialement affectées à [la] domesticité, s'ouvrit sans produire le moindre [grin]cement.

Une silhouette féminine en sortit avec précau[tion], se glissa silencieusement le long du couloir, [à p]etits pas menus et calculés.

Cette étrange silhouette, entièrement vêtue de [noir, se] confondait avec les ténèbres ambiantes, [d'où] elle semblait éclose.

Après avoir franchi cinq à six mètres, elle heurta [...] une porte, puis écouta longuement. En[fin, plus rassur]ée, elle s'avança vers l'esca[lier] de service situé tout au fond du long corridor [dés]ert.

Très doucement, degré par degré, elle descendit [l']escalier, s'arrêtant chaque fois que le bois gémis[sa]it un peu sous son poids.

À quel mystérieux rendez-vous allait-elle?

Elle atteignait à peine le premier étage, lors[qu']une nouvelle silhouette, celle-ci masculine, et [cette v]êtue de noir aussi, apparut dans le couloir [des] domestiques.

[Com]me la première, elle se glissa vers l'escalier [de] service et s'y engagea, en prenant les mêmes [pré]cautions infinies.

[Al]ors toutes deux, l'une suivant l'autre à petite [dist]ance, parvinrent jusqu'à l'office où elles péné[tr]èrent, sans faire le moindre bruit.

[B]rusquement, la lueur d'une lampe électrique de [poch]e jaillit, répandit dans la pièce une clarté bla[n]che.

Les deux silhouettes, aux trois quarts voilées, [v]oulurent s'orienter rapidement, sans pourtant [s']adresser la moindre parole.

[Se]ule, l'ombre masculine fit un geste menu, indi[qu]ant à l'autre une encoignure, en partie masquée [pa]r un vieux meuble.

Celle qui était une femme s'accroupit alors dans [cett]e encoignure, s'y ramassa, disparut presque [rap]idement derrière le meuble protecteur.

[Pui]s, à son tour, l'homme parut chercher une [...] hésita un instant, et enfin se dissimula à son mieux sous la longue table de l'office.

Aussitôt la lampe électrique s'éteignit, [...] tre dans l'ombre opaque, dans le silence [...] particulier aux demeures endormies.

De longues minutes s'écoulèrent, sans que le moindre bruit extérieur vint troubler cette atmosphère lourde, dans laquelle deux êtres humains haletaient pourtant d'impatience et d'anxiété mystérieuses.

Parfois on entendait fuser, presque imperceptiblement, de vagues souffles, de très légers froissements d'étoffes.

Quels événements étranges allaient donc s'accomplir?

Tout à coup, le bruit étouffé de pas menus et glissants marbra légèrement le silence.

Peu à peu, ce bruit se rapprocha, s'amplifia. Quelqu'un venait...

Une nouvelle clarté de lampe électrique, plus faible que la précédente, s'épandit brusquement dans la pièce.

Une femme jeune, sans aucun doute, et même enveloppée des pieds à la tête d'un peignoir sombre, apparut, un peu pâle.

Elle chercha des yeux, sur les meubles, durant une seconde à peine, puis vint au bahut qui occupait l'encoignure où se tenait cachée la première silhouette féminine.

Sur ce bahut, une théière d'argent projetait quelques éclats métalliques.

La jeune femme souleva le couvercle d'une main légère et prudente. Puis, fouillant vivement son corsage, elle en tira soudain un flacon minuscule, bouclé à l'émeri.

Elle enleva le bouchon sans bruit, versa quelques gouttes d'un liquide verdâtre dans la théière pleine de tisane.

Au même instant, deux mains s'abattirent violemment sur ses épaules, par derrière, l'immobilisant toute en stupeur d'épouvante.

Un cri rapidement étouffé, jaillit de ses lèvres blêmes; sa lampe électrique tomba, s'éteignit.

Et, d'un mouvement soudain et brutal, elle repoussa le mystérieux agresseur qui l'étreignait de toutes ses forces.

Celui-ci chancela, heurtant le bahut.

Un gémissement de douleur, à peine réprimé, se fit entendre.

Et la jeune femme qui venait de se débarrasser ainsi d'une inexplicable étreinte, s'élança vers la porte, prête à s'enfuir.

Un nouvel obstacle l'arrêta net, la glaça d'effroi: Une main d'homme venait de la saisir au poignet, la serrait comme dans un étau. Elle tomba sur les genoux, pantelante.

En même temps, la pièce s'illumina d'une clarté subite assez vive.

Trois êtres humains apparurent, groupés étrangement.

L'homme qui venait de terrasser la jeune femme, l'avait saisie d'une main au collet; il barrait la porte de sa haute stature.

Sa compagne tenait les deux bras de l'agenouillée, par derrière, immobilisant ses moindres mouvements.

La vaincue, le corps affaissé, la tête baissée sur la poitrine, haletait d'émotion, de terreur.

Pourtant elle osa relever le front.

Les regards des trois acteurs muets se croisè[rent]

Elle venait de reconnaître le chauffeur et la femme de chambre, récemment entrés au service des
malheureux Garnier.

— Misérable ! fit John Teddy dans un souffle.

Malheureuse ! appuya la femme de chambre,
la foudroyant d'un regard sévère.

— Vous... vous !...

Elle n'en put dire davantage, suffoquant par l'hor-
reur de ce qu'elle et son compagnon venaient de
découvrir.

— Quelle infamie ! fit John méprisant.

Tous deux, en effet, avaient reconnu la fille de
Duterive.

Oui, c'était Berthe qui venait ainsi, la nuit, per-
pétrer l'horrible crime dont jadis on avait accusé
Geneviève.

Berthe, l'empoisonneuse de Mlle de Laffont !

Chaque nuit, depuis deux ou trois jours, la misérable versait, dans la tisane préparée pour sa
reine, quelques gouttes du liquide mortel.

La stupéfaction de John ne dura pas. Il se ressaisit vite, d'un effort de volonté, et, d'une voix
contenue, mais ferme, il ordonna :

— Remettez-moi le flacon qui contient le poison ?

Terrorisée, la criminelle obéit, sans oser prononcer un seul mot.

— À présent, reprit le chauffeur, sachez qui je puis
nommer en réalité.

Je suis John Teddy, l'ami de votre père, ou
mieux encore Charles Guillot, apparenté à votre
famille par des liens que vous connaîtrez plus tard.

Et moi, ajouta la femme de chambre anglaise,
je suis Geneviève Guillot, la fille du pseudo-chauffeur John.

— Geneviève Guillot, dont vous vouliez voler le
mari, Jacques Garnier ! Geneviève, que vous avez
tenté de déshonorer !

— Heureusement, je veillais, reprit Charles Guillot, et justice sera bientôt rendue à ma chère fille.

« Maintenant, relevez-vous, Berthe Duterive
l'empoisonneuse. Allez-vous-en !

« Demain, lorsque votre père sera parti pour
Paris, je vous ferai connaître les décisions qu'il
lui conviendra de prendre à votre égard.

« Jusqu'à cette heure décisive, votre infamie demeure notre secret, mais vous êtes à notre merci,
ne l'oubliez pas !

« Allez, misérable, allez !...

Écrasée sous le poids de sa honte et de la terreur, Berthe Duterive se releva péniblement. Elle
disparut bientôt, titubante, dans les ténèbres du
couloir.

— Mon enfant, ma chère Geneviève, fit tout bas
Charles Guillot, en ouvrant ses deux bras à sa fille.

Et la pressant longuement contre sa poitrine, il
baisa dévotement son front pur, en ajoutant :

« Sois sûr de ton innocence !

« Va, tu seras heureuse, je te le jure !...

Un instant plus tard, le lourd silence de la nuit
s'appesantit de nouveau sur la somptueuse demeure, où venait de se dérouler un court, mais
horrible drame.

Le chauffeur John et la femme de chambre Mary
venaient de réintégrer leurs chambres respectives.

Quant à Berthe Duterive, tombée devant son lit,

GENEVIÈVE TRIOMPHE !

— Ainsi, mon cher ami, vous avez acquis maintenant les preuves de cet horrible forfait ? dit
ce l'aveugle à Charles Guillot.

Sa voix tremblait d'une indicible émotion, ses
mains se crispaient nerveusement.

— Oui, et j'ose dire fort heureusement pour
notre malheureuse Geneviève, repartit l'Américain. Tout cela s'est exactement passé comme je
viens de vous le raconter.

— Quelle ignominie, mon Dieu !

Hélas ! c'est épouvantable !

Et John Teddy, ou mieux Charles Guillot, le
cas échéant — il conviendra de le nommer désormais,
devint soucieux un instant. Il paraissait à la fois
satisfait et soucieux, sollicité de mille pensées.

Il était à peine neuf heures du matin, et déjà
le richissime étranger se trouvait, avec Mary-
Geneviève, en conférence chez Mlle de Laffont.

Jusqu'alors, la jeune fille n'avait point parlé,
respect pour son père et pour l'aïeule que fut cette
vieille demoiselle.

— Geneviève, appela doucement celle-ci, viens
près de moi, mon enfant ?

Puis, quand son enfant-chérie fut tout près d'elle,
elle ajouta, presque tendre :

— Penchez-vous, donnez-moi votre beau front
pur ? Je veux y déposer un long baiser maternel, afin d'obtenir de votre âme si douce et si
vaillante, et si odieusement soupçonnée, le pardon généreux de mon aberration !...

« Comment ai-je eu le triste courage de croire à
votre culpabilité ?...

Puis, tout en appuyant dévotieusement ses lèvres pâles sur les cheveux bruns de la belle
fille, l'aveugle murmura, tout à fait attendrie :

— Me pardonneras-tu, mon enfant ?

« Consentiras-tu à oublier l'injure de mon
cœur ?... Je t'en supplie, Geneviève, ne me garde
pas rancune, je suis presque ta mère.

— Ma mère ! s'écria la jeune fille, toute
d'émotion. Vous avez bien dit : ma mère ?...

— J'ai dit presque, car nous sommes du même
sang.

« Je suis, en effet, ta tante, la véritable tante,
la sœur de ta si douce et si excellente mère,
pleurée par ceux qui l'ont aimée.

— Vous, mademoiselle, vous, ma tante !... Est-
possible ?...

« Alors, mon père avait donc épousé votre sœur ?

— Hélas ! non, mon enfant. À quoi servirait
te faire ce pieux mensonge, puisque tu connais ton
état civil ?

« Non, malheureusement, ton père ne put épouser, comme il l'aurait voulu, celle que nos parents,
trop intéressés, lui refusaient obstinément.

« Voilà pourquoi tu vins au monde en cachette,
grâce à ma fraternelle complicité. Ah ! les souvenirs !...

— Bien cruels, conclut Charles Guillot.

ce qui m'oblige, par la suite, à m'expatrier... à Paris, Jeanne mourante, qui fait ma femme devant Dieu.

« Cela me force de t'abandonner, ma chère... te livrer aux ignobles mains mercenaires... quelles tu dus échapper plus tard par la fuite. Mais je vous en conjure, continua Charles... un accent désolé, ne nous appesantissons... l'heure difficile, sur ce cruel et lointain...

« Je dirai plus tard, Geneviève, toute cette histoire de ma jeunesse et de celle de la Marguerite de Laffont. Ce qui m'importe... c'est ton existence, ton bonheur futur.

— Vous avez raison, Charles, approuva l'aveugle. Marguerite est le passé; Geneviève, c'est l'a...

— D'ailleurs, je m'efforcerai de remplacer auprès de votre enfant, celle qui n'eut pas la joie de la... après l'avoir mise au monde. Geneviève, ma chérie, je serai ta seconde mère.

— Oh! oui, ma chère tante... Oui, ma... acheva la jeune fille dans un adorable élan... affectueuse.

Ce fut elle qui baisa longuement de ses lèvres... le front pâle de l'aveugle, dont les paupières closes laissaient couler des larmes de joie, et dont le cœur battait à coups précipités.

— Que tout ceci reste secret entre nous jusqu'à... ordre, recommanda Charles Guillet, très...

... que nous aurons quitté cette maison tout à... nous pourrons peut-être proclamer la vérité... avant cela, pas un mot qui puisse trahir... entente et nos liens.

— Nous obéirons à votre sagesse, mon ami...

— Réglons donc le présent au plus vite. Préparons la honteuse liquidation de l'épouvantable infamie dont ma fille fut la victime.

« Après cela, nous songerons à notre bonheur...

— Tout d'abord, que comptez-vous faire? demanda Mlle de Laffont.

— Faire avouer à Berthe Dutertre son horrible... devant ceux qui ont le plus grand intérêt à connaître sous son véritable jour.

— Voulez-vous parler de Jacques Garnier et de...

— D'eux-mêmes, et seulement. Les autres nous importent peu.

— C'est, en effet, que Jacques puisse rendre à Geneviève le cœur qui lui appartenait sans con...

— Il faut qu'il répare ses injurieux soupçons, en... le beau rêve qu'ils avaient fait ensemble.

— Oh! oui, oui, appuya la jeune fille, véhémente.

— Mais il perdra, sans nul doute, sa situation auprès de Dutertre? objecta Mlle de Laffont.

— Ceci ne signifie rien: j'ai prévu cette éventualité. Fort heureusement, ma fortune doit permettre à mon futur gendre de choisir telle occupation qui lui conviendra désormais.

« Jacques, devenant le mari de Geneviève, sera beaucoup plus riche que Dutertre; il n'aura rien... ...yer.

... pour rendre...

« Je ne... que... des événements imprévus, événements qui peuvent même...

— Au pauvre Dutertre... honnête homme... naît le crime de sa fille, il mourrait... honte et de chagrin! On... ne doute pas... ...deuil.

— Bien parlé, Charles. Évitez à ce malheureux homme un déshonneur irréparable.

— Mais, dans tout ceci, que devrai-je faire personnellement?

— Partir aujourd'hui même pour Tours.

— Si vite?

— Parbleu! Il est urgent de vous soustraire... toutes sollicitations embarrassantes peut... me à des représailles possibles.

« Au surplus, le changement d'air, de milieu, d'habitudes et de traitement ne peut que vous... tout à fait favorable.

— Mais je n'aurai personne pour me servir... je ne veux pas emmener... cet... domestique... est ici.

— Vous aurez Geneviève?

— Elle! Ma chère enfant!

— Oui, oui, moi, chère maman, je vous serai... rai... avec quelle joie!

— Et moi aussi, ajouta vivement Charles Guillet. J'ai l'intention de vous rejoindre dans la soirée, chez vous même.

« Ainsi, dès que j'aurai forcé la comparution... démasquer, en présence de Jacques, de sa mère et de Geneviève, vous pourrez faire... fils de départ...

« Vous vous en irez tous... ensemble...

— Quel prétexte donnerai-je à ma cousine Dutertre. Elle est susceptible, un peu méchante... avouons-le?... Elle voudra savoir...

— Eh bien! nous verrons, nous trouverons un... moyen plausible. Ne vous... à l'avance, je me charge de tout.

« Tenez, reposez-vous d'abord, et prenez... toute confiance, de mes mains, la liqueur que... vais vous offrir.

« Elle combattra vite, et très efficacement, l'effet du poison dont vous avez été victime.

En achevant, Charles Guillet tira de la poche intérieure de sa veste de chauffeur une petite fiole pleine d'un liquide doré, un peu épais.

« Gardez-la dans votre main... tandis que vous serez seule, absorbez-en une... gée toutes les demi-heures environ.

L'aveugle, tout de suite convaincue, prit la fiole des mains de son bienfaiteur. Et tout aussitôt, elle la porta à ses lèvres.

— Oh! c'est excellent! dit-elle, après avoir... quelques gouttes. C'est chaud; cela me ravi... sé!

— À la bonne heure, fit Charles Guillet souriant; j'étais sûr de l'effet.

« Vous voyez que les Japonais sont au moins aussi bons chimistes que nos savants français.

« Allons, nous vous quittons, ma chère... il est temps d'agir.

— À bientôt, et soyez sans impatience...

— Allez, mon bon Charles, et merci... votre sollicitude.

Sur ces derniers mots, le riche Américain sortit de la chambre, suivi de sa fille.

qui reçurent... quelques minutes au...
... de sa voiture « M... ». Aussi vou-
... huitième étage, afin de s'y installer,
... comme elle faisait chaque jour.
Un quart d'heure plus tard, Jacques Garnier
... instamment sa mère à venir dans sa
chambre.

— Il s'agit de choses très graves, lui dit-il, des
... tout à fait étranges et imprévues.
« Oui, le chauffeur de M. Dutertre m'affirmé
que Mlle Berthe refusa nous communiquer, à toi
... un secret de la plus haute importance.
— Un secret? s'étonna Mme Garnier. Cette Berthe aurait un secret inconnu de sa mère?
— Il paraît.
— Or... que veut dire ceci?
La veuve mit tant d'arrière-pensées dans cette
courte interrogation que le jeune associé de l'industriel tressaillit légèrement en croyant deviner.
Pourtant il se fit un devoir de ne point ques-
tionner sa mère, de peur d'offenser son caractère
moral.
— Allons, lui dit-il simplement.
Et comme il pénétrait enfin dans la pièce qui lui
était affectée, il ne put dissimuler sa vive surprise,
en y trouvant John installé sans façons dans un
fauteuil.
À l'entrée de Mme Garnier, le pseudo-chauffeur
se leva, déférent.
— Je vous en prie, madame, déclara-t-il spontanément, ne vous étonnez pas de ma présence.
Et surtout ne me questionnez pas...
« ... qui va se passer ici, tout à l'heure, vous
éclairera suffisamment, j'imagine, pour répondre à
toutes vos suppositions actuelles.
Puis s'adressant particulièrement à Jacques Gar-
... l'Américain ajouta :
« ... n'ouvrez... ne regardez pas ainsi la
porte de votre cabinet de toilette, laquelle... elle
... est en ce moment hermétiquement fermée.
... que cette formalité est aussi nécessaire que
ma présence même.
— Soit, je ne veux m'étonner de rien ; j'attends
simplement, répartit Jacques, s'efforçant de res-
... de sang-froid prêt à lui échapper.
— Attention! lança tout bas John.
Un bruit de pas légers retentissait, en effet, dans
le couloir.
Berthe Dutertre parut bientôt. Et Mme Garnier,
comme Jacques, remarquèrent sa pâleur inaccoutumée, ses paupières rouges et gonflées par des
larmes récemment versées, son attitude embarrassée.
Lorsqu'elle eut fait deux ou trois pas chancelants
dans la pièce, John alla fermer la porte à clé.
Il mit ce dernier objet dans sa poche, comme s'il
était chez lui.
L'étonnement des Garnier croissait à mesure,
devenait de l'ahurissement. Ils ne comprenaient
pas.
Berthe Dutertre demeurait maintenant debout,
immobile au milieu de la pièce, la tête baissée,
sans oser regarder aucun des assistants.
— Mademoiselle, commença John d'un ton sévère, veuillez expliquer à M. Jacques Garnier, ici
présent, pourquoi il ne vous est plus possible de
devenir sa femme.
« Vous ne manquerez pas de l'informer en
même temps que la malheureuse jeune fille, partie récemment d'ici, après avoir été odieusement

... de vous et par l'outrage...
... du respect... de l'amour d'un homme...
que...
« Parlez, nous vous écoutons.
— Je ne sais..., balbutia Berthe troublée,
puis trouver... les mots nécessaires.
— Dites pourtant quelque chose.
— Impossible..., je ne puis relier... deux...
— Voulez-vous me forcer à parler pour vou[s]
demanda le pseudo-chauffeur.
— Oh! non... non..., pas cela!
— Alors, comprenez mon geste charita[ble].
Trouvez vous-même ce qu'il convient de dire.
— Je ne pourrai jamais, jamais! répartit Ber[the]
frissonnante d'effroi.
— Faites un effort?
— Vous me mettez à la torture!... C'est af-
freux..., atroce!...
Jacques Garnier intervint généreusement. Il
se leva, toisant John d'un regard d'énergique dé[fi].
— Ah ça, fit-il hautain, de quel droit par[lez]-
vous ainsi à la fille de votre patron?
— Je parle au nom du droit et de la jus[tice]
monsieur.
« D'ailleurs, assez de phrases inutiles. Puis[que]
Mlle Dutertre ne peut ou ne veut point parler[, je]
vais le faire pour elle.
« Mais avant cela, et par égard pour vous et vo-
tre mère, j'ai le devoir de vous dire qui je sui[s].
— Vous êtes John, le chauffeur.
— Non.
Et l'Américain enleva prestement sa per[ruque]
rousse.
— Je ne suis, poursuivit-il, ni John le chauffe[ur]
ni le John Teddy que vous avez vu à Santiag[o].
« Celui que l'on surnommait ici « l'homme masqué » l'était, en effet.
« Je me nomme, en réalité, Charles Guillot, le richissime Charles Guillot, retour du Japon. Je sui[s]
en un mot, le père de Geneviève.
« Or, je veux, j'exige que la fille de Duter[tre]
rende à mon enfant la pleine justice qui lui est
due.
— Charles Guillot! murmura Jacques Garnie[r]
au comble de l'étonnement.
— Allons, Berthe Dutertre, reprit froideme[nt]
l'Américain, me voici démasqué; à votre tou[r]
maintenant.
Et le père de Geneviève se tut, attendant, le [front]
sévère, le regard durement rivé sur la fille de l'industriel, que celle-ci parlât.
Jacques et sa mère demeuraient immobile[s],
muets, comme figés par la stupéfaction.
Leurs esprits bouleversés crispaient leurs physionomies d'angoisses indéfinissables.
Berthe Dutertre s'affaissa lentement sur les genoux.
— Grâce, grâce! implora-t-elle, en levant se[s]
mains tremblantes de désespoir, vers celui don[t]
l'autorité justicière semblait l'écraser.
— Non, non, pas de pitié, riposta l'Améric[ain]
impassible.
« Avez-vous fait grâce à ma fille avant d'avoi[r]
souillé son honneur, détruit ses rêves de bonhe[ur]
et de jeunesse?...
« Allons, ayez le courage de votre infamie!
Après avoir dit cela, Charles Guillot atten[dit] encore durant quelques minutes.
Mais, décidément, Berthe était incapable de [sur-]
monter sa honte et sa lâcheté.

pouvoir se résoudre...

— Allons, il faut en finir ! reprit l'Américain, ... de ce silence obstiné.

Puis, se tournant vers Jacques et sa mère, il poursuivit, la voix dure et tranchante :

— Vous voyez, devant vous, accablée sous le poids de son infamie, et peut-être de ses remords, l'empoisonneuse de Mlle de Laffont !

— Hein ! l'empoisonneuse, elle ? s'écria Jacques, suffoquant de stupeur.

— C'est de la folie ! murmura Mme Garnier d'un œil égaré.

— C'est de la tragédie ! rectifia Charles Guillot. Tragédie ignoble, horrible !

— Allons, Berthe, ne prolongez pas inutilement cette scène, si pénible pour nous tous.

— Avouez que vous êtes une misérable criminelle. Avouez-le tout de suite, sans détours, si vous ne voulez pas que je vous livre à la justice des hommes !

— Eh bien, oui..., oui..., j'avoue tout !...

Ces mots, jetés d'une voix entrecoupée, par la coupable, s'achevèrent dans une sorte de râle d'agonie.

Au même instant, des sonneries répétées et comme furieuses retentirent du dehors.

— Relevez-vous ? commanda Charles Guillot dont l'attention venait d'être vivement sollicitée.

De nouveau, les sonneries retentirent plus pressées. Une voix aiguë appela dans les couloirs :

— Berthe !... Berthe !... Il n'y a donc personne ici !...

— Du calme ! lança Charles Guillot, d'un accent rapide et étouffé. Sans cela, tout est perdu !

— Laissez-moi sortir seul.

— Vous, Berthe Dutertre, si vous voulez éviter à votre mère et à votre père un déshonneur irréparable, et qui nécessiterait votre châtiment immédiat, obéissez strictement à mes recommandations.

« Je vais aller au-devant de votre mère qui vous cherche, je la détournerai de ce couloir.

« Quand nous serons éloignés, vous quitterez cette pièce furtivement.

« Vous rejoindrez alors Mme Dutertre par un autre côté. Et je vous autorise à lui raconter telle fable qu'il vous plaira, afin d'expliquer votre honteux désarroi.

« Ne me remerciez pas ; ma pitié ne s'applique, en réalité, qu'à vos malheureux parents. Pour vous, je ne puis avoir que le mépris le plus profond. »

En achevant, Charles Guillot remit sa perruque et sortit rapidement de la pièce.

— Malheureuse ! fit Jacques Garnier, en rivant sur la fille de l'industriel un regard écrasant.

— Laisse, mon fils, intervint Mme Garnier. Laisse cette créature de mal expier ses fautes, sans anéantir de la juste colère.

« Le temps et la justice immanente nous vengeront tous. »

Elle s'interrompit subitement, au bruit d'une altercation survenant dans le couloir.

Le pseudo John venait, en effet, de se heurter, comme par hasard, à Mme Dutertre.

— Eh bien, fit celle-ci hautaine, est-ce que vous n'entendez pas, vous, quand je sonne ?

— Pardon, riposta froidement le faux Anglais, mais je suis chauffeur et non domestique.

— Vraiment ! Vous avez vu ça, pas domestique !

Vous verrez cela ce soir, en me réglant ... Et si vous ne voulez pas payer...

— Je quitte la maison, n'est-ce pas ?...

— Parfaitement.

— C'est entendu, dès maintenant. Vous pourrez me régler ce matin même, car je quitte votre service immédiatement.

« Cependant, permettez-moi de vous renseigner tout de même.

— Sur quoi, sur qui ?

— Sur votre fille.

— Berthe ?... Où est-elle ?... Vous le savez ?

— Je la crois dans la cour.

— Eh bien, allez la prévenir que M. de Mon... vient d'arriver à la villa.

— Allez-y vous-même, Madame, riposta insolemment le pseudo-chauffeur. Je ne suis plus à votre service.

— Insolent ! jeta Mme Dutertre furieuse, en tournant aussitôt les talons.

Elle descendit en se hâtant ; Charles Guillot la regarda s'éloigner, un sourire triomphant aux lèvres.

Il venait de faire d'une pierre deux coups.

Il avait éloigné l'acerbe femme de l'industriel, et il avait trouvé soudain l'occasion cherchée ... quitter son emploi, d'une façon presque naturelle.

Il revint à pas pressés vers la pièce où ... daient les acteurs de la tragédie intime, ... avait bâti lui-même le scénario.

Il y pénétra, saisit rudement Berthe Dutertre par le poignet, la força de se relever, et lui dit ... seuls mots :

— Partez ! Allez au parc ; vous y trouverez votre mère.

La misérable fille se retira, sans prononcer une parole.

Elle allait titubante, comme une femme ivre.

Pourtant, dès que cessa le contact ... entre elle et son terrible accusateur, une réaction lente commença de se faire en son esprit.

Loin des regards de Charles Guillot et de Jacques Garnier, le courant magnétique se trouva rompu.

Elle s'efforça de se ressaisir, appelant à elle toutes ses forces de volonté, surexcitant son orgueil, son vouloir de résistance, son astucieuse ...

L'étage franchi, elle se trouva bientôt dehors.

L'air pur, un peu vif du matin la réconforta ... a fait, lui rendit le jeu de ses facultés, ... s'affermit, son regard s'assura, redevint ...

Elle essuya promptement ses yeux, tout en déambulant dans le parc.

Au détour d'une allée proche, elle se trouva soudainement face à face avec sa mère.

— Ah ! bien, fit celle-ci, toujours courroucée, voilà enfin, ce n'est pas dommage !

— Où étais-tu donc ?

— Mais je me promenais, tout simplement.

— Tu as les yeux tout rouges ; tu as pleuré ?

— Oui, un peu.

— Pourquoi ?

— Je ne le sais pas moi-même, affirma Berthe.

— T'aurait-on fait ou dit quelque chose de désagréable ?

— Non, non. C'est un énervement inexplicable.

— Tu t'ennuies peut-être, ma chérie ? reprit Mme Dutertre que ses alarmes maternelles adoucissaient instantanément.

— Oui, c'est cela, je m'ennuie profondément...

Montclair.

— Revenu ?...

... s'avançant à pas lents, l'air [illegible]

Gaston de Montclair allait venir [illegible]

... projets matrimoniaux brisés par son [illegible] la venue récente de Jacques Garnier.

Comme il était plus possible de compter [illegible] sur le terrible aveu de tout [illegible] l'ignorance la plus élémentaire comman[dait à] M. de Montclair d'engager[?]

... faisant, la coquette réparait fort bien [illegible] nombre de traces de larmes, elle força [Gaston] à sourire.

— Quelle charmante surprise ! s'écria-t-elle, en [tendant] sa main blanche à Gaston.

... une certaine réserve, [?] et fâché.

— Tout le plaisir est pour moi, dit-il, galant en [cette] occasion avec un à-propos remarqua[ble].

— Mais, habitant de [illegible] elle s'[inter]rompit ; ce qui vous explique mon [illegible]

— À une heure, ponctua maladroitement [illegible] vous manifestez là un joli repentir.

— Me coucher ? demanda Gaston, sans vouloir [illegible]

— Vous, au sujet de votre brusque départ récent.

— Eugène, Madame, ce départ était prévu et [illegible] annoncé.

— Eugène savait fort bien que j'allais à Paris [pour des] difficultés personnelles.

— Parfaitement, mon cher comte, coupa l'habile [femme] ainsi interpellée.

... avait oublié ce détail. Et puis, voy[ez]-[vous, ce] [qu'il] est, elle est un peu nerveuse, comme moi, [un] domestique nous crée des embar[ras quand il] y a des changements !...

Mme Dutertre voulut profiter habilement de l'oc-casion offerte ici [illegible]

— C'est à ce point, ajouta-t-elle, que j'ai eu tort [de] [faire] renvoyer notre nouveau chauffeur.

— Vraiment ? s'étonna le comte, par politesse.

— Tu as très bien fait, chère mère, approuva [illegible]

— Et j'espère que sa pimbêche de sœur le [sui]vra, dans sa retraite.

— [Ces] Anglais sont insupportables, avec leur [flegme] et leur correction gourmée.

— Mais laissons cela, revenons à vous, mon cher [illegible] c'est beaucoup plus intéressant.

— [Où en sont] vos affaires ?

— [Eh], toutes, chère [illegible]

— Alors vous voilà libre d'agir à votre guise ?

— Parfaitement libre.

— Mais très volontiers...

— Eh bien, mon cher, allez donc fumer un [cigare] dans le parc, tandis que je vais procéder [à] [mon] tout à ma toilette.

— Nous nous retrouverons sur la terrasse.

Et légère, onduleuse, provocante, la [coquette] l'audacieuse criminelle, disparut aux yeux [éblouis] [?]er de Gaston de Montclair.

— Après tout, murmura celui-ci, se retrouvant seul, j'ai peut-être bien fait de revenir.

— Ma foi, tant pis pour mon cœur ! Courir encore après cette adorable, mais introuvable Geneviève, c'est poursuivre une chimère !...

— Avec cette coquette Berthe, j'aurai du moins [la] fortune. C'est déjà quelque chose, si ce n'est tout à notre époque !...

Sur cette conclusion, le noble mondain, [volage] [fut]ile et toujours léger au fond, s'éloigna [?] satisfait de lui-même.

De son côté, la misérable fille de Dutertre se [sen]tait renaître à des espoirs nouveaux. Et cela [lui] faisait oublier momentanément son infâme honte !...

Les terribles menaces suspendues sur sa [tête] l'effrayaient moins, à présent, qu'elle pressentait le départ imminent du faux chauffeur John et [de] sa fille.

Leur discrétion chevaleresque lui [paraissait] leurs assurée, ne fût-ce que par égard pour son père.

Donc, l'avenir lui appartenait encore.

— Eh ! qu'ils aillent donc tous au diable, ces [hon]nêtes gens !... lança-t-elle tout à coup dans le [si]lence de son cabinet de toilette.

— Moi, je serai comtesse ! Et je les défie d'oser [ac]cuser... quoi que ce soit sur mon compte !

— Oui, je serai comtesse... riche et honorée !...

Tandis que la comédie intéressée du mondain [et] de la coquette se renouait ainsi, Charles [Guil]l[aume] venait de rentrer pensif dans la pièce où [atten]daient impatients Jacques et sa mère.

— Je viens, dit-il, de régler ma situation [en pré]parant aussi le départ de Geneviève.

— Je me suis fait mettre à la porte, en tant que chauffeur. Par suite, ma pseudo-sœur devra [dé]clarer à Mme Garnier qu'elle quitte aussi son [ser]vice. Ceci devant Mme Dutertre, bien entendu.

— Ainsi, ce soir, nous quitterons tous deux [cette] maison, sans éveiller les soupçons de Dutertre. Et jamais nous n'y reparaîtrons.

— Maintenant, parlons de vous, mon cher Monsieur Garnier.

— Je suis à vos ordres, Monsieur.

— Je pense que vous êtes [suffi]samment édifié, maintenant, sur la valeur morale de Berthe Dutertre.

— Certes, je le suis presque trop.

— Par conséquent, je n'insiste pas en ce [qui] concerne les projets formés récemment par [mon] père, et adoptés par vous dans un intérêt [hu]main, qui s'explique et s'excuse.

— C'est inutile, en effet.

— Il ne me reste plus qu'à connaître votre [senti]ment intime, très sincère, pour celle qui [fut si] odieusement calomniée.

— Ce sentiment n'a jamais varié, [car] j'aime Geneviève profondément, je l'ai [toujours] pendant [illegible]

oublier [illegible]

[illegible] une chose [illegible] vous [illegible] je souffre [illegible] de la pensée.

— C'est exact, appuya Mme Garnier.

— Allez, vous l'épouseriez avec joie ? [illegible]

[illegible] mon plus cher, mon [illegible]

— Mais, reprit Jacques Garnier, baissant la tête [illegible] accablé, voudra-t-elle encore de moi ? [illegible] puis-je espérer qu'elle me pardonnera [illegible] à laquelle j'avais consenti, guidé par un [illegible] dépit, par une sorte d'ambition [illegible]

— Je ne puis vous l'affirmer, répartit [illegible] Guillot, très froid à dessein.

— C'est d'elle-même que vous connaîtrez sa déci[illegible] à cet égard.

— Vous avez été si prompt à l'abandonner dans [illegible] c'est trop exact.

— Mais quand donc la verrai-je ?

— Bientôt, peut-être, ceci dépendra de la seule [illegible] entretien.

— Avant toutes choses, j'ai le devoir de vous dire [illegible] retenu par de puissantes considérations d'in[illegible] personnels, je donnerai fort peu de chose à ma fille.

— Cinquante mille francs de dot, pas davantage.

— Ah ! qu'importe l'argent, s'écria Jacques [illegible] généreusement.

Ce que je veux de Geneviève, c'est elle-même [illegible] être adoré. Ce que j'attends, c'est son [illegible] son pardon d'abord.

— Comme nous l'avons méconnue ! soupira tris[illegible] ment Mme Garnier.

[illegible] être ne vous en gardera-t-elle pas tou[illegible]

« Son âme tendre et noble a conservé [illegible] je suis [illegible] des sentiments de profonde reconnaissance à votre endroit.

— Quel espoir ! reprit vivement Jacques [illegible] et si je pouvais à l'instant me jeter à ses [illegible] me prosterner devant sa beauté, devant sa [illegible] ardeur morale, et toucher encore son cœur ?

Le jeune homme s'interrompit net, comme [illegible] d'une sorte d'éblouissement.

La porte du cabinet de toilette venait de s'ouvrir [illegible] uement.

[illegible] Geneviève démaquillée, Geneviève radieuse, [illegible] l'épanouissement de sa fière beauté [illegible] irruption dans la pièce.

— Jacques, dit-elle gravement, en s'arrêtant de[illegible] le jeune homme, je vous pardonne !

— [illegible] vous voulez... tu veux me pardonner, [illegible] ment ?

— Oui...

— Et tu consens... tu voudrais encore [illegible] de tout mon cœur, de toute ma vie ?... N'était-ce pas notre désir commun ?...

Tu m'aimes donc, en dépit de ma trahison ?

Ne parlons plus de ce douloureux passé, Jac[illegible] j'ai déjà tout oublié !

— Ah ! Quel bonheur ! Quelle joie !...

Toi, toi, Geneviève, tu seras ma femme !

— Peut-être ? émit la jeune fille tendrement ma[illegible]

[illegible] paupières [illegible] de larmes.

[illegible] Guillot, doucement [illegible] heureusement les [illegible]

Après un instant de [illegible] [illegible] et repos.

— Maintenant, je vous dois toute la [illegible] cher Jacques.

— Veuillez m'écouter [illegible] effort moral pour [illegible] vous, perturbé par la [illegible]

— Veuillez parler, dit-il [illegible]

— Eh bien, mon ami, vous [illegible] heureux que vous n'osiez l'espérer.

— Comment cela ?

— [illegible] fortune. Or, je me [illegible] que à ma fille, en gu[illegible] de dot. Cela fait [illegible]

— Est-ce possible ! Dix millions à [illegible] nous !...

— Mais oui. Cette dot vous [illegible] [illegible] et toutefois vous [illegible] Geneviève, de qui [illegible] tendre patiemment une [illegible] par[illegible] avec vos moyens nouveaux.

— Sans doute... sans doute, balbutia [illegible] blouï, désarçonné de nouveau par la [illegible] inespérée d'une telle fortune.

— Alors, reprit [illegible] de calme, vous me conseillez de quitter [illegible]

— C'est indispensable, pour son propre [illegible] pour le vôtre.

[illegible] de pouvoir [illegible] fille [illegible] pour lui [illegible] demeurer en contact toujours [illegible] avec lui. Et surtout avec le malheureux que de nous ne pourrait revoir sans remords.

« Il pourrait se produire trop souvent [illegible] des froissements, nés de la [illegible] jour de [illegible] Certains [illegible] feraient peut-être à trahir par [illegible] rible secret qui tuerait sûrement l'excellent homme que nous voulons épargner.

— C'est très juste, très [illegible]

— [illegible] absolument, dès ce soir, quelque [illegible] part, inventez un prétexte et rompez complète[illegible] avec Duteuil.

— Il sera fait comme vous le désirez.

— Préparez-vous d'avance à partir [illegible] votre mère. Tout à l'heure, celle-ci devra aussi [illegible] aut accepter la soumission de [illegible] bre anglaise.

— Pourquoi ne l'emmènerai-je pas ? demanda [illegible] [illegible] surprise.

— Parce que Geneviève doit partir avec Mlle de Laffont avant la fin de la journée.

— Comment, s'exclama la veuve [illegible] fois, Mlle de Laffont quitte aussi la villa !

— Il le faut bien, chère Madame. Elle ne peut plus rester ici, après ce [illegible] mes soins.

« D'ailleurs, n'est-elle pas la propre tante de Geneviève, presque sa mère ! Or, sa [illegible] nous vous expliquerons tout ceci avec de plus [amples détails], lorsque nous nous trouverons réu[nis].

Je vous attends à demain, après-midi, à l'hôtel des Champs-Élysées, où j'habite momentanément.

— C'est ainsi entendu et réglé, fit Jacques, devenu grave.

— Nous vous obéirons donc en tous points. Trop heureux d'être guidés par vous.

— Merci... Votre confiance m'honore.

— Geneviève et moi, nous allons rester pour quelques heures encore : Mary, la femme de chambre, et John, le chauffeur.

Sur cette conclusion, Geneviève rentra dans le cabinet de toilette. Charles Guillot, de son côté, reprit sa tenue de chauffeur.

Il sortit le premier de la chambre, les autres le suivirent furtivement, un à un. Il n'y eut plus personne dans la pièce où leurs sorts venaient de se décider en quelques ins[tants].

Mme Garnier et son fils apparurent bientôt sur la terrasse de la villa, au moment même où Berthe Dutertre disait à sa mère, en présence du comte de Montclair :

— Il est vrai que tu m'as promis, mère ? Un voyage... une plage tranquille où de rêver en paix je trouve le temps et la liberté !

— C'est entendu, ma chère enfant ; j'en parlerai moi-même à ton père.

A propos de voyage, intervint Jacques Garnier, après avoir salué cérémonieusement les assis[tants], je viens à prévenir Mme Dutertre que ma mère et moi devons nous absenter pour la journée.

— Comment, vous ne déjeunerez pas ici ? fit la grosse dame, surprise de cette nouvelle.

— Non, Madame, pas aujourd'hui.

— D'ailleurs, ajouta Mme Garnier, ceci permet certainement à Mlle Berthe de jouir un peu de cette liberté qu'elle réclame si vivement.

— Je comprends, repartit Mme Dutertre, en jetant un regard qui voulait être fin vers sa fille, qui s'éloignait sans hâte, en compagnie du comte de Montclair, comme indifférente aux propos de sa mère.

— Que voulez-vous, Monsieur Garnier, poursuivit la grosse dame, les jeunes filles sont positive[ment entêtées] avec leurs caprices.

— Vous avez un peu le droit d'être vexé.

— En effet, Madame, repartit sèchement Jacques, profitant habilement de l'occasion, je suis très vexé.

— Au surplus, ajouta Mme Garnier, j'ai besoin d'aller à la Ferté, pour y demander une domestique.

— Comment, Mary vous quitte donc ?

— Mais oui. Elle m'a déclaré, tout à l'heure, vouloir partir aujourd'hui même avec son frère qui a rompu son contrat.

— Eh bien, bon vent à ces Anglais insupporta[bles], conclut Mme Dutertre, affectant un dédain altier.

— Et pour vous deux, bonne promenade.

— A ce soir, n'est-ce pas ?

— Au revoir, chère Madame, répliqua la veuve.

Sur cette réponse évasive, Jacques et sa mère s'éloignèrent. Ils souriaient tous deux en dessous, satisfaits de leur stratagème.

Une heure plus tard, ils quittaient la villa avant [...]

Dans l'après-midi, Mlle de Laffont vint à son tour informer Mme Dutertre que le soin de certaines affaires urgentes, autant que l'état présent de sa santé, l'obligeaient à rentrer à Paris pour quelques jours, sans même attendre le retour de son excellent cousin Dutertre.

Par une sorte de hasard voulu, elle partit pour la gare en même temps que Mary, la pseudo femme de chambre anglaise. Quant à John, il partit tranquillement une demi-heure plus tard, après s'être fait régler son compte, comme un véritable et modeste employé.

Ainsi la somptueuse villa devint presque déserte en quelques heures.

Lorsque Dutertre revint le soir, dans sa demeure, ce fut avec une stupeur véritable et une sorte de tristesse soudaine qu'il apprit ces événements ré[cents].

Le renvoi des domestiques l'intéressait peu, en réalité. Cependant il paraissait se relier de si étrange façon au départ soudain de Mlle de Laffont et à l'absence de Jacques et de sa mère, que l'in[dustriel] conçut des doutes sur la véracité des mo[tifs invoqués].

Il s'en ouvrit aux siens.

— Ne t'inquiète donc pas, cher père, lui répar[tit] tranquillement Berthe, tout s'explique de soi-même.

« M. Garnier est profondément vexé du retour de M. de Montclair, voilà tout.

« Ce n'est qu'un ambitieux, dont les calculs inté[res]sés paraissent compromis. Il se conduit, en cette circonstance, comme un malappris et un im[bécile]...

« Quant à notre cousine de Laffont, son départ était chose prévue ; il ne saurait nous affecter.

« A vrai dire, c'est une originale, plutôt embar[rassante], à cause de son infirmité.

« Nous savons, au surplus, qu'il n'y a rien à attendre d'elle... Ainsi, la situation s'est dégagée d'elle-même.

Naturellement, les propos de l'audacieuse Berthe furent appuyés aussitôt par Mme Dutertre, et plus faiblement aussi par Gaston de Montclair.

Celui-ci profitait habilement des circonstances, afin de reprendre ses avantages, en partie perdus.

D'ailleurs, une dépêche venant de Paris dans la soirée, parut devoir corroborer l'opinion désobli[geante] de Berthe Dutertre, sur le compte de Gar[nier].

Cette dépêche disait ceci :

« Jacques Garnier a regret donner démission [de]
« son emploi à Monsieur Dutertre, en renonçan[t]
« à tous projets. Motifs faciles à deviner... Lettre
« suit...

> « Jacques GARNIER. »

— Imbécile, en effet ! conclut Dutertre, furieux et dépité. C'est bien, je le remplacerai !...

— Puis les jours passèrent. Tour à tour, les baga[ges] de tous ceux qui avaient quitté la villa furent réexpédiés à Paris, sur les demandes des intéressés.

Et bientôt l'industriel se trouva fort occupé des préparatifs du mariage prochain de sa fille avec le comte de Montclair, devenu l'intéressé de sa raison sociale.

Enfin, peu à peu, il oublia la bizarrerie, toujou[rs]

… le dévouement … nous …
… ses combinaisons …
… l'avant-veille … but où la cr…
… et criminelle Berthe pour devenir légitime …
… comtesse de Montclair, l'industriel lut avec …
… stupeur croissante cet entrefilet mondain, qu…
… dans un grand journal du matin :

« On nous annonce, de Tours, la prochaine célé-
bration du mariage de Mlle Geneviève Guillot
avec M. Jacques Garnier.
« Mlle Guillot est la fille du richissime Américain d'origine française, qui vient d'acquérir le
château princier et le superbe domaine de la
Borderaie du Plessis.
« C'est par millions que se chiffre la dot de la
… à Creuil … M. Jacques Garnier,
… auteur d'une remarquable inven-
… homme du monde, et physiquement …
… ble, ce qui ne gâte rien.
« Nous souhaitons vivement aux nouveaux
jeunes châtelains tout le bonheur dont ils sont
dignes. »

— Jacques, Geneviève !… Des millions …
mura Dutertre d'une voix étranglée.
« Oh ! ce Charles Guillot, cet homme masqué,
comme disait Berthe, était plus fort que moi !
… impénétrables …

Imp. anon. des Imp. Wellhoff et Roche, 16-18, Rue Notre-Dame-des-Victoires, Paris. — Tél. : Louvre 16-35. — Amireau, Ill…

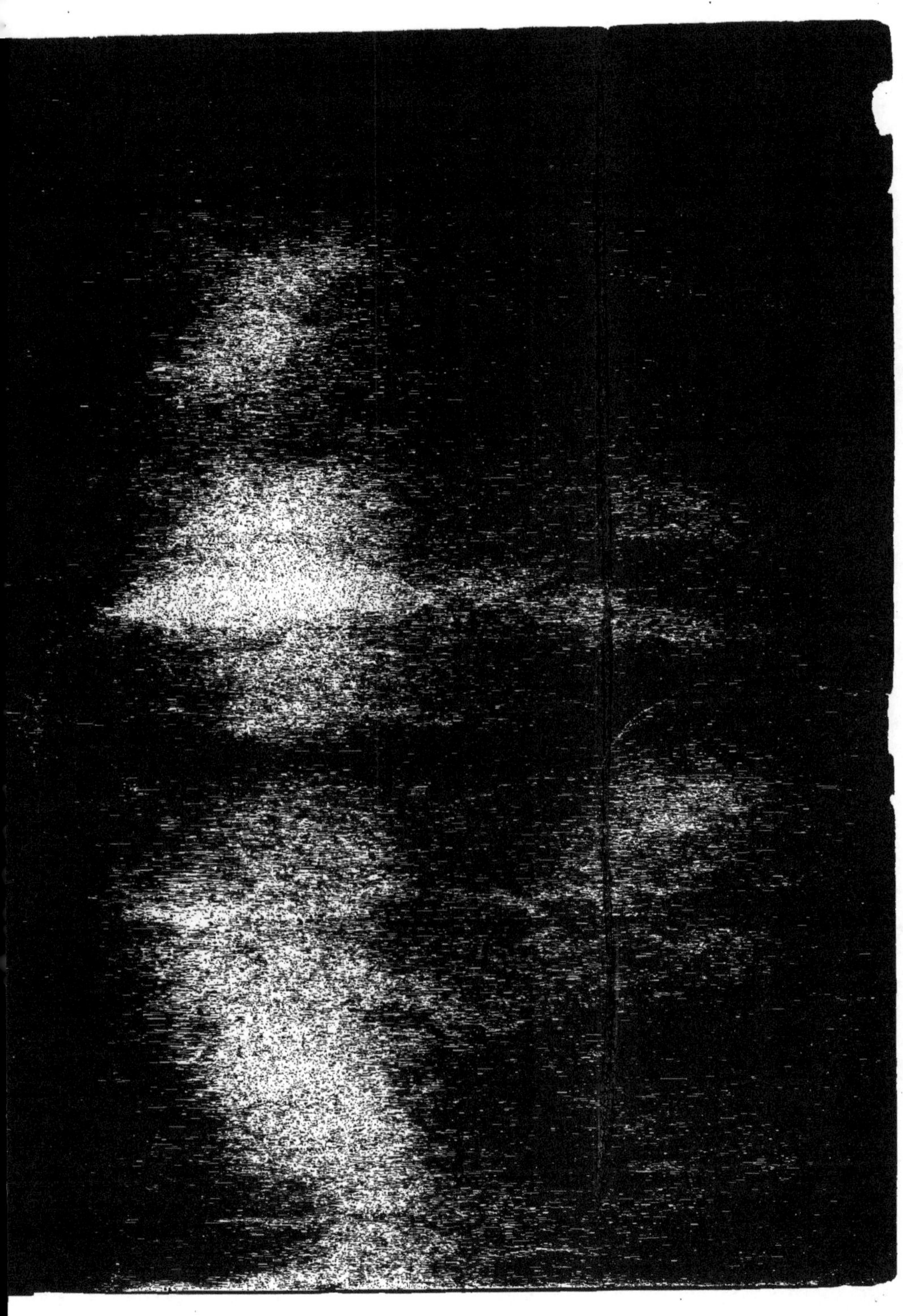